名师名校新形态
通识教育系列教材

U0734550

诗词鉴赏

张萍 魏耕原◎主编

人民邮电出版社

北京

图书在版编目（CIP）数据

诗词鉴赏 / 张萍，魏耕原主编. -- 北京 ： 人民邮
电出版社，2024.7
名师名校新形态通识教育系列教材
ISBN 978-7-115-62048-4

Ⅰ．①诗… Ⅱ．①张… ②魏… Ⅲ．①古典诗歌－诗
歌欣赏－中国－高等学校－教材 Ⅳ．①I207.2

中国国家版本馆 CIP 数据核字（2023）第 110575 号

内 容 提 要

本书甄选古典诗词中的经典作品，分析探究其文学审美价值和思想文化价值。全书分为三个部分，从个人修养、社会大德、人与自然三个层面设立专题，甄选古典诗词作品以突出相应的主题思想。第一部分主要探求古典诗词中的个人美德与人格修养，从自强不息、仁者爱人、明心示志、矢志不渝、赤子之心五个主题展开。第二部分主要探求古典诗词中人与社会的关系，以及人在社会中应具有的大德，从爱国情怀、光荣梦想、感时忧国、敬业乐群、思乡怀远五个主题展开。第三部分探求人与自然的关系，从天人和谐、道法自然、物我合一三个主题展开。

本书一方面通过对古典诗词的分析鉴赏，阐述诗词的审美意义；另一方面结合社会主义核心价值观，探求古典诗词的当代价值。

本书可作为普通高校人文通识类教材，也可供对古典诗词感兴趣的读者使用。

◆ 主　编　张　萍　魏耕原
　　责任编辑　祝智敏
　　责任印制　王　郁　陈　犇
◆ 人民邮电出版社出版发行　　北京市丰台区成寿寺路 11 号
　　邮编　100164　电子邮件　315@ptpress.com.cn
　　网址　https://www.ptpress.com.cn
　　三河市中晟雅豪印务有限公司印刷
◆ 开本：720×960　1/16
　　印张：14.75　　　　　　　2024 年 7 月第 1 版
　　字数：260 千字　　　　　　2024 年 7 月河北第 1 次印刷

定价：59.80 元

读者服务热线：(010)81055256　印装质量热线：(010)81055316
反盗版热线：(010)81055315
广告经营许可证：京东市监广登字 20170147 号

前言

　　古典诗词是中华优秀传统文化的重要组成部分，也是时代精神的折射，具有不可估量的价值。读者可以通过阅读古典诗词回望不同时代，了解古代文人的精神品格。古典诗词具有丰富的情感价值，是古代文人情感的结晶，不仅是个人情感的表达，也是家国情怀的体现。古典诗词具有深远的思想价值，它体现了古代文人的思想精神、人格尊严、理想追求、忧患意识等。岁月变迁，古典诗词作品中蕴含的情感与思想价值一直影响着历代读者，成为中华优秀传统文化的重要延续。

　　本书不同于传统的诗词鉴赏类教材，不是按照作者专题或者朝代顺序编纂的，而是以社会主义核心价值观为指导思想，从个人修养、社会大德、人与自然三个层面设立专题，甄选古典诗词作品来突出相应的主题思想。

　　本书分为十三章，每章即一个主题，分为经典释读和拓展阅读两大模块。

　　经典释读部分的诗词作品用于课堂教学，通过教师讲授，突出每章的主题，使学生体会蕴含在古典诗词中的思想内涵和精神价值。经典释读部分采用"要点注释+原文赏析+名家评笺+当代价值+拓展训练+链接资料"的编写模式，首先通过对古典诗词的分析鉴赏，探求古典诗词的审美意义；其次，结合社会主义核心价值观，融入时代因素，阐述古典诗词的当代价值；再次，"拓展训练"将课堂教学内容与学生个体发展相结合，理论联系实际，探究并实践古典诗词中的课程思政元素；最后，通过链接资料拓展学生的视野，把音乐、绘画、地图、视频等资源融入书中及学生的学习中，这样不仅使本书内容更加生动，也使学生更加乐于接受。

　　拓展阅读部分主要用于学生课后阅读或小组实践学习，学生通过更多的诗词作品进一步认识各章主题。拓展阅读部分采用"要点注释+作品解析"的编写模式，对作品进行较为详细的注释与解析，便于学生的课后阅读与学习。

经典释读和拓展阅读两大模块相辅相成，通过课堂教学与课后学习、教师讲授与学生自学的有机结合，使教、学相融合，主题更突出。

本书在内容组织上不局限于单纯的诗词鉴赏，而是在赏析经典诗词作品的同时，融入诗词的当代价值，以及在当下的拓展运用，这样既能实现理论和实践的结合，又能让经典诗词作品得以传承、创新发展。

本书旨在通过鉴赏古典诗词，使学生体味古代文人的品格与修养，感受古代文人的社会大德，领悟古代文人讲求道法自然、天人和谐的处世哲学；力求将传统与现实相结合，将古典诗词与当代社会相结合，古为今用，以古人之规矩，开今日之生面，提升学生的人文素养，以推动中华优秀传统文化的创造性转化和创新性发展。

本书编写分工如下：魏耕原（陕西师范大学文学院教授，西安培华学院特聘教授）主要负责总体策划与诗词作品选篇、诗词作品鉴赏的理论指导，编写第二章"经典释读"部分、第六章"拓展阅读"部分、第八章"拓展阅读"部分和第十二章；张萍（西安培华学院中文系副教授）主要负责文字内容撰写和审阅工作，并编写其余各章内容。本书为西安培华学院立项教材。

本书几经易稿，由编者结合多年的教学实践经验历时数年而撰成，但由于编者水平有限，书中难免有不足之处，敬请广大读者提出宝贵意见。

目录 /

第三部分 ● 人与自然

第一部分

个人修养

导言

　　古典诗词是古代文人情感表达的重要方式。早在《尚书·尧典》里就有"诗言志"说，这概括了诗歌抒情达意的基本特点。《毛诗序》言："诗者，志之所之也，在心为志，发言为诗。情动于中而形于言，言之不足故嗟叹之，嗟叹之不足故咏歌之，咏歌之不足，不知手之舞之，足之蹈之也。""志"，其本义为志向，笼统地说，指人的主观思想情感。诗就是对人的主观思想情感的表达。古典诗词是古代文人情志与思想的体现，本编旨在探究古典诗词中古代文人的个人修养，分为自强不息、仁者爱人、明心示志、矢志不渝、赤子之心五章。

　　顾随先生曾说："一种学问，总要和人之生命、生活产生关系。凡讲学的若成为一种口号或一集团，则即变为一种偶像，失去其原有之意义与生命。"通过学习古典诗词，我们可以从中感受古代文人的品格修养与胸襟抱负，这些蕴含于古典诗词中的品格修养，具有生生不已的感发力量。在学习古典诗词的过程中，应使之与自身的生活、人生相结合，传承并发扬古代文人的精神品格，从而开自己之生面。

第一章 自强不息

本章选录经典释读作品三首——王维《少年行·其二》，苏轼《江城子·密州出猎》，辛弃疾《永遇乐·京口北固亭怀古》；选录拓展阅读作品四首——陶渊明《咏荆轲》，王维《观猎》《使至塞上》《陇头吟》。《易经》云："天行健，君子以自强不息。"中华民族历史悠久、源远流长，在时代变迁过程中，因为自强不息，才会有生生不息的发展。这种自强不息的精神在古典诗词中也有普遍体现：无论是《少年行（其二）》中的"羽林郎"，还是《江城子·密州出猎》中鬓微霜的"老夫"，或是《永遇乐·京口北固亭怀古》里发出"凭谁问：廉颇老矣，尚能饭否？"感叹的老"英雄"，他们身上自强不息的精神，千百年来影响着无数读者。

经典释读

少年行·其二

王维

出身仕汉羽林郎，初随骠骑❶战渔阳❷。孰知不向边庭苦，纵死犹闻侠骨香。

要点注释

❶ 骠骑：指霍去病，曾任骠骑将军。

❷ 渔阳：地名，今天津蓟州一带，汉代置渔阳郡。

原文赏析

盛唐时期，由于国力的强盛、思想的开放、文化的繁荣，盛唐诗人的身上普遍具有一种昂扬乐观、蓬勃向上的精神。盛世造就了士人的进取精神、开阔胸怀、恢宏气度，极大地丰富了文学的创造力，使文学具有昂扬的精神风貌。王维作为盛唐时期的诗人，自然受到这种思想文化的熏陶，他的诗也颇具盛唐气象。王维曾以"少年行"为题作绝句四首，这里所选的是第二首。

"出身仕汉羽林郎，初随骠骑战渔阳。"唐人咏本朝事，多喜以汉代唐。如白居易《长恨歌》，咏唐玄宗与杨贵妃之事，开篇却云"汉皇重色思倾国"。此处的"仕汉"和"骠骑"，亦是以汉代唐。"羽林郎"为皇家近卫侍从，汉、唐皆有此职。这两句写京城少年已担任大唐皇帝的扈从职务，一旦国家有难，即毫不犹豫地随军开赴前线。

在唐代的边塞诗中，有不少写"边庭苦"的，著名如高适《燕歌行》中："边庭飘飖那可度，绝域苍茫无所有！杀气三时作阵云，寒声一夜传刁斗。相看白刃血纷纷，死节从来岂顾勋？君不见沙场征战苦，至今犹忆李将军！"而王维此首《少年行》中对"边庭苦"的描写，却积极向上，"孰知不向边庭苦，纵死犹闻侠骨香"，表现出以身报国的强烈英雄主义精神。有谁不知道去边疆征战要备尝艰苦呢？纵然战死沙场也可流芳百世！以"孰知"表反诘，以"纵""犹"表假设让步而充分肯定，从而高度赞颂了那些以意气相许、以报国为己任的少年形象，读后自然使人感奋不已。王维此诗历来为人们传诵，其原因正在于此。

名家评笺

王摩诘善能错综子史，而言不欲尽，词旨温丽，音节铿锵，蔚然为一朝冠冕。

（清·管世铭《读雪山房唐诗序例》）

诗总不难乎才也。有天才，有地才，有人才。吾于天才得李白，于地才得杜子美，于人才得王摩诘。太白以气韵胜，子美以格律胜，摩诘以理趣胜。

（清·宋征璧《抱真堂诗话》）

当代价值

"少年人如乳虎""少年人如侠""少年人如春前之草""少年人如长江之初发源"（《少年中国说》）。这是一百多年前梁启超笔下的少年形象，少年应该充满豪情如乳虎豪侠，少年应该充满生机如春草江涛。王维《少年行》中的少年如此昂扬洒脱、意气风发，很好地诠释了什么是少年精神。诗中的少年身处大唐盛世，盛唐的文化滋养出他们"相逢意气为君饮"的豪迈与潇洒，陶冶出他们"孰知不向边庭苦，纵死犹闻侠骨香"般慷慨激昂的英雄气概。

少年代表未来，正如梁公所言："故今日之责任，不在他人，而全在我少年。少年智则国智，少年富则国富，少年强则国强，少年独立则国独立，少年自由则国自由，少年进步则国进步。"此诗虽不长，但描绘的少年形象跃然纸上。尽管已时隔千载，少年的豪情依然感染着一代代读者。这种如乳虎豪侠、如春草江涛的少年精神，不只是盛唐少年的精神特质，也是当代少年应该具有的精神特质。

拓展训练

通过分析王维《少年行》，谈谈你对诗中"少年"形象的认识和受到的启发。并结合本诗创作的时代背景，体会诗中的盛唐气象。

🔗 链接资料

古诗词新唱：《少年行》（《经典咏流传》）

江城子·密州①出猎

苏轼

老夫聊发少年狂②，左牵黄，右擎苍③，锦帽貂裘④，千骑卷平冈⑤。为报倾城随太守⑥，亲射虎，看孙郎⑦。

酒酣胸胆尚开张⑧，鬓微霜⑨，又何妨！持节云中，何日遣冯唐⑩？会挽雕弓如满月⑪，西北望，射天狼⑫。

要点注释

❶ 密州：在今山东诸城市。

❷ 老夫：作者自称。聊：姑且，暂且。狂：狂妄。

❸ 左牵黄，右擎苍：左手牵着黄狗，右臂托着苍鹰，形容围猎时追捕猎物的架势。

❹ 锦帽貂裘：名词作动词，头戴华美的帽子，身穿貂鼠皮衣，这是汉代羽林军穿的服装。

❺ 千骑（jì）卷平冈：从骑像卷席子一般掠过。千骑：形容从骑之多。平冈：指山脊平坦处。

❻ 为报：为了报答。太守：古代州府的行政长官，这里指作者自己。

❼ 孙郎：三国时期东吴的孙权，这里作者借以自喻。《三国志·吴书·吴主传》载："二十三年十月，权将如吴，亲乘马射虎于凌亭，马为虎伤。权投以双戟，虎却废。常从张世，击以戈、获之。"

❽ 酒酣胸胆尚开张：尽情畅饮，胸怀开阔，胆气豪壮。尚：还。

❾ 鬓：额角边的头发。霜：白。

❿ 持节云中，何日遣冯唐：朝廷何日派遣冯唐去云中郡赦免魏尚呢？典出《史记·冯唐列传》。汉文帝时，魏尚为云中（汉时的郡名，在今内蒙古自治区托克托县一带，包括山西西北部分地区）太守。他爱惜士卒，优待军吏。匈奴曾一度来犯，魏尚亲率车骑出击，所杀甚众，后因报功文书上所载杀敌的数字与实际不合（虚报了六个），被削职。经冯唐代为辩白后，汉文帝认为判得过重，就派冯唐持节去赦免魏尚，让魏尚仍然担任云中太守。苏轼此时因政治处境不好，调任密州太守，故以魏尚自许，希望能得到朝廷的信任。持节：带着传达命令的符节。

⑪ 会：终将。挽：拉。雕弓：饰以彩绘的弓。满月：圆月。

⑫ 天狼：星名，一称犬星。《楚辞·九歌·东君》："举长矢兮射天狼。"《晋

书·天文志》云："狼一星在东井东南，狼为野将，主侵掠。"词中以之隐喻侵犯北宋西北边境的西夏。

📖 原文赏析

《东坡纪年录》载："乙卯（1075）冬，祭常山回，与同官习射放鹰作。"这首词写于苏轼知密州的次年，描绘了他在密州任地方长官时一次打猎的盛况。

此词通篇纵情放浪，气概豪迈。开篇"老夫聊发少年狂"，气势不凡，以一个"狂"字贯穿全篇。词人左手牵黄犬，右臂托苍鹰，一副出猎的雄姿！随从也是各个"锦帽貂裘"的打猎装束。"千骑卷平冈"，千骑奔驰，腾空越野，一个"卷"字描绘出一幅壮观的出猎画面。"为报倾城随太守，亲射虎，看孙郎"三句更显出词人的"狂"劲儿。上片点题，就出猎本事写起，突出了"四狂"：太守出猎而须"报"知百姓跟随，其狂一也；出看而须"倾城"，其狂二也；猎必射虎，其狂三也；自比孙郎，其狂四也。"四狂"突出表现了词人的豪迈个性。

下片由实写过渡到虚写词人"少年狂"的烦恼，抒发由打猎激起的壮志豪情，连用典故，勾勒了一个鬓发微霜却英气勃勃的爱国志士形象。酒是古典诗词中常出现的意象，古代文人认为酒可以使人忘记烦恼，也可以让人敞开心怀，在精神和情感上暂时不受现实的约束。因此，词人"酒酣胸胆尚开张"，内心真实的情感随酒酣而流露。苏轼时年三十八岁，正值壮年，却已"鬓微霜"。为何这么早头发就白了？词人没有明说，想来定是心忧所致。宋代礼优文士，加上科举制度的完善和儒家思想的影响，文人普遍具有"修、齐、治、平"的大志和深重的忧患意识。苏轼极具才华，又有伟大的理想抱负，所以希望为朝廷重用，但是宋神宗即位后，重用王安石进行变法，苏轼在政治主张上不同于王安石，因此自请外调，出任地方官，此词便写于这时。尽管全词充满豪放之气，但是酒后吐真言，词人内心幽微的失意也隐约可见。"持节云中，何日遣冯唐"，这里用了汉文帝派冯唐持节赦免魏尚，让其仍然担任云中太守的典故，表达了词人内心的期待，他希望皇帝也能派使者延请自己回朝为官。到那时候，他定"会挽雕弓如满月"，即全力以赴为朝廷效力。结句写得很巧妙，一语双关，表层紧扣主题，因为是出猎，所以从弓箭写起，紧承上片，"如满月""射天狼"流露出词人的豪气与狂气；除此之外，这里的"会挽雕弓如满月"也写出了词人满怀豪情的雄心壮志。"西北望，射天狼"，以天狼星比喻地处西北的西夏，借以表达词人为国效力的赤胆忠心与豪情壮志。

这首词胸襟磊落，壮怀激越，毫无宋初词坛柔媚旖旎之风，"一洗绮罗香泽之态"，突破了晚唐以来花间词的内容和风格局限。词中不但描写了打猎时的壮阔场景，同时也表现了词人为国杀敌的雄心壮志，开创了慷慨激昂的爱国豪放词之先河。

名家评笺

及眉山苏氏，一洗绮罗香泽之态，摆脱绸缪宛转之度，使人登高望远，举首高歌，而逸怀浩气，超然乎尘垢之外。于是花间为皂隶，而柳氏为舆台矣！

（宋·胡寅《酒边词序》）

词自晚唐五代以来，以清切婉丽为宗，至柳永而一变，如诗家之有白居易；至轼而又一变，如诗家之有韩愈，遂开南宋辛弃疾等一派。

（清·纪昀等《四库全书总目提要》）

当代价值

苏轼是中国古代具有自强不息品质的文人典范，他的《自题金山画像》中云："问汝平生功业，黄州惠州儋州。"他曾被贬黄州、惠州、儋州，此诗道尽其坎坷的仕途。苏轼最有魅力的人格特征，就是他无论身处何境，都能积极面对；无论遇到什么挫折，都能坦然面对、达观自解。

《江城子·密州出猎》是苏轼豪放风格的代表词作，从这首词中既能看到词人昂扬乐观的豪迈个性，又能体会到词人内心的忧患意识。苏轼这种积极乐观、自强不息的精神是值得我们学习的。

拓展训练

苏轼是北宋词坛里程碑式的人物，开启了宋词发展的新天地。词至他手中，不再是"艳科"，而可以像诗一样抒写情感，风格可以清丽，可以豪放，可以旷达。《江城子·密州出猎》是苏轼的一首豪放词，通过分析与理解此词，谈谈你心中的"老夫"形象。

链接资料

历史人文纪录片《苏东坡》之《雪泥鸿爪》

永遇乐·京口北固亭怀古❶

辛弃疾

千古江山，英雄无觅、孙仲谋❷处。舞榭歌台❸，风流总被、雨打风吹去。斜阳草树，寻常巷陌❹，人道寄奴❺曾住。想当年，金戈铁马，气吞万里如虎❻。

元嘉草草❼，封狼居胥❽，赢得仓皇北顾❾。四十三年❿，望中犹记，烽火扬州路⓫。可堪⓬回首，佛狸祠⓭下，一片神鸦社鼓⓮。凭谁问：廉颇老矣，尚能饭否⓯？

🎀 要点注释

❶ 京口：古城名，即今江苏镇江，因临京岘（xiàn）山、长江口而得名。北固亭：在今镇江市北固山上，下临长江，三面环水。

❷ 孙仲谋：三国时期的吴王孙权，字仲谋，曾建都京口。

❸ 舞榭歌台：演出歌舞的楼台，这里代指孙权故宫。榭：建在高台上的房子。

❹ 寻常巷陌：极狭窄的街道。寻常：古代指长度，八尺为寻，倍寻为常，形容狭窄，引申为普通、平常。巷、陌：这里都指街道。

❺ 寄奴：南朝宋武帝刘裕的小名。

❻ "想当年，金戈铁马，气吞万里如虎"三句：刘裕曾两次领兵北伐，收复洛阳、长安（今陕西西安）等地。金戈：用金属制成的长枪。铁马：披着铁甲的战马。金戈与铁马都是当时精良的军事装备，这里代指精锐的部队。

❼ 元嘉草草：南朝宋文帝刘义隆好大喜功，在元嘉二十七年（450）仓促北伐，反而让北魏太武帝拓跋焘（tāo）抓住机会，拓跋焘以骑兵集团南下，兵抵长江北岸而返。元嘉：刘裕之子刘义隆年号。草草：轻率。

❽ 封狼居胥：《史记·卫将军骠骑列传》载汉武帝元狩四年（前119）霍去病远征匈奴至狼居胥山（今内蒙古自治区西北部），歼敌七万余，于是"封狼居胥山，禅于姑衍"。积土为坛于山上，祭天曰封，祭地曰禅，古时用这个方法庆祝胜利。刘义隆命王玄谟北伐，王玄谟陈说北伐的策略，文帝说："闻王玄谟陈说，使人有封狼居胥意。"词中用"元嘉北伐"失利之事，影射南宋"隆兴北伐"。

❾ 赢得仓皇北顾：宋文帝刘义隆命王玄谟率师北伐，为北魏太武帝拓跋焘击败。北魏趁机大举南侵，直抵扬州，吓得宋文帝亲自登上建康（今南京）幕府山向北

观望形势。赢得：剩得，落得。

⑩ 四十三年：词人于宋高宗赵构绍兴三十二年（1162）从北方抗金南归，至宋宁宗赵扩开禧元年（1205）任镇江知府登北固亭写这首词时，前后共四十三年。

⑪ 烽火扬州路：指当年扬州地区到处都是金兵南侵的战火烽烟。路：宋代的行政区划，扬州属淮南东路。

⑫ 可堪：表面意为忍受得了，实则为"岂堪""哪堪"，即怎么忍受得了。堪：忍受。

⑬ 佛（bì）狸祠：450年，拓跋焘曾反击刘宋，两个月的时间里，率兵南下，五路远征军分道并进，从黄河北岸一路穿插到长江北岸。他在长江北岸瓜埠山建立行宫，即后来的佛狸祠。佛狸：拓跋焘的小名。

⑭ 神鸦社鼓：指在庙里吃祭品的乌鸦和祭祀时的鼓声。意思是说到了南宋时期，当地老百姓只把佛狸祠当作供奉神祇的地方，而不知道它过去是一个皇帝的行宫。

⑮ 廉颇老矣，尚能饭否：《史记·廉颇蔺相如列传》载，廉颇被免职后，到了魏国，赵王想再用他，派人去了解他的身体情况。使者看到廉颇时，廉颇为之一饭斗米，肉十斤，被甲上马，以示尚可用。但使者接受了廉颇之仇敌郭开的贿赂，回来报告赵王说："廉颇将军虽老，尚善饭，然与臣坐，顷之三遗矢（通假字，即屎）矣。"赵王以为廉颇已老，遂不用。

📖 原文赏析

宋宁宗开禧元年（1205），辛弃疾任镇江知府。当时南宋朝政由外戚韩侂（tuō）胄把持，韩侂胄欲借抗金势力自重，临时起用辛弃疾等抗金将领，实施北伐。辛弃疾积极支持并见诸行动，但又希望韩侂胄等人做好充分准备，不要蹈刘义隆、王玄谟草率出兵的覆辙。这首登临怀古词即围绕上述思想展开，抒写词人老当益壮的战斗意志和对国事忧心如焚的情绪。

咏史怀古是古典诗词的重要题材，怀古在词人笔下不只是对历史的咏怀，更是借怀古以讽今。此词题为"京口北固亭怀古"，结合京口的地域特点及有关的历史人物和事件，融写景、抒情、议论、怀古、讽今于一炉。辛弃疾作此词时已是暮年，南归以后，他北伐抗金的豪情一直未减，尽管充满慷慨豪情，但是因为南宋朝廷主和派的呼声更大，所以他一直未被重用，收复失地的愿望也未实现。从辛弃疾的许多词中，我们都可以感受到他壮志难酬的愤懑之情。人生沉浮，加上岁月的沉淀，使他的词在情感激烈的同时多了一分深沉，笔力雄劲但是迂回委婉。善于用典是辛词十分突出的艺术特点，此词用典虽多，但都恰当地表达了词人在当时处境下的情感，而且呈现出沉郁顿挫、悲壮苍凉的风格。

名家评笺

公一世之豪，以气节自负，以功业自许，方将敛藏其用以事清旷，果何意于歌词哉，直陶写之具耳。

（宋·范开《稼轩词序》）

公所作大声镗鞳（tāngtà），小声铿鍧（kēnghōng），横绝天下，扫空万古，自有苍生所未见。

（宋·刘克庄《辛稼轩集序》）

其词慷慨纵横，有不可一世之概，于倚声家为变调，而异军特起，能于剪红刻翠之外，屹然别立一宗，迄今不废。

（清·纪昀等《四库全书总目提要》）

当代价值

辛弃疾是中国古代文学史上著名的词人，也是宋代最具英雄气概的词人之一，词是他抒写矢志不渝的爱国豪情的重要方式。收复河山、抗金北伐是辛弃疾一生的理想，他青少年时期在家乡济南参加抗金，南归朝廷后力主抗金，进献《美芹十论》。辛弃疾可贵的精神就是无论处境如何，他的爱国豪情始终不减。正如此词中"凭谁问：廉颇老矣，尚能饭否"所说，词人自比廉颇，尽管已经年老，但是老当益壮，"老骥伏枥，志在千里；烈士暮年，壮心不已"，这种初心不改、坚定执着的精神值得我们当代人学习。

拓展训练

作为南宋著名的词人，辛弃疾以收复中原为己任，但是壮志难酬。词是他抒写胸臆的重要方式，他内心的隐忧之情也往往诉诸词中，因不能明说，所以他善用典故委婉道出。阅读并理解本词所引典故，分析其中的历史人物对表达词人的思想情感有什么作用。

链接资料

古诗词新唱：《烽火扬州路》

咏荆轲

陶渊明

燕丹善养士，志在报强嬴。招集百夫良❶，岁暮得荆卿。君子死知己，提剑出燕京。素骥❷鸣广陌，慷慨送我行。雄发指危冠，猛气冲长缨。饮饯易水上，四座列群英。渐离击悲筑，宋意❸唱高声。萧萧哀风逝，淡淡寒波生。商音更流涕，羽奏壮士惊。心知去不归，且有后世名。登车何时顾，飞盖入秦庭。凌厉❹越万里，逶迤过千城。图穷事自至，豪主正怔营❺。惜哉剑术疏，奇功遂不成。其人虽已没，千载有余情。

要点注释

❶ 百夫良：能匹敌百人的良士。

❷ 素骥：白马。

❸ 宋意：燕国的勇士。

❹ 凌厉：勇往直前。

❺ 豪主：指秦王。怔营：惶惧。

作品解析

荆轲刺秦事，见于《战国策·燕策》"燕太子丹质于秦亡归"一条中，《史记·刺客列传》基本直录其文。此后，左思、阮瑀等人的《咏史》诗，亦有咏荆轲之句。

陶渊明诗中有三首咏史诗，均别有深意。荆轲属于"刺客"，陶渊明这个大隐士怎么会想到他？以诗风平淡著称的诗人又怎会创作出如此惊心动魄的赞歌，并在结尾要说"其人虽已没，千载有余情"这样一往情深的话来？所以，前人多言其中寄托诗人心事，说得不无道理。

此诗前四句从燕太子丹养士引出荆轲，中间二十二句叙写易水饯别，最后四句惋惜荆轲奇功未成。中间十六句又分为三层。"君子……冲长缨"六句为第一层，刻画荆轲出燕京的场景，当时"太子及宾客知其事者，皆白衣冠以送之"，送者皆知刺秦事有死无生。其中夹入"素骥鸣"，烘托出悲壮的氛围。陶诗喜用"慷慨"，而"慷慨送我行"由第三人称转为第一人称，拉近了与读者的距离。特别是"雄发指危冠，猛气冲长缨"，字字仿佛竖立于纸上，英武之气逼人。"饮饯……壮士惊"八句为第二层，以乐声、歌声、风声多角度烘染出悲壮的氛围。"心知……正怔营"八句为第三层，刻画荆轲无所畏惧的心理与一往无前的动作，突出了不顾生死的英雄形象。至于刺秦过程，此诗只做了简略的交代，可见陶渊明剪裁技巧之高明。

观猎

王维

风劲角弓鸣❶，将军猎渭城。草枯鹰眼疾❷，雪尽马蹄轻。忽过新丰市，还归细柳营。回看射雕❸处，千里暮云平❹。

要点注释

❶ 劲：强劲。角弓：用兽角装饰的硬弓。

❷ 眼疾：目光敏锐。

❸ 射雕：即射猎。《北史·斛律光传》载，北齐斛律光狩猎时，曾射落一只大雕，被人称为射雕手。

❹ 暮云平：傍晚的云层与大地连成一片。

作品解析

这是王维的一首田猎诗，从风格看，当属其早期作品。

首联"风劲角弓鸣，将军猎渭城"，从语序看实为倒装句。此诗以"风劲角弓鸣"开篇，便显得起势不同凡响。由此两句，不难想到"将军"率众跃马扬鞭，驰骋于关中平原，角弓不断鸣响，令野兽们闻风逃窜的盛大田猎活动。

颔联"草枯鹰眼疾，雪尽马蹄轻"，继续写"将军"率众狩猎的紧张、激烈场面。作为一位陪同狩猎的"观猎"者，王维可谓体物工细。"枯""疾""尽""轻"，因果分明，遣词可以说极为精准。枯草尚未发芽，故猎鹰攫兽也显得目光格外敏锐；大地回暖，积雪已经消融，故骏马围猎也显得马蹄更加轻快。阅读此句，一幅壮观的捕猎画面如在目前。

颈联"忽过新丰市，还归细柳营"，从诗意看开始描写"将军"率众回营的情形。"新丰"和"细柳"，看似为地名相对，其实是赞誉兼用典。"新丰"在今陕西临潼，为汉高祖刘邦定都关中后所建。"细柳"在今陕西咸阳，为汉文帝时名将周亚夫屯军之所。"新丰"至"细柳"有近百里之遥，而"将军"瞬息"过""还"之，可见其驰驱之迅速；"细柳"乃当年周亚夫军营，以军纪严明而著称，今以此比"将军"屯兵之所，亦暗寓"将军"平日之名将风度。

尾联"回看射雕处，千里暮云平"，以写景收束全诗。"回看射雕处"一句，表明"将军"已率众归营。"射雕"一语，则暗用北齐"射雕手"斛律光的典故，以再次赞誉"将军"之神勇；而全天将士狩猎斩获之丰，亦于此可想见矣。结句"千里暮云平"，描写夕阳西下、暮霭沉沉之景，暗示"射雕处"早已隐入云中、不能复辨，故给人以余味不尽之感。

使至塞上

王维

单车欲问边❶，属国过居延❷。征蓬❸出汉塞，归雁入胡天。大漠孤烟直，长河落日圆。萧关逢候骑❹，都护在燕然❺。

要点注释

❶ 单车：一辆车，这里形容轻车简从。问边：到边塞去看望，指慰问守卫边疆的官兵。

❷ 属国：典属国的简称。汉代称负责外交事务的官员为典属国，唐代有时以"属国"代称出使边陲的使臣。居延：地名，在今内蒙古自治区额济纳旗东南。

❸ 征蓬：随风远飞的枯蓬，此处为诗人自喻。

❹ 萧关：古关名，故址在今宁夏固原东南。候骑：负责侦察、通信的骑兵。

❺ 都护：这里指前线主帅。燕然：古山名，即今蒙古国杭爱山，这里代指前线。此两句意谓在途中遇到候骑，得知主帅破敌后尚在前线未归。

作品解析

这首五言律诗是王维奉命慰问边疆将士途中有感而作。

首联"单车欲问边，属国过居延"，叙述诗人以监察御史的身份领命问边，轻车简从，长途跋涉于边地的艰苦情形。"居延"一地，此处不一定是实指，而是泛指西北边地。"属国"乃典属国之简称，西汉苏武使匈奴归国后曾被授予此职。这里王维用以代指自己的使者身份。

颔联"征蓬出汉塞，归雁入胡天"写景兼言情。春暖花开，候鸟北还，"归雁入胡天"即是描写这一景色。诗人睹此不禁心生感慨，想起自己之境遇。鸿雁振翅高飞乃是还乡，自己这次奉命问边，实际上是被排挤出朝廷。身如远扬的蓬草而渐渐离开汉地，诗人此时难免生出郁郁不平之情。

颈联"大漠孤烟直，长河落日圆"，继续描写巡行边地时所见之风光。这一联，历来被称为唐代吟咏边塞之名句。大漠浩瀚，孤烟挺拔而直上；长河浩渺，落日冉冉而浑圆。"孤""直""落""圆"炼字生动，彰显意境苍茫，景色壮丽，将上一联中隐含的低沉基调一扫而空。

尾联"萧关逢候骑，都护在燕然"，今按王维此联，或化自唐初虞世南《拟饮马长城窟》中"前逢锦车使，都护在楼兰"二句，但仍有创新。"候骑"一词，来自"斥候"，即骑马的侦察兵；"燕然"乃地名，在今蒙古国境内，后汉时车骑将军窦宪曾大破匈奴于此，并勒石记功，此处亦代指前线，并非实指。这两句是说，诗人在萧关碰见了纵马疾驰的侦察兵，向其打听将军的下落，但侦察兵匆匆地说，将军不在这里，而在前线。诗句暗示战事仍未结束，从而揭示出战争的紧张和激烈。诗人此行赴边慰问将士的使者身份，也由此得到了充分的说明。

陇头吟

王维

长安少年游侠客，夜上戍楼看太白❶。陇头明月迥❷临关，陇上行人夜吹笛。关西老将不胜愁，驻马听之双泪流。身经大小百余战，麾下偏裨万户侯❸。苏武才为典属国❹，节旄空尽海西头❺。

要点注释

❶ 太白：金星。古人认为它主兵象，可以用来预测战事。

❷ 迥：高、远的样子。

❸ 麾下：部下。偏裨（pí）：偏将，副将。

❹ 典属国：官名，掌管外交事务。

❺ 节旄（máo）：旌节上所缀的牦牛尾饰物，《汉书·苏武传》："（苏武）杖汉节

牧羊，卧起操持，节旄尽落。"**空尽**：徒然落尽。

作品解析

《陇头吟》为乐府旧题，此为王维借乐府旧题创作的一首边塞诗。

全诗共十句，据诗意可分为两层。从"长安少年游侠客"到"驻马听之双泪流"可看作第一层。首两句"长安少年游侠客，夜上戍楼看太白"，描写了一位长安少年在边关戍楼上夜眺星象的场景。有人认为，这里的长安少年，与后文的"陇上行人""关西老将"分属三个不同的生活场景，并且发出议论："今日的长安少年，安知不是明日的陇上行人，后日的关西老将？"这显然是未谙题意，也未审"戍楼"所指。作为乐府旧题，"陇头吟"乃吟陇上事。所谓"戍楼"，也自然只能在边关，岂有人在长安，却身"上戍楼"之理？高适的名作《塞上听吹笛》："雪净胡天牧马还，月明羌笛戍楼间。借问梅花何处落，风吹一夜满关山。"便将"戍楼"所指说得很清楚。后四句则写长安少年在戍楼上之所见、所闻。陇头萧瑟，明月照关，行人寂寞，夜深吹笛。这位"行人"不知是出行之人还是出征之人，但乡思悠悠，归期难卜，吹奏的必然是那种凄清的笛曲。因此，一位镇边的"关西老将"听到后也不胜忧伤，驻马久听，且眼泪直流。

从"身经大小百余战"到"节旄空尽海西头"为第二层。作为一位久经沙场的"老将"，月夜闻笛为何会如此沉痛呢？这四句连用两典，可视为答案。"身经大小百余战，麾下偏裨万户侯"，所咏为西汉名将李广之事。《史记·李将军列传》载，李广从军四十余年，"与匈奴大小七十余战"，多能取胜，却始终未能封侯。然其部下以军功"取侯者数十人"，时人言李广"数奇"（即命运塞滞）。"苏武才为典属国，节旄空尽海西头"，所咏则为西汉苏武出使匈奴之事。从语序看，这两句是倒装句，正常语序应为"节旄空尽""才为典属国"。《汉书·苏武传》载，汉武帝时，苏武"以中郎将持节使匈奴"，胁降而不屈，十九年后方归，须发已皆白。在羁押期间，他"杖汉节牧羊，卧起操持，节旄尽落"，但回国后，仅被授予"典属国"这么一个不重要的官职。这样两位功勋卓著的老将，受到的待遇却如此不公！这位"关西老将"闻笛而心酸流泪，难道不正是因为自己也有着和他们类似的遭遇吗？因此，这首边塞诗中也蕴含着一种郁愤不平之气。

第二章 仁者爱人

　　本章选录经典释读作品三首——杜甫《月夜》《月夜忆舍弟》《茅屋为秋风所破歌》；选录拓展阅读作品两首——《诗经·王风·君子于役》，苏轼《江城子·乙卯正月二十日夜记梦》。仁爱孝悌是中华民族的传统美德，也是历代文人可贵的思想品质。仁爱之心是胸怀广博的一种体现，是《月夜》里身陷囹圄的杜甫对妻儿的思念，是国家纷乱之时杜甫对分散各地兄弟的惦念，也是"安得广厦千万间，大庇天下寒士俱欢颜"的推己及人的大情怀。因为有仁爱之心，所以我们的文化中充满温情。不管时代如何变迁，这种温情始终打动着读者。

经典释读

月夜

杜甫

　　今夜鄜州❶月，闺中只独看❷。遥怜❸小儿女，未解❹忆长安。香雾云鬟湿，清辉玉臂寒❺。何时倚虚幌❻，双照❼泪痕干。

要点注释

❶ 鄜（fū）州：今陕西富县。当时杜甫的家人在鄜州的羌村，杜甫在长安。

❷ 闺中：内室。看：读作kān。

❸ 怜：想。

❹ 未解：尚不懂得。

❺ 香雾云鬟（huán）湿，清辉玉臂寒：写想象中妻子独自久立，望月怀人的形象。香雾：雾本来没有香气，因为香气从涂有膏沐的云鬟中散发出来，所以说"香雾"。望月已久，雾深露重，故云鬟沾湿，玉臂生寒。云鬟：古代妇女梳的环形发髻。

❻ 虚幌：透明的窗帷。幌：帷幔。

❼ 双照：与上面的"独看"对应，表示对未来团聚的期望。

原文赏析

　　这是杜甫被禁于长安时因思念妻子而作的诗，可称作爱情诗。杜诗很少涉及爱情，而此诗正写得情深意长。

　　杜甫在此诗开头便说他想起在鄜州家中独自看月的妻子。浦起龙在《读杜心解》中说："心已驰神到彼，诗从对面飞来。"此诗犹如给妻子的一封信，杜甫不说在长安的冷月中自己如何担惊受怕，却先关心妻子的孤独悲伤，语简而情深。颔联为流水对，用"遥怜"领起接下来的四句，既表现出幼小儿女不懂乱世的艰难，又点明了上句"独看"的原因。颈联想象月下妻子的寂冷凄苦，发湿臂寒是说妻子在月下独处已久，可见念己之情深。杜甫还想到她脸上挂着泪，这从尾联可以看出来。所以尾联说："什么时候我们能相逢，同倚窗前看月，让月光照干我们的眼泪？"

　　这是乱世中的伤心话，杜甫知道即使与妻子相逢，也是"流泪眼对流泪眼，伤心人看伤心人"。这首诗的结尾话中有话，表明妻子今夜的泪是不会干的，又回应了开头。"'照'字应'月'字，'双'字应'独'字，语意玲珑，章法紧密，五律至此，无忝称圣矣。"（黄生《杜诗微》）颈联香艳细密，而与上下句的朴素融合无痕，结尾的"倚"与"双"则又熔铸为一片。

当代价值

　　在农耕文明的影响下，古人非常注重家庭观念、"亲亲"之道。在家庭关系中，夫妻关系又是十分重要的一层。所谓"匹配之际，生民之始，万福之原"（班固《汉书·匡衡传》），因此"夫妇之际，人道之大伦也"（司马迁《史记·外戚世家》）。直接写夫妻感情的古典诗词中，杜甫《月夜》是一篇典范之作。此诗作于中秋节，这本是举家团圆的日子，可是杜甫却和妻儿相隔两地。此诗抒写诗人对妻儿的思念，却能够"视通万里，思接千载"，从千里之外的妻子写起，以明月寄相思，笔法非常巧妙，把夫妻深情写得极其动人。

名家评笺

　　月轮当空，天下之所共视，故谢庄有"隔千里兮共明月"之句，盖言人虽异处，而月则同瞻也。老杜当兵戈骚屑之际，与其妻各居一方，自人情视之，岂能免闺门之念。

（宋·阮阅《诗话总龟》）

此诗妙在笔法不同。首联不说自己见月忆妻，单说妻子见月忆己。二联不说自己看月，偏说儿女随母看月，写儿女不解忆之忆，其忆更深。三联从忆妻子之忆，忆其忆中之忆。末联满望忆中克遂两人之忆。总重一"忆"字。

（清·章燮《唐诗三百首注疏》）

怀远诗说我忆彼，意只一层；即说彼忆我，意亦只两层。唯说我遥揣彼忆我，意便三层。又遥揣彼不知忆我，则层折无限矣。此公陷贼中，本写长安之月，却偏陡写鄜州之月，本写自己独看，却偏写闺中独看，已得遥揣神情。三四又脱开一笔，以儿女之不解忆，衬出闺中之独忆，故"云鬟湿""玉臂寒"而不知也。沉郁顿挫，写尽闺中深情苦境。

（清·吴瞻泰《杜诗提要》）

心已驰神到彼，诗从对面飞来。悲婉微至，精妙绝伦，又妙在无一字不从月色照出也。

（清·浦起龙《读杜心解》）

拓展训练

杜甫《月夜》表达的情感十分动人。请阅读《月夜》，感受杜甫对妻子的深情，并分析诗中情感独特的表现手法。

链接资料

《旧唐书·杜甫传》

《新唐书·杜甫传》

月夜忆舍弟

杜甫

戍鼓断人行❶，边秋一雁声❷。露从今夜白❸，月是故乡明。有弟皆分散❹，无家❺问死生。寄书长不达❻，况乃未休兵❼。

🖐 要点注释

❶ 戍鼓：戍楼上用以报时或告警的鼓声。断人行：指鼓声响起后，就开始实行宵禁。

❷ 边秋：一作"秋边"，秋天边远的地方，此指秦州（今甘肃天水）。一雁：孤雁。

❸ 露从今夜白：恰逢"白露"时节。

❹ 分散：一作"羁旅"。

❺ 无家：杜甫在洛阳附近的老宅已毁于安史之乱。

❻ 长：一直，总是。不达：送不到。

❼ 况乃：何况是。未休兵：此时叛臣史思明正与主帅李光弼激战。

📖 原文赏析

杜甫写了不少思念兄弟的诗，此诗为漂泊秦州时所作。

首句"戍鼓"渲染战争气氛，次句点明时令与地点。由"一雁声"想到比喻兄弟的"雁行"，可见兄弟分散。因逢白露时节，故有"露从今夜白"之句，此为言己，因在秦州霜露早寒。萧涤非谓对句："月无处不明，但心在故乡，故曰'月是故乡明'。"（《杜甫诗选注》）此句同时引出思弟。

在月明之夜，诗人与其弟却分散各地，"有弟皆分散，无家问死生"，他们不只分散各地，而且因为战乱流离失所，生死未卜。杜甫有弟四人，此时仅幼弟相随，其他分散于山东、河南等地，故曰"有弟皆分散"。他在《乾元中寓居同谷县作歌七首》其三中也说过："有弟有弟在远方，三人各瘦何人强。生别展转不相见，胡尘暗天道路长。"对句"无家问死生"最为悲痛。萧涤非称："分散而有家，则谁死谁生，尚可从家中问知；现在既分散而又无家，连死活都无问处。"杜甫的老家在洛阳附近，毁于安史之乱的兵火之中。此联以"有""无"为句首，是为"有无对"，为杜诗常用句式，如《登岳阳楼》中的"亲朋无一字，老病有孤舟"，属于跌之再跌的顿挫。尾联

"寄书长不达"的原因，是这年九月史思明再攻陷洛阳，又进攻河阳，故曰"况乃未休兵"，这又是抑之又抑的顿挫。

此诗为漂泊者之歌，处处体现诗人忐忑不安的心理，由此可以想见安史之乱带来的巨大灾难。

名家评笺

秦州作。时公之三弟在许、徐二州。戍鼓句兴未休兵。边秋句兴寄书。月是句点化"隔千里兮共明月"，家人皆不在侧，独月色与故乡同耳。有弟二句正念忆弟。

（清·何焯《义门读书记》）

杜子美善于用事及常语，多离析或倒句，则语峻而体健，意亦深稳，如"露从今夜白，月是故乡明"是也。

（宋·王得臣《麈史》）

只"一雁声"便是忆弟，对明月而忆弟，觉露增其白，但月不如故乡之明，忆在故乡兄弟之故也，盖情异而景为之变也。

（明·王嗣奭《杜臆》）

有弟皆分散，一也；诸弟而皆分散，二也；分散而皆无家，三也；生死皆不可问，四也；欲探消息，唯有寄书，五也；奈书长不达，六也。结句言何况干戈未息，则音书断绝，而生死愈不可知。

（俞陛云《诗境浅说》）

当代价值

兄弟关系是家庭关系中重要的组成部分，甚至可以和子女与父母的关系相提并论，由"父慈子孝，兄友弟恭"（邵雍《君子饮酒吟》）可见其重要性。有子曰："其为人也孝弟，而好犯上者，鲜矣；不好犯上，而好作乱者，未之有也。君子务本，本立而道生。孝弟也者，其为仁之本与。"认为孝悌是做人的根本。杜甫的《月夜忆舍弟》写足了兄弟之间的深情。诗人在草木摇落变衰的秋日，在"戍鼓断人行"的战乱之际，在明月初升的夜里，思念他分散各地的弟弟，一片深情溢于言表。这种兄弟之间的情谊，值得我们在当代继承和发扬。

拓展训练

　　"兄弟情深"在中华传统文化中是非常重要的观念，杜甫写了不少表达兄弟之情的诗歌，《月夜忆舍弟》是其中的代表作。阅读杜甫的其他"思弟诗"，体会杜甫对兄弟的深挚情感。

链接资料

　　杜甫的部分"思弟诗"：

　　《第五弟丰独在江左，近三四载寂无消息，觅使寄此二首》

　　《喜观即到，复题短篇二首》

　　《得舍弟消息二首》

　　《忆弟二首》

茅屋为秋风所破歌

杜甫

八月秋高①风怒号，卷我屋上三重茅②。茅飞渡江洒江郊，高者挂罥长林梢③，下者飘转沉塘坳④。南村群童欺我老无力，忍能对面为盗贼⑤。公然抱茅入竹去⑥，唇焦口燥呼不得⑦，归来倚杖自叹息。俄顷⑧风定云墨色，秋天漠漠向昏黑⑨。布衾⑩多年冷似铁，娇儿恶卧踏里裂⑪。床头屋漏无干处⑫，雨脚如麻⑬未断绝。自经丧乱⑭少睡眠，长夜沾湿何由彻⑮！安得广厦千万间⑯，大庇天下寒士俱欢颜⑰，风雨不动安如山？呜呼⑱！何时眼前突兀见此屋⑲，吾庐独破受冻死亦足⑳！

要点注释

① 秋高：秋深。

② 三重（chóng）茅：多层茅草。三：泛指多。

③ 挂罥（juàn）：挂着，挂住。罥：挂。长（cháng）：高。

④ 塘坳（ào）：低洼积水的地方（池塘）。塘：一作"堂"。坳：水边低地。

⑤ 忍能对面为盗贼：竟忍心这样当面做"贼"。忍能：忍心如此。对面：当面。为：做。

⑥ 入竹去：进入竹林。

⑦ 呼不得：喝止不住。

⑧ 俄顷：不久，一会儿，顷刻之间。

⑨ 秋天漠漠向昏黑：指秋季的天空渐渐黑了下来。

⑩ 布衾（qīn）：布质的被子。衾：被子。

⑪ 娇儿恶卧踏里裂：孩子把被里都蹬破了。恶卧：卧时不安静，胡蹬乱踢。裂：使动用法，使……裂。

⑫ 床头屋漏无干处：整个房屋里都没有干的地方了。屋漏：根据《辞源》释义，指屋子西北角，古人在此开天窗，阳光便从此处照射进来。床头屋漏泛指整个屋子。

⑬ 雨脚如麻：形容雨点不间断，像下垂的麻线一样密集。雨脚：雨点。

⑭ 丧（sāng）乱：战乱，指安史之乱。

⑮ 沾湿：潮湿不干。何由彻：如何挨到天亮。彻：彻晓，到天亮。

⑯ 安得：如何能得到。广厦：宽敞的大屋。

⑰ 大庇：全部遮盖、掩护起来。庇：遮盖，掩护。寒士："士"原指士人，即文化人，但此处泛指贫寒的士人。俱：都。欢颜：喜笑颜开。

⑱ 呜呼：书面感叹词，表示叹息，相当于"唉"。

⑲ 突兀：高耸的样子，这里用来形容广厦。见（xiàn）：通"现"，出现。

⑳ 庐：茅屋。亦：一作"意"。足：值得。

原文赏析

　　长达八年的安史之乱使杜甫饱受漂泊离乱之苦，此诗记录了他生活的艰难困苦，体现了他关怀天下士人之情怀。

　　全诗分为三层。前五句为第一层，从风怒、屋破、茅飞叙起，营造出一种动荡不安的气氛。接下来的十三句为第二层，叙写屋漏床湿，是此诗的主体。群童抱茅嬉戏而去，不理睬杜甫的呼喊阻止，这在当时必为实事，故诗人叙之入诗。由"风定"再到"昏黑"，"雨脚如麻"般下了起来；多年旧被"冷似铁"，小儿一蹬即破裂；"床头屋漏无干处"，大雨不绝，只有深受其苦，亲遭其难的人，方有如此逼真的叙述。而"自经丧乱少睡眠"的杜甫，呼喊着"长夜沾湿何由彻"，不知怎样才能熬过这痛苦的长夜。"安得……死亦足"为第三层，在苦苦不眠的长夜中，杜甫曾"不寝听金钥"，这时他想到"天下寒士"可能都和他一样正挣扎在生存的水深火热之中。他幻想着，不，他呼喊着"安得广厦千万间，大庇天下寒士俱欢颜"，只要"眼前突兀见此屋"，即使"吾庐独破受冻"，他也会感到"死亦足"。

　　全诗体现了诗人在灾难中呼唤安宁——天下之安宁！体现了杜甫早年所说的"穷年忧黎元，叹息肠内热"的忧民精神。"一洗苍生忧"是他一贯的希望，"安得"甚至成了他作诗结尾的"关键词"。他此前的作品《洗兵马》呼吁过"安得壮士挽天河，净洗甲兵长不用"，其他如《昼梦》的"安得务农息战斗，普天无吏横索钱"，《光禄阪行》的"安得更似开元中，道路即今多拥隔"，《石笋行》《石犀行》《大麦行》都把"安得"用在结尾，喊出他为国为民的心声。

名家评笺

　　我以为工部最少可以当得起情圣的徽号，因为他的情感的内容，是极丰富的，极真实的，极深刻的。他的表情方法又极熟练，能鞭辟到深处，能将他全部反映不走样子，能像电气般一振一荡地打到别人的心弦上。中国文学界写情圣手，没有人比得上，所以我叫他做情圣。

（梁启超《情圣杜甫》）

杜诗高、大、深俱不可及。吐弃到人所不能吐弃，为高；涵茹到人所不能涵茹，为大；曲折到人所不能曲折，为深。

（清·刘熙载《艺概》）

当代价值

在儒家文化体系中，"穷则独善其身，达则兼济天下"是文人立身处世的基本原则。杜甫一生颠沛流离，仕途不得意，可谓"穷"矣，但是他忧国忧民之情始终不减，无论"穷""达"，他始终怀有兼济天下的仁爱之心。"安得广厦千万间，大庇天下寒士俱欢颜"，这是多么宽广博大的胸怀，这是多么深厚丰富的情感！杜甫的呼喊是充满渴望的、迫切的，声音也可能是"唇焦口燥"般沙哑的，但他这种由一己推及天下的精神是神圣的、伟大的，感动了历代的文人，也激发了后来的千万读者。当代青年也应该具有由一己而推及天下的宽广胸怀和博爱精神。

拓展训练

杜甫被誉为"诗圣"，不仅因为其诗歌创作成就高，更是因为其人格的无上崇高。结合下方链接资料，阅读本诗，体会杜甫的博爱精神与博大胸怀。

链接资料

《唐宋文学编年地图——杜甫一生行迹图》

拓展阅读

王风·君子于役

《诗经》

君子于役①，不知其期，曷至哉？鸡栖于埘②，日之夕矣，羊牛下来。君子于役，如之何勿思！

君子于役，不日不月③，曷其有佸④？鸡栖于桀⑤，日之夕矣，羊牛下括⑥。君子于役，苟⑦无饥渴？

要点注释

① 于役：往他处服役。于：往。

② 埘（shí）：在墙壁上挖洞做成的鸡窝。

③ 不日不月：不能以日月计算，意思是说在外时间长久。

④ 佸（huó）：相聚，相会。

⑤ 桀：用木头搭成的鸡窝。

⑥ 下括：下来。括：至。

⑦ 苟：且，或许，带有疑问口气的希望之词。

作品解析

这首诗写一位妻子思念在外服役的丈夫。《毛诗序》认为此诗在讽刺周平王，而诗中完全看不出讽刺之意。因此，王先谦《诗三家义集疏》说："据诗文鸡栖、日夕、羊牛下来，乃家室相思之情，无僚友托讽之谊。所称君子，妻谓其夫，《序》说误也。"

诗之首章写对远行丈夫的思念，"不知其期"，可见其役期遥遥无期。鸡尚知按时回窝，牛羊尚知按时入圈，人却不能按时归来。诗之二章与上章几乎完全相同，叙述妻子因想念丈夫而想到还要很长时间才能与丈夫相会，并诚挚地希望丈夫行役时不会忍饥受渴。

本诗是《诗经》中艺术表现非常出色的一首。诗人巧妙地运用对比和烘托，描绘出乡村黄昏的典型情境：落日衔山，暮色苍茫，鸡栖敛翼，牛羊归圈。面对此景，久别夫君的妻子心头涌起一阵阵惆怅，这惆怅盘绕在她心中，难以排遣。暮色越来越浓，思念也越来越长。每一个这样的黄昏都成了难熬的时光。日暮黄昏的景象与思妇孤寂焦虑的情感相融合，形象鲜明而感人，开启了后世诗歌"日暮怀人"的意象写法。

此诗纯用白描手法，着重刻画了妻子的心理活动，并以内心独白的形式来表现。《诗经》常在描绘风雨时写思念，此诗却不是，甚至连常用的兴、比也都没有，只是用了不着色泽的、极简极净的文字，在描绘安宁场景时写相思，语淡而情浓。

江城子·乙卯①正月二十日夜记梦

苏轼

十年生死两茫茫②，不思量③，自难忘。千里孤坟④，无处话凄凉。纵使⑤相逢应不识，尘满面，鬓如霜⑥。

夜来幽梦⑦忽还乡，小轩窗⑧，正梳妆。相顾无言，惟有泪千行。料得年年肠断处⑨，明月夜，短松冈⑩。

📝 要点注释

① 乙卯（mǎo）：北宋熙宁八年，即1075年。

② 十年生死两茫茫：十年来双方生死隔绝，什么都不知道了。十年：指结发妻子王弗去世已十年。

③ 思量：想念。

④ 千里：王弗葬地四川眉山与苏轼任所山东密州相隔遥远，故称"千里"。孤坟：此处指苏轼之妻王氏之坟。孟棨《本事诗·徵异第五》载孔氏赠夫诗"欲知肠断处，明月照孤坟"。

⑤ 纵使：即使。

⑥ 尘满面，鬓如霜：形容饱经沧桑，面容憔悴。

⑦ 幽梦：梦境隐约，故云"幽梦"。

⑧ 小轩窗：指小屋的窗前。

⑨ 料得：料想，想来。肠断处：一作"断肠处"。

⑩ 短松冈：苏轼葬妻之地。短松：矮松。

📖 作品解析

此词是苏轼悼念亡妻之作。上片直抒胸臆，记叙双方十年生死隔绝，杳无消息，到相距千里无法对话，再到纵然相逢应不相识，层层递进，抒发对亡妻的一往情深和十年宦海浮沉的身世之感。"不思量，自难忘"，看上去平淡的六个字，蕴含着深挚的感情——经久不忘的夫妻深情。

上片写致梦的原因，下片直接写梦，写梦中的相会和梦后的感想。词人通过对往昔美好情景的回忆，进而料想而今孤独长眠于地下的亡妻，年年为思念丈夫柔肠寸断，委婉地表达出对亡妻的难忘之情和悲绝之痛，写得真挚诚恳，十分感人。

这首词语言自然，不加雕琢。"纵使相逢应不识，尘满面，鬓如霜"三句最为沉痛，既有对亡妻的怀念，也有对自己身世遭遇的感慨。

第三章 明心示志

本章选录经典释读作品四首——曹操《观沧海》《龟虽寿》，杜甫《望岳》，苏轼《念奴娇·赤壁怀古》；选录拓展阅读作品四首——陶渊明《读山海经·其十》，李白《古风·其一》，杜甫《奉赠韦左丞丈二十二韵》，李清照《渔家傲·天接云涛连晓雾》。谚云："树无根不长，人无志不立。"树木失去根基就不会再生长，人没有志向不会有大的作为，有志者才会事竟成。无论是胸怀有如大海般宽广的曹操，还是说出"会当凌绝顶，一览众山小"的杜甫，他们都心怀大志，都喜欢在诗歌中表达理想与志向。即便现在读来，他们的诗歌依然振奋人心。

经典释读

观沧海

曹操

东临碣石，以观沧海。水何澹澹❶，山岛竦峙❷。树木丛生，百草丰茂。秋风萧瑟，洪波涌起。日月之行，若出其中。星汉❸灿烂，若出其里。幸甚至哉，歌以咏志。

要点注释

❶ 澹澹：水波动荡貌。

❷ 竦峙：耸立。

❸ 星汉：银河。

原文赏析

本诗为组诗《步出夏门行》的第一章，题目是后人所加。《步出夏门行》又名《陇西行》，属于古乐府《相和歌·瑟调曲》。曹操北征乌桓凯旋途中，借此乐府旧题以写时事，通过描写自然景物，抒发个人的雄心壮志，反映了他踌躇满志、叱咤风云的英雄气概。曹操胸怀大志，许劭说他是"治世之能臣，乱世之奸雄"，无论是"能臣"还是"奸雄"，都肯定了他的才能与志向。

此诗一、二句点明"观沧海"的位置。诗人登上碣石山山顶，登高观海，视野寥廓，大海的壮阔景象尽收眼底。一个"观"字统领全篇，以下十句都是由此拓展而来的。三、四句从远处着眼，描写初见大海、山岛的印象。五、六句具体写山岛上的景象：树木繁茂，百草丰美，一派生机盎然的景象。这两句完全没有秋天的凄凉萧瑟和人的感伤情怀，打破了宋玉在《九辩》中所开创的悲秋文学的先声。七、八句描写秋风萧瑟中大海汹涌澎湃的场面，这些都和诗人内心情感的波动不无关系，反映了他"老骥伏枥，志在千里"的"烈士"胸襟。"日月之行，若出其中；星汉灿烂，若出其里"联系浩瀚的宇宙，将大海的气势和威力展现了出来。这里描写的大海，既是眼前实景，也融入了诗人的想象和夸张，展现出一派吞吐宇宙的宏伟气象。言为心声，曹操写出这样的诗句，也反映了他宏伟的政治抱负、建功立业的雄心壮志，和对前途充满信心的乐观态度。最后两句是为了合乐的套语，与诗的内容无关。

这首诗通篇写景，堪称中国古代山水诗的最早佳作，受到文学家的厚爱。曹操写秋天的大海，能够一洗悲秋的感伤情调，写得沉雄爽朗、气象壮阔，与他的气度、品格乃至情趣都是紧密相关的。此诗即使是单纯的写景之作，也极富生气，不是简单的描摹式写作。

龟虽寿

曹操

神龟虽寿，犹有竟❶时；腾蛇❷乘雾，终为土灰。老骥伏枥❸，志在千里；烈士❹暮年，壮心不已。盈缩❺之期，不但在天；养怡❻之福，可得永年。幸甚至哉，歌以咏志。

要点注释

❶ 竟：终结，这里指死亡。

❷ 腾蛇：传说中能乘云雾升天的蛇。

❸ 枥（lì）：马槽。

❹ 烈士：有远大抱负的人。

❺ 盈缩：这里指人寿命的长短。盈：增长，引申为长。缩：亏，引申为短。

❻ 养怡：指调养身心，保持身心健康。怡：愉快、和乐。

原文赏析

本诗为组诗《步出夏门行》的第四章，题目是后人所加。本诗借乐府旧题来写时事，抒发了对人寿有限而壮志无穷的慨叹，表明寿命长短不一定全由天定，人也有可努力之处。全诗述理、明志、抒情，三者在具体的艺术形象中实现了完美的结合。东汉末年，政局不稳，战乱频繁，感慨生命无常是文人借诗歌咏叹的重要主题，《龟虽寿》一诗正是对这一主题的呼应。神龟、腾蛇尚不可长寿，何况是处在乱世中的人。诗一开始是感伤的，但是笔锋一转，阐述骏马即使老了，依然志在千里，壮士虽然暮年，可是依然壮心不已。

此诗前四句说理，言神龟无论寿命多长，终会死亡；腾蛇本领再大，也会化为土灰。由此可见，诗人对生命有着清醒的认识，这在谶（chèn）纬之学猖獗的时代是难能可贵的。更可贵的是诗人对待人生的态度，他一扫东汉末年文人感叹浮生若梦、劝人及时行乐的悲调，转而慷慨高歌——"老骥伏枥，志在千里；烈士暮年，壮心不已"。这四句笔力遒劲，韵律沉雄，蕴含着一股自强不息的豪迈气概，突出表现了诗人老当益壮、锐意进取的精神面貌。这也是本诗的千古名句，历来被传颂不已。《世说新语》记载东晋大将军王敦每酒后就咏此四句，以如意击打唾壶为节，壶口尽缺。接下来四句表现出诗人对天命观的否定，对事在人为抱有信心的乐观主义精神，抒发了诗人不甘衰老、不信天命、奋斗不息、对伟大理想的追求永不停息的壮志豪情。诗人以切身体验揭示了人的精神因素对健康的重要意义，因而可以说此诗又是一篇绝妙的养生论。

本诗更可贵的价值在于它是一首真正的诗歌，开辟了诗歌的新纪元。汉武帝罢黜百家、独尊儒术，禁锢了文人的思想，使得汉代许多文人不长于写诗，而长于创作歌颂功德的大赋和注释儒家经书，导致真正有感情、有个性的文学没有得到长足发展。曹操"外定武功，内兴文学"，给文坛带来了自由活跃的新鲜空气。

当代价值

从历史的角度看，曹操是一位了不起的政治家、军事家；从文学的层面看，他是建安文坛的盟主，又是建安文坛中有代表性的文学家。他以一种政治家的胸怀和气魄作诗，因而诗歌中充满慷慨与豪迈之气。两首诗都展现了慷慨豪迈、乐观昂扬的精神。《观沧海》一诗表层描写大海吞吐日月、包蕴万千的壮丽景象，实则以景托志，表现曹操如大海般宽广的胸怀。所以面对苍茫大海心胸也随之开阔起来，这种豪情与宽广的胸怀是曹操人格魅力的表现，也是其值得肯定的一面。《龟虽寿》以慷慨激昂的基调，表现了老当益壮的积极心态。人生在世，光阴短暂，在有限的生命中实现自我价值，即使到了暮年又有何妨呢？这种积极向上的昂扬精神是值得我们肯定的。

拓展训练

曹操是建安文坛的代表诗人，也是一个备受争议的历史人物。阅读《三国志·魏书·武帝纪》，结合以上两首诗，谈谈你对曹操的评价。

链接资料

《三国志·魏书·武帝纪》

望岳

杜甫

岱宗夫如何❶？齐鲁青未了❷。造化钟神秀❸，阴阳割昏晓❹。荡胸生曾云❺，决眦入归鸟❻。会当凌绝顶❼，一览众山小❽。

要点注释

❶ **岱宗**：泰山在今山东泰安城北。古代以泰山为五岳之首，诸山所宗，故诗称泰山为"岱宗"。历代帝王凡举行封禅大典，皆在此山。**夫（fú）**：发语词，无实义，强调疑问语气。**如何**：怎么样。

❷ **齐鲁**：原是春秋战国时期的两个封国，在今山东境内，齐国在泰山北，鲁国在泰山南，后用齐鲁代指山东地区。**青未了**：指郁郁苍苍的山色无边无际，难以尽言。**青**：指苍翠、翠绿的美好山色。**未了**：不尽，不断。

❸ **造化**：大自然。**钟**：聚集。**神秀**：天地之灵气，神奇秀美。

❹ **阴阳**：阴指山的北面，阳指山的南面，这里指泰山的南北。**割**：分。**昏晓**：黄昏和早晨。此句极言泰山之高，山南、山北因之判若早晨与黄昏，明暗迥然不同。

❺ **荡胸**：心胸摇荡。**曾**：同"层"，重叠。

❻ **决眦（zì）**：眼角（几乎）要裂开，这是极力睁大眼睛远望归鸟入山所致。**决**：裂开。**眦**：眼角。**入**：收入眼底，即看到。

❼ **会当**：终当，定要。**凌绝顶**：登上最高峰。**凌**：登上。

❽ **小**：形容词的意动用法，意思为"以……为小，认为……小"。

原文赏析

杜甫出生于盛唐时期，此时国力强盛，经济繁荣，政治稳定，一派欣欣向荣的景象。盛唐时期，文人普遍具有一种积极入世的态度与昂扬乐观的精神风貌。此诗是杜甫于736年漫游齐、赵时所作，此时诗人正当少壮之时，自是豪情万丈。这是一首五古，但对仗结构近于五律。

全诗从"望"中层层推出。首句自问，次句自答。"夫如何"颇费解，甚至被认为"几不成语"，注解者也有分歧。首句似说：泰山那座山究竟怎样呢？次句中的"青"字也值得琢磨，应当是形容词作动词用，意谓齐鲁大地被泰山的绿色尽染。这两句是远望中遥想的景象。

三、四句说大自然好像把它的神奇秀丽都聚集在此，天色的明暗都取决于泰山，因为山南为明，山北为暗。"钟"字和"割"字用得很巧妙。仇兆鳌说："拔地而起，神秀之所特钟，蟊天而峙，昏晓于此判割。二语奇峭。"此为近望所见之景象。

五、六句为细望。第五句是"曾云生荡胸"的倒装形式，大约可见诗人胸襟之广阔；第六句言张目极视，可与岑参诗"鸟向望中灭"互参，亦可见诗人眼界之开阔。末两句是想象中的极望。《孟子·尽心上》说："孔子登东山而小鲁，登泰山而小天下。"杜甫的思想与孟子很接近。"会当凌绝顶"是理想，而"一览众山小"则是诗人的抱负。刘熙载说"杜诗的高、大、深俱不可及"，此诗或明或隐写出诗人对三者的追求。

名家评笺

至于子美，盖所谓上薄风骚，下该沈宋，言夺苏李，气吞曹刘，掩颜谢之孤高，杂徐庾之流丽，尽得古今之体势，而兼人人之所独专矣。……诗人以来，未有如子美者。

（唐·元稹《唐故工部员外郎杜君墓系铭并序》）

《望岳》一题，若入他人手，不知作多少语？少陵只以四韵了之，弥见简劲。"齐鲁青未了"五字，囊括数千里，可谓雄阔。

（清·施补华《岘佣说诗》）

杜子心胸，于斯可观，取为压卷屹然作镇。

（清·浦起龙《读杜心解》）

当代价值

杜甫出生在一个奉儒守官的家庭，其远祖杜预是西晋名将，同时也是文学之士，曾注解《左传》；其祖父杜审言是武后时期的大诗人，"文章四友"之一。所以杜甫说"诗乃吾家事"，他不仅家学源远，而且积极入世。杜甫一生致力于实现"致君尧舜上，再使风俗淳"的人生追求，儒家"修身、齐家、治国、平天下"的思想对他影响极大。《望岳》便是杜甫明心示志的诗作。此诗写诗人"望"中泰山的宏伟壮美，这座高不可及的泰山，也是自己追求的那座高峰。这是少年的豪气，也是盛唐文人的气魄。终有一天，他要亲自登上山顶，一展宏图。这种万丈豪情与高远追求是杜甫积极入世精神的体现，对当代读者也有激励的作用。

拓展训练

　　《望岳》是杜甫早年的作品，不同于其后期沉郁的诗风，颇能展现盛世文人的豪情。阅读此诗，分析这一时期杜甫的思想与诗风特点。

链接资料

　　古诗词新唱：《望岳》

念奴娇·赤壁❶怀古

苏轼

大江东去，浪淘尽，千古风流人物❷。故垒❸西边，人道是，三国周郎❹赤壁。乱石穿空，惊涛拍岸，卷起千堆雪❺。江山如画，一时多少豪杰。

遥想公瑾当年，小乔初嫁了❻，雄姿英发❼。羽扇纶巾❽，谈笑间，樯橹❾灰飞烟灭。故国神游❿，多情应笑我，早生华发⓫。人生如梦，一尊还酹江月⓬。

🖌 要点注释

❶ 赤壁：此指黄州赤壁，一名"赤鼻矶"，在今湖北省黄冈市西。而三国古战场的赤壁，学界认为在今湖北省蒲圻县西北。

❷ 风流人物：指杰出的历史名人。

❸ 故垒：过去遗留下来的营垒。

❹ 周郎：指三国时期东吴名将周瑜，字公瑾，少年得志，二十四岁为中郎将，掌管东吴重兵，吴中皆称之为"周郎"。下文中的"公瑾"，亦指周瑜。

❺ 雪：比喻浪花。

❻ 小乔初嫁了（liǎo）：乔，本作"桥"。《三国志·吴书·周瑜鲁肃吕蒙传》载，周瑜从孙策攻皖，"时得桥公两女，皆国色也。策自纳大桥，瑜纳小桥"。其时距赤壁之战已有十年，此处言"初嫁"，是言周瑜少年得意、风流倜傥。

❼ 雄姿英发（fā）：谓周瑜体貌不凡，言谈卓绝。英发：谈吐不凡，见识卓越。

❽ 羽扇纶（guān）巾：古代儒将的便装打扮。羽扇：羽毛制成的扇子。纶巾：青丝制成的头巾。

❾ 樯橹（qiánglǔ）：一作"强虏"，又作"樯艣""狂虏"。这里代指曹操的水军战船。樯：挂帆的桅杆。橹：一种摇船的桨。

❿ 故国神游："神游故国"的倒文。故国：这里指旧地，当年的赤壁战场。神游：于想象、梦境中游历。

⓫ 华发（fà）：花白的头发。

⓬ 一尊还（huán）酹（lèi）江月：古人祭奠时会将酒浇在地上，这里指洒酒酬月，寄托自己的感情。尊：通"樽"，酒杯。

怀古是古典诗词中常见的主题。时过境迁，历史的遗迹、逝去的英雄很容易引发文人的感慨，文人常借以寄托情思。《念奴娇·赤壁怀古》是苏轼豪放风格词作的代表。

此词写于宋神宗元丰五年（1082）七月，当时苏轼已四十五岁，因反对新法被贬黄州已有两年多了。这首词是他游赏黄冈城外的赤鼻矶时所写。上片从滚滚东流的长江着笔，随即用"浪淘尽"，把大江与历史人物联系起来，让人既能看到大江的汹涌奔腾，又能想见风流人物的卓荦（luò）气概，更可体会到词人于江岸凭吊时起伏激荡的心潮。"故垒西边，人道是，三国周郎赤壁"三句点出这里是传说中的古代赤壁战场。下文正面描写赤壁风景。"乱石穿空"写山之峻峭，"惊涛拍岸，卷起千堆雪"言水之汹涌澎湃。"石"而曰"乱"，"空"而可"穿"，"涛"而曰"惊"，"岸"而可"拍"，"雪"而曰"卷"，眼前所见，气壮山河，美不胜收。面对壮丽山河，想起了曾经在这个历史舞台上出现过的英雄豪杰。

下片开头以美人烘托英雄，更显出周瑜的潇洒风姿、年轻有为。"羽扇纶巾"写其服饰，表现其风度娴雅。"谈笑间，樯橹灰飞烟灭"写其韬略，赞其胸有成竹、指挥若定，谈笑之间，就把曹操的船队烧得精光。临"故国"思"豪杰"，想到周瑜年轻时建立了惊天动地的功业，而自己被贬黄州，徒有报国之志，相形之下，顿生感慨，情不自禁地发出光阴虚掷的叹惋。"一尊还酹江月"呈现出襟怀旷达、善于自解宽慰的形象。词的结尾，感情跌宕，犹如在高原阔野中奔流的江水，偶遇坎坷，略做回旋，随即继续流向前方。

词人临大江而感慨时光流逝，昔日的赤壁战场如今已经荡然无存，昔日的英雄人物也都已逝去。尽管一切都不再，但是周瑜"雄姿英发"的英雄气概与"谈笑间，樯橹灰飞烟灭"的豪情，依然穿越时空感染着词人，也感染着读者。

名家评笺

东坡词颇似老杜诗，以其无意不可入，无事不可言也。若其豪放之致，则时与太白为近。

（清·刘熙载《艺概》）

东坡在玉堂日，有幕士善讴，因问："我词比柳词何如？"对曰："柳郎中词，只合十七八女孩儿执红牙拍板，唱'杨柳岸晓风残月'；学士词，须关西大汉，执铁板，唱'大江东去'。"公为之绝倒。

（宋·俞文豹《吹剑续录》）

东坡"大江东去"赤壁词，语义高妙，古今绝唱。

（宋·胡仔《苕溪渔隐丛话》）

题是怀古，意为自己消磨壮心殆尽矣。……总而言之，题是赤壁，心实为己而发。周郎是宾，自己是主，借宾定主，寓主于宾。是主是宾，离奇变换，细思方得其主意处。不可但诵其词，而不知其命意所在也。

（清·黄苏《蓼园词选》）

当代价值

清代词论家徐釚谓东坡词"自有横槊气概，固是英雄本色"（《词苑丛谈》）。在《东坡乐府》中，最具这种英雄本色的代表作，恐怕要首推这篇被誉为"千古绝唱"的《念奴娇·赤壁怀古》了。

人生是有限的，如梦般短暂，大江、明月似乎是永恒的，见证着过往的一切。在这有限与永恒之间，似乎是词人无限的惆怅与感伤。词中的历史英雄人物是意气风发的，是志得意满的，而苏轼此时被贬黄州，正值人生的低谷时期。在得意与失意之间，似乎满是诗人的失落与消沉。但是我们从词中看到的不是身处逆境时消极的苏轼，而是即使失意依然豪迈、达观的苏轼。

每个人都会有失意的时候，从苏轼的身上，我们看到的是失意但不失落的积极乐观的精神。尽管千古风流人物都会成为过往，尽管人生如梦般短暂，但是英雄气概会一直鼓舞人心，使人积极昂扬。

拓展训练

苏轼是中国古代最富人格魅力的文人之一，他的才情学识，他的豪迈旷达，无不为后代所敬仰，无不对后世影响深远。观看央视历史人文纪录片《苏东坡》之《大江东去》，感受苏轼的豪情与旷达。

链接资料

央视历史文化纪录片：《苏东坡》之《大江东去》

读山海经·其十

陶渊明

精卫衔微木，将以填沧海。刑天舞干戚，猛志固常在。同物既无虑❶，化去不复悔❷。徒设在昔心❸，良辰讵可待❹。

要点注释

❶ 同物既无虑：精卫既然淹死而化为鸟，就等同于其他生物，应该没有什么忧虑。

❷ 化去不复悔：刑天已被杀死，化为异物，但他对以往和天帝争神之事并不悔恨。

❸ 徒设在昔心：空有昔日的壮志。

❹ 良辰：实现壮志的日子。讵：岂。

作品解析

诗中所写的神话故事出自《山海经·北山经》，却是诗人明心示志的篇章。把此诗与陶渊明《咏荆轲》一类的诗和田园诗合在一起，才能看到一个完整的大诗人的风貌。

此诗前四句为神话，后四句发议论，结构简单。"精卫填海"是弱小抗衡不可抵御的强大，"刑天"掉了脑袋还要拼个你死我活，二者都昭示了"猛志固常在"的精神。温和而不露锋芒的陶大隐士，怎会如此发狠？我们又怎么把咬牙切齿玩命的精神和他田园诗中怡然自得的风貌联系在一起？或谓"同物既无虑，化去不复悔"二句是说"生死如一，何必挂怀"，是以庄子"齐物论"消解了上四句的斗争精神，然与末尾的"徒设在昔心，良辰讵可待"大生矛盾。两个神话是说要以弱抗强，死亦继续拼争，故谓生死"同物"，一拼到底，此即"既无虑"意。"化去"即死掉，"不复悔"谓死去也要"舞干戚"，这才是"猛志"，这才是"固常在"，哪有什么后悔的。"昔心"就是《杂诗·其五》中的"忆我少壮时，无乐自欣豫。猛志逸四海，骞翮思远翥"，或如《拟古·其八》中的"少时壮且厉，抚剑独行游"，只是英雄老矣，"良辰"难待。由此可见"徒设""讵可"中包含了多么大的遗憾。

鲁迅先生认为陶渊明有祥和的一面，也有"金刚怒目"式的一面，"除了论客们所佩服的'悠然见南山'之外，还有'精卫衔微木，将以填沧海。刑天舞干戚，猛志固常在'之类的'金刚怒目'式，在证明着他并非整天整夜地飘飘然。这'猛志固常在'和'悠然见南山'的是一个人"。（鲁迅《且介亭杂文二集·题未定草六》）又说："历来的伟大的作者，是没有一个'浑身是静穆'的。陶潜正因为并非'浑身是静穆'，所以他伟大。"此言确实可信，让人心悦诚服。

古风·其一

李白

大雅❶久不作，吾衰竟谁陈？王风❷委蔓草，战国多荆榛。龙虎相啖食，兵戈逮狂秦。正声❸何微茫，哀怨起骚人。扬马❹激颓波，开流荡无垠。废兴虽万变，宪章亦已沦❺。自从建安来，绮丽不足珍。圣代复元古❻，垂衣贵清真❼。群才属❽休明，乘运共跃鳞。文质相炳焕，众星罗秋旻❾。我志在删述，垂辉映千春。希圣❿如有立，绝笔于获麟。

✦ 要点注释

❶ **大雅**：本指《诗经》中的《大雅》，借指以《诗经》为代表的雅正之风。

❷ **王风**：《诗经·王风》，此亦代指《诗经》。

❸ **正声**：雅正的诗风。

❹ **扬马**：指汉代文学家扬雄、司马相如。

❺ **宪章**：本指典章制度，此处代指诗歌创作的法度、规范。**沦**：消亡。

❻ **圣代**：指诗人所处的朝代即唐代。**元古**：上古，远古。

❼ **清真**：朴素自然，与"绮丽"相对。

❽ **属**：适逢。

❾ **秋旻**（mín）：秋季的天空。

❿ **希圣**：希望达到圣人的境界。

✦ 作品解析

古风即古体诗，与近体诗相对。李白诗集中有《古风五十九首》组诗，此处所选为其一。

从内容看，此为论诗之作。全诗共二十四句，可分为两层。从"大雅久不作"到"绮丽不足珍"可以看作第一层。"吾衰竟谁陈"一句，用了孔子"甚矣，吾衰也"之典故。这两句意思是说，先秦《诗经》所代表的雅正之风早已不振，孔子的"吾衰"之叹，实际上是无法拯救衰世的悲哀，而这又能向谁诉说呢？"王风委蔓草"以下，历数战国、秦、汉、魏、晋以来诗风之衰颓，痛感"废兴虽万变，宪章亦已沦"的现实。

从"圣代复元古"到"绝笔于获麟"为第二层。此处"垂衣"用了典故，《易经·系辞下》有"黄帝、尧、舜垂衣裳而天下治"，即垂衣拱手而天下治，后人用以歌颂封建帝王的治道。这两句的意思是说，本朝皇帝复兴远古的"大雅"之道，提倡清新自然的文风。应当说，这是于史有据的，并非如有人所说："诗人故弄狡狯，其实半是假话。"如唐太宗李世民就曾提出重功利、重教化的文艺观点，在《帝京篇》之序中倡言："以尧舜之风，荡秦汉之弊；用《咸》《英》之曲，变烂熳之音。"而初唐文坛所取得的创作成就，也有目共睹。这恰如李白在此处所说的"群才"鱼跃、"众星"映天。当然，在初唐诗坛上承齐梁颓风而形成的形式主义之弊也不容忽视，以"绮错婉媚为本"的"上官体"即是其代表。鉴于此，李白才提出要学习上古孔子删《诗》，汰粗而取菁。"我志在删述，垂辉映千春"，李白期望能像圣人那样有所创立，从而复兴一代"清真"的大雅之风。在李白的诗集中，这是一篇极其重要的论诗作品。

奉赠韦左丞丈二十二韵

杜甫

纨绔不饿死，儒冠多误身❶。丈人试静听，贱子请具陈❷。甫昔少年日，早充观国宾❸。读书破万卷，下笔如有神❹。赋料扬雄敌，诗看子建亲❺。李邕求识面，王翰愿卜邻❻。自谓颇挺出，立登要路津❼。致君尧舜上，再使风俗淳❽。此意竟萧条，行歌非隐沦❾。骑驴十三载，旅食京华春❿。朝扣富儿门，暮随肥马尘。残杯与冷炙，到处潜悲辛。主上顷见征，欻然欲求伸⓫。青冥却垂翅，蹭蹬无纵鳞⓬。甚愧丈人厚，甚知丈人真。每于百僚上，猥诵佳句新⓭。窃效贡公喜，难甘原宪贫⓮。焉能心怏怏，只是走踆踆⓯。今欲东入海，即将西去秦⓰。尚怜终南山，回首清渭滨。常拟报一饭，况怀辞大臣❶⑰。白鸥没浩荡，万里谁能驯⑱？

要点注释

❶ 纨绔：指富贵子弟。不饿死：不学无术却无饥饿之忧。儒冠多误身：满腹经纶的儒生却穷困潦倒。

❷ 丈人：对长辈的尊称，这里指韦济。贱子：年少位卑者自谓。这里是杜甫自称。请：意谓请允许我。具陈：细说。

❸ "甫昔少年日，早充观国宾"两句：指开元二十三年（735）杜甫以乡贡（由州县选出）的资格在洛阳参加进士考试的事。杜甫当时才二十四岁，就已是"观国之光"（参观王都）的国宾了，故言"早充"。"观国宾"语出《周易·观卦·象辞》："观国之光，尚宾也。"

❹ 破万卷：形容书读得多。如有神：形容才思敏捷，写作如有神助。

❺ 料：差不多。扬雄：字子云，西汉辞赋家。敌：匹敌。看：比拟。子建：曹植，曹操之子，字子建，建安时期著名文学家。亲：接近。

❻ 李邕（yōng）：唐代文豪、书法家，曾任北海郡太守。杜甫少年在洛阳时，李邕奇其才，曾主动去结识他。王翰：当时著名诗人，《凉州词》的作者。

❼ 挺出：杰出。立登要路津：很快就要得到重要的职位。

❽ "致君尧舜上，再使风俗淳"两句：是说如果得到重用，就可以辅佐皇帝实现超过尧舜的业绩，使已经败坏的社会风俗再恢复到上古那样淳朴。这是当时一般儒者的最高政治理想。

❾ "此意竟萧条，行歌非隐沦"两句：是说想不到我的政治抱负竟然落空，我虽然也写些诗歌，却不是逃避现实的隐士。

❿ 骑驴：与乘马的达官贵人对比。十三载：从开元二十三年杜甫参加进士考试，到天宝六年（747），恰好十三载。旅食：寄食。京华：京师，指长安。

⓫ 主上：指唐玄宗。顷：不久前。见征：被征召。歘（xū）然：忽然。欲求伸：希望表现自己的才能，实现致君尧舜的志愿。

⓬ 青冥却垂翅：飞鸟折翅从天空坠落。蹭蹬：行进困难的样子。无纵鳞：本指鱼不能纵身远游，这里是说理想不能实现。"主上……无纵鳞"四句所指事实是，天宝六年，唐玄宗下诏征求有一技之长的人赴京应试，杜甫也参加了。宰相李林甫嫉贤妒能，使全部应试的人都落选，还上表称贺"野无遗贤"。这对当时急欲施展抱负的杜甫是一个沉重的打击。

⑬ **每于百僚上，猥诵佳句新**：是说承蒙您经常在百官面前吟诵我新诗中的佳句，极力加以奖掖推荐。

⑭ **贡公**：西汉人贡禹。他与王吉为友，闻吉显贵，高兴得弹冠相庆，因为知道自己也将出头。杜甫说自己也曾自比贡禹，并期待韦济能荐拔自己。**难甘**：难以甘心忍受。**原宪**：孔子的学生，以贫穷出名。

⑮ **怏怏**：气愤不平。**逡（cūn）巡**：且进且退的样子。

⑯ **东入海**：指避世隐居。孔子曾言："道不行，乘桴（fú）浮于海。"（《论语》）**去秦**：离开长安。

⑰ **报一饭**：报答一饭之恩。春秋时期灵辄报答赵宣子（《左传·宣公二年》），汉代韩信报答漂母（《史记·淮阴侯列传》），都是历史上有名的报恩故事。**辞大臣**：指辞别韦济。这两句说明赠诗之故。

⑱ **白鸥**：诗人自比。**没浩荡**：投身于浩荡的烟波之间。**谁能驯**：谁还能拘束我呢？

作品解析

这是杜甫早年的五古大篇，内容是"推销自己"，求人系援。唐代许多诗人都作过此类干谒诗，而此诗则是其中的精品。

诗歌发端似乎是过来人语，发人深省而又来得突兀，真是一肚子牢骚喷薄而生。这样刺激的话当头涌出，似乎很不中听，故接以"试静听""请具陈"这样的话。

"甫昔少年日……风俗淳"十二句展示自己的才略与理想。杜甫二十四岁时参加过进士考试，虽然当时未被录取，但毕竟见过"观国宾"的世面，"充"字隐含不满。"读书破万卷，下笔如有神"是极自负的话语，"破"意为读熟吃透。"赋料扬雄敌，诗看子建亲"两句拿出古代两位大家进行比较，"看"与"料"同义。这犹如说自己才高八斗，名满天下。"李邕求识面，王翰愿卜邻"两句用当时的两位名人来作陪，求人却用一连串惊人之语，无丝毫低眉顺眼之意。"自谓颇挺出，立登要路津"两句，言自己当世可谓"挺出"之人，所以"立登要路津"。"致君尧舜上，再使风俗淳"是杜甫的最高理想，表明他满以为到了实现远大理想的时候。

以上十二句为扬，以下"此意……无纵鳞"十二句为抑。"此意竟萧条，行歌非隐沦"两句为一大转折，开始诉说自己在长安困守十年的种种酸辛。"朝扣富儿门，暮随肥马尘。残杯与冷炙，到处潜悲辛"四句道尽各种悲辛，与才高志大形成鲜明对比。如此大抑扬、大顿挫已初步形成"沉郁顿挫"的风格。"主上顷见征，欻然欲求伸"两句又是一扬，"青冥却垂翅，蹭蹬无纵鳞"两句又是一挫。这是顿挫后的顿挫，铺叙使文章显出变化。

"甚愧……佳句新"四句回到对方，"丈人"呼应开头第三句，这也是必要的"恭维"，以感谢的方式表达，很有分寸。"窃效贡公喜，难甘原宪贫。焉能心怏怏，只是走踆踆"四句，每两句互为抑扬，写出心事万端。"今欲东入海，即将西去秦"两句说明自己的打算。"尚怜终南山，回首清渭滨。常拟报一饭，况怀辞大臣"四句表示对长安的留恋与对"丈人"的感谢。

结尾两句表达像李白一样不愿"摧眉折腰"的本性。"乃于极无聊中作自宽语。悠扬跌宕，亦推开法也。通首二百余字，字字急。结十字，字字缓。于急处见牢骚，于缓处见萧远，而萧远正深于牢骚也。"（吴瞻泰《杜诗提要》）

渔家傲·天接云涛连晓雾

李清照

天接云涛连晓雾，星河欲转千帆舞❶。仿佛梦魂归帝所❷。闻天语❸，殷勤❹问我归何处。

我报路长嗟日暮❺，学诗谩有惊人句❻。九万里风鹏正举❼。风休住，蓬舟吹取三山去❽！

要点注释

❶ 星河：银河。转：《历代诗余》作"曙"。

❷ 帝所：天帝居住的地方。

❸ 天语：天帝的话语。

❹ 殷勤：关心地。

❺ 路长：隐括屈原《离骚》"路漫漫其修远兮，吾将上下而求索"之意。嗟：慨叹。日暮：隐括屈原《离骚》"欲少留此灵琐兮，日忽忽其将暮"之意。

❻ 学诗谩有惊人句：隐括杜甫"语不惊人死不休"句。谩有：空有。

❼ 九万里：《庄子·逍遥游》说大鹏乘风飞上九万里高空。鹏：古代神话传说中的大鸟。

❽ 蓬舟：像飞蓬般轻快的船。吹取：吹得。三山：《史记·封禅书》载，渤海中

有蓬莱、方丈、瀛洲三座仙山，相传为仙人所居住，可以望见，但乘船前往，临近时就被风吹开，终无人能到。

作品解析

在词史上，李清照被誉为"婉约之宗"。她的《一剪梅·红藕香残玉簟秋》《醉花阴·薄雾浓云愁永昼》《声声慢·寻寻觅觅》等代表作品，内容多写闺情幽怨，风格清丽婉转，含蓄隽永。这首《渔家傲·天接云涛连晓雾》却意境阔大，气势磅礴，格调雄奇，是一首豪放风格的词。梁启超评曰："此绝似苏辛派，不类《漱玉集》中语。"（《艺蘅馆词选》）清代黄苏赞此词曰："无一毫钗粉气，自是北宋风格。"（《蓼园词选》）可见此词在《漱玉词》中占有特殊的地位。

整首词都在描写梦境，词人借《离骚》之典故、《庄子》之寓言以及神话传说，以豪迈空灵的意象，雄健劲拔的笔力，把真实的生活感受融入梦境，使梦境与生活、历史和现实融为一体，从而表露出自己对自由的渴望、对光明的追求。

作为婉约派的词人，李清照能写出这样有气魄的作品，确实值得研究。李清照的性格中有相当浓厚的豪放色彩，她喜欢饮酒，敢爱敢恨，敢做敢言。这样一位有主见、有才华的女子，在封建制度对女性的种种束缚之下，无疑会感到烦闷和窒息。她追求自由，追求更广阔的精神世界，因此写出《渔家傲·天接云涛连晓雾》这样的词也是有迹可循的。

这首词充分表达了她对自由的渴望。这种渴望在她生活的时代不可能实现，所以她只有将其寄托于虚无缥缈的梦境，以"游仙"的形式表达自己的批判思想和理想诉求。

第四章 矢志不渝

本章选录经典释读作品四首——屈原《橘颂》，汉乐府《有所思》《上邪》，辛弃疾《破阵子·为陈同甫赋壮词以寄之》；选录拓展阅读作品四首——《诗经·郑风·出其东门》，屈原《九歌·湘夫人》，柳永《凤栖梧·伫倚危楼风细细》，秦观《鹊桥仙·纤云弄巧》。坚贞不屈、矢志不渝是崇高可贵的精神品质，《橘颂》中生于南国、深固难徙的橘树，其"更壹志"的品质，也是屈原坚贞不渝、忠于祖国的精神象征；汉乐府中欲与君相知的女子，对爱情是如此执着；《破阵子·为陈同甫赋壮词以寄之》里，即使词人已经白发生，但是他"了却君王天下事，赢得生前身后名"的志向依然不改。

经典释读

橘颂

屈原

后皇❶嘉树，橘徕服兮❷。受命不迁，生南国兮。深固难徙，更壹志兮。绿叶素荣，纷其可喜兮。曾枝剡棘❸，圆果抟❹兮。青黄杂糅，文章烂兮。精❺色内白，类任道兮。纷缊❻宜修，姱而不丑兮❼。嗟尔幼志，有以异兮。独立不迁，岂不可喜兮。深固难徙，廓其无求兮。苏❽世独立，横而不流兮。闭心自慎，终不失过兮。秉德无私，参天地兮。愿岁并谢，与长友兮。淑离❾不淫，梗其有理兮。年岁虽少，可师长兮。行比伯夷，置以为像❿兮。

要点注释

❶ 后皇：指天地造化。后：后土，地神。皇：皇天。

❷ 徕（lái）：同"来"。服：适应。

③ 曾：同"层"，重重叠叠。剡（yǎn）棘：尖利的刺。

④ 抟（tuán）：饱满的样子。

⑤ 精：同"绮（qiàn）"，赤黄色。

⑥ 纷缊（yūn）：枝繁叶茂的样子。

⑦ 姱（kuā）：美好。不丑：与一般树不同。丑：类。

⑧ 苏：清醒。

⑨ 淑离：端庄美丽。离：通"丽"。

⑩ 像：榜样，典范。

原文赏析

橘树是楚地特产的嘉树，"颂"即称颂、赞美之意。本篇堪称中国诗歌史上的第一首咏物诗，其对橘树的外在形态进行了细致的描写，又对橘树的内在精神进行了热情赞颂。前半部分咏物，后半部分抒情，全篇托物言志，借用橘树，表达了诗人爱国守志的情感。

橘树是楚国特产，它的特殊生长习性应该为屈原所知。《晏子春秋·内篇杂下》中说："橘生淮南则为橘，生于淮北则为枳。叶徒相似，其实味不同。所以然者何？水土异也。"屈原巧妙地抓住橘树的这一生长习性，运用类比与联想，将它与人的精神品格相联系，给予了二者热烈的赞美。

作品的两部分各有侧重，又互相关联，融为一体。清代林云铭对此赞叹道："看来两段中句句是颂橘，句句不是颂橘，但见（屈）原与橘不得是一是二，彼此互映，有镜花水月之妙。"（《楚辞灯》）从此，南国之橘便有了仁人志士"独立不迁""热爱祖国"的丰富文化内涵，成为人们所歌咏和效法的对象。因屈原这一独特贡献，宋代刘辰翁称屈原为千古"咏物之祖"。屈原借咏物来寄志的写法，开创了我国咏物诗的先河，对后世咏物诗的发展影响深远。

橘树不但具有特殊的生长习性，而且外形及内质也同样可贵，是外美和内美的统一体。外形美，主要表现在树干梗直有纹理，树叶繁茂，花叶相互映衬，果实圆美。内质美，主要是"精色内白，类任道兮"。外美和内美的统一，使得它"姱而不丑"。屈原也是一个既重外美又重内美的人。《离骚》中有"纷吾既有此内美兮，又重之以修能"之句，因此，橘树也成了屈原形象的写照。

从句式上看，本篇基本全为四字句，"兮"字在末尾，作虚词，意义类似于"啊"。本篇的四字句式，与《楚辞》其他诸篇有明显区别，而与《诗经》类似。

🎓 当代价值

《橘颂》是屈原早期的代表作品，此篇虽为咏物，实则是屈原在表达自己独立不迁的意志。橘树具有"深固难徙"的特点，所以橘生淮南则可以结出甜美的果实，橘生淮北则结出的果实苦涩难咽。橘树的"壹志"与"独立不迁"也是屈原人格精神的体现。他生于楚国，热爱着他的祖国，当他受到楚王重用时，竭尽全力保护他的祖国与人民；当他"信而见疑，忠而被谤"时，他没有离开楚国，依然牵念故国，希望实现他的"美政"理想；当楚国郢都被秦军攻陷时，屈原自投汨罗江，与自己的祖国同生死、共存亡。这种忠贞精神不正是橘树的精神吗？

以屈原的博闻强识，在战国时期士阶层奔走于各国实现自我价值的社会背景下，他可以离开楚国，找到更好的实现价值和施展才华的地方。但是屈原一直坚守在楚国这片土地上，无论得意还是失意，他都像生于南国"深固难徙"的橘树一样保持着"壹志"。这种对故国的深深眷恋和独立不迁的思想在当代依然熠熠生辉，值得每个人学习。

拓展训练

作为伟大的爱国主义诗人，矢志不渝是屈原人格的闪光点。观看央视文化节目《典籍里的中国》之《楚辞》，结合《橘颂》，体会屈原独立不迁的思想。

🔗 链接资料

古诗词新唱：《橘颂》

有所思

汉乐府

有所思，乃在大海南。何用问遗❶君？双珠玳瑁簪，用玉绍缭❷之。闻君有他心，拉杂摧烧之。摧烧之，当风扬其灰。从今以往，勿复相思！相思与君绝！鸡鸣狗吠，兄嫂当知之。妃呼豨❸！秋风肃肃晨风飔❹，东方须臾高❺知之！

要点注释

❶ 问遗：赠予。

❷ 绍缭：缠绕。

❸ 妃呼豨（xī）：叹息之声，表声音的词，无实意。

❹ 晨风：鸟名。飔（sī）：疾速。

❺ 高：此处音义同"皓（hào）"，白。

原文赏析

本诗是一首爱情诗，表现了一位女子在热恋、失恋、眷恋等不同感情阶段的复杂情绪。

首五句写这位女子对远方爱人真挚热烈的相思与爱恋。为表达相思之意，她决定赠予爱人"双珠玳瑁簪"。赠物于人以表相思，《诗经》《楚辞》中早已描写过此习俗。诗中女子对礼物精心挑选，又加以装饰，足见她内心积淀的爱恋与相思的浓度和分量了。这几句写物寄情，表达言简义丰，情调缠绵悱恻。

中六句，她听闻爱人变心，因爱生恨，将寄托她一片痴情的礼物始而折断（拉杂），再而砸碎（摧），三而烧毁，为解心头之恨，又扬其灰烬。"拉、摧、烧、扬"，一连串动作，如快刀斩乱麻，干净利落，何等激愤。"从今以往，勿复相思"，一刀两断，又何等决绝！非如此，不足以状其"望之深，怨之切"（陈祚明《采菽堂古诗选》）。

后六句写其由激怒渐趋冷静之后，欲断不能的种种矛盾和彷徨的复杂心绪。"相思与君绝"较上文"勿复相思"的果断决绝，口气已似强弩之末。"相思"是长期的感情积淀，而"与君绝"只是一时的激愤，两者本应对立，故此句乃是出于矛盾心情的叹惋，大有"剪不断，理还乱"的意蕴。循此绪端，自然生出"鸡鸣狗吠，兄嫂当知之"的回忆和忧虑。这两句乃比兴烘托，以此来说明昔日两人夜间偷偷约会的情景及兄嫂的态度。"妃呼豨",正是她在瞻前顾后、心乱如麻时情不自禁地发出的一声唏嘘长叹。清代陈本礼《汉诗统笺》中说:"妃呼豨,人皆作声词读,细观上下语气,有此一转,便通身灵豁,岂可漫然作声词读耶?"女子在悲叹中但闻秋风瑟瑟,雌鸟求偶不得也开始悲鸣,她感物共鸣,相思弥甚,犹豫不决。然而她确信,只待天亮,她定会知道如何解决这一难题。

此诗以"双珠玳瑁簪"这一爱情信物为线索,通过"赠""毁"及"毁后"三个阶段来表现女子的爱恨、决绝与不忍的感情波折。中间又以"摧烧之""相思与君绝"两个顶真句,作为爱憎感情递增与递减的关键枢纽;再以"妃呼豨"的长叹,来连缀今与夕、疑与断的意脉,从而构成了描写热恋、失恋、眷恋的"心理三部曲",层次清晰而又丰富,感情跌宕而有韵致。此外,本诗通过典型的细节描写(选赠礼物时的精心装饰,摧毁礼物时的连贯动作)和对景物的烘托("鸡鸣狗吠"及末尾两句),刻画人物的细微心理,也是相当成功的。

上邪❶

汉乐府

上邪❶！我欲与君相知❷，长命❸无绝衰。山无陵，江水为竭，冬雷震震，夏雨雪，天地合，乃敢与君绝！

要点注释

❶ 上邪：犹言"天啊"。上：指天。

❷ 相知：相亲相爱。

❸ 命：令，使。

原文赏析

这是一首民间情歌，记叙了一位心直口快的女子向其倾心爱慕的男子表达爱意。她指天为誓，指地为证，表达对爱情的忠贞不渝。有人认为，本诗与《有所思》当合为一篇。后者是考虑感情决裂，前者则是打定主意后说出的更坚定的誓言。

首句"上邪"是指天为誓，以天的名义起誓，足见她对爱情的重视和认真。"我欲与君相知"表明对爱情的态度，"长命无绝衰"进一步表达对爱情的坚贞。爱情与坚贞联系在一起时，才能显示出它的纯洁美好。前三句笔势突兀，气势不凡。女子指天发誓，直吐真言，既见情之炽烈，又透出压抑已久的郁愤。紧接着，她不愿正面直说，而是逆向想象，从反面设誓。她先后列举了五件非常之事作为设誓的前提："山无陵，江水为竭"，是说世上永远存在的事物发生了巨变；"冬雷震震，夏雨雪"，是说自然界永恒的规律发生了怪变；"天地合"是说整个宇宙发生了毁灭性的灾变。然后，她吐出了"乃敢与君绝"五个字。在正常情况下，山陵是坚定不移的，江水是源远流长的，冬雪夏雷是合乎自然规律的，高天厚地是永存不变的。这一切，都可以用来象征爱情的坚贞，都可以代表她对爱情的态度。相反相成所形成的强烈艺术效果，使女子的形象显得极为可爱。"乃敢与君绝"这五个字有五件非常之事作为支撑，因此字字千钧，铿锵有力，不同凡响，于坚定之中充满忠贞之意。设誓的前提没有一个会出现，因此"乃敢与君绝"的结果也就无从说起了。

《上邪》是用热血乃至生命铸就的爱情篇章，其句式长短错杂，随情而布；音节短促，字句跌宕；诗短情长，撼人心魄。正如胡应麟所说："上邪言情，短章中神品！"从艺术上看，《上邪》在抒情上极富浪漫主义色彩，气势雄放，激情逼人。

本诗对后世影响很大。敦煌曲子词中的《菩萨蛮·枕前发尽千般愿》在思想内容和艺术表现手法上明显受到它的启发:"枕前发尽千般愿,要休且待青山烂。水面上秤锤浮,直待黄河彻底枯。白日参辰现,北斗回南面。休即未能休,且待三更见日头。"二者不仅对坚贞专一的爱情的追求如出一辙,并且连续用多种不可能来说明一种不可能的艺术构思也是完全相同的。

❧ 名家评笺 ❧

首三,正说,意言已尽,后五,反面竭力申说。如此,然后敢绝,是终不可绝也。迭用五事,两就地维说,两就天时说,直说到天地混合,一气赶落,不见堆垛,局奇笔横。

(清·张玉谷《古诗赏析》卷五)

五者皆必无之事,则我之不能绝君明矣。

(清·王先谦《汉铙歌释文笺正》)

当代价值

乐府诗继承了《诗经》的现实主义传统,"感于哀乐,缘事而发"。如果说《诗经》体现了古典诗歌"乐而不淫,哀而不伤"的抒情传统,那乐府诗因其突出的叙事特征,情感表达就直接激烈得多,《有所思》《上邪》便是代表。诗中的女主人公敢爱敢恨,体现出强烈的女性主体意识,这在男权社会中是难能可贵的。爱就爱得"山无陵,江水为竭,冬雷震震,夏雨雪,天地合,乃敢与君绝",如此轰轰烈烈,与爱人不可分割;恨就恨得"闻君有他心,拉杂摧烧之。摧烧之,当风扬其灰",如此决绝,毫不拖泥带水。读罢,那个勇敢、执着、坚定的女性形象俨然现于读者眼前,这种女性的独立和自觉意识在当代社会依然可贵。

拓展训练

与《诗经》"乐而不淫,哀而不伤"的抒情传统相比,乐府诗的情感表达更为激烈直接。阅读《上邪》,体会诗中女主人公对爱情的矢志不渝,并分析乐府诗的抒情特点。

古诗词新唱:《上邪》

破阵子·为陈同甫赋壮词以寄之❶

辛弃疾

　　醉里挑灯看剑❷，梦回吹角连营❸。八百里分麾下炙❹，五十弦翻塞外声❺。沙场秋点兵❻。

　　马作的卢飞快❼，弓如霹雳❽弦惊。了却君王天下事❾，赢得生前身后名❿。可怜⓫白发生！

要点注释

　　❶ **破阵子**：唐玄宗时教坊曲名，源自《破阵乐》，后用作词调。陈旸《乐书》云："唐《破阵乐》属龟兹部，秦王所制，舞用二千人，皆画衣甲，执旗旆。外藩镇春衣犒军设乐，亦舞此曲，兼马军引入场，尤壮观也。按，唐《破阵乐》乃七言绝句，此盖因旧曲名，另度新声。"**陈同甫**：陈亮（1143—1194），字同甫，南宋婺州永康（今浙江永康）人。与辛弃疾志同道合，结为挚友。其词风格与辛词相似。

　　❷ **挑灯**：把灯芯挑亮。**看剑**：抽出宝剑来细看。

　　❸ **梦回**：梦里遇见，说明下面描写的战场场景不过是一场梦。**吹角连营**：各个军营里接连不断地响起号角声。**角**：军中乐器，长五尺，形如竹筒，用竹、木、铜等材料制成，外加彩绘，故名画角，始仅直吹，后用以横吹。其声哀厉高亢，闻之使人振奋。

　　❹ **八百里**：牛名，这里泛指酒食。《世说新语·汰侈》载，晋代王恺有一头珍贵的牛，叫八百里驳。**分麾（huī）下炙（zhì）**：把烤牛肉分赏给部下。**麾下**：部下。**麾**：军中大旗。**炙**：切碎的熟肉。

　　❺ **五十弦**：原指瑟，此处泛指各种乐器。**翻**：演奏。**塞外声**：指悲壮粗犷的战歌。

　　❻ **沙场**：战场。**秋**：古代点兵用武多在秋天。**点兵**：检阅军队。

　　❼ **马作的卢飞快**：战马像的卢马那样跑得飞快。**作**：像……一样。**的卢**：良马名，一种烈性快马。《三国志·蜀书·先主传》载，刘备在荆州遇险，前临檀溪，后有追兵，幸亏骑的卢马一跃三丈，才脱离险境。

　　❽ **霹雳**：本是疾雷声，此处比喻弓弦响声之大。

　　❾ **了却**：了结，把事情做完。**君王天下事**：统一国家的大业，此处特指恢复中原之事。

⑩ 赢得：博得。身后：死后。

⑪ 可怜：可惜。

原文赏析

作为南宋最负盛名的词人，辛弃疾作词不为娱宾遣兴、写闲愁闲情，他毕生以全力写词，用词表达他的政治理想和人生追求，充满豪情。此词作于辛弃疾失意闲居信州（今江西上饶）时期，《古今词话》谓此词为"陈亮过稼轩，纵谈天下事"，陈亮离开后，辛弃疾写此词以寄之。梁启超曰："无限感慨，哀同甫，亦自哀也。"（《艺蘅馆词选》）此评甚是。

起句写现实，挑灯看剑，情绪急切，形象鲜明。"醉"是因为喝酒，喝酒是为了浇愁。词人没有写饮酒，但是一"醉"字已显出词人内心的悲愁来。"挑灯"说明夜已深，词人夜不能寐，在灯下"看剑"。剑本用于战场杀敌，可是此时词人只能"看"，空有满腹豪情，却无用武之地，豪壮中已含悲凉意味，为结句埋下伏笔。"梦回吹角连营"以下倒叙梦境，南归以前辛弃疾在北方积极抗金，投归南宋后希望能够施展抱负，继续北伐抗金。但是南宋朝廷主和派的呼声更大，所以辛弃疾空有一腔热情，却没有机会实现自己的理想。因此他只能挑灯看剑，只能梦回当年。从军营生活到阅兵待发，从阵前激战到宏伟抱负，此诗写得有声有色，豪壮激越。清代陈廷焯赞赏道："字字跳掷而出。'沙场'五字，起一片秋声，沉雄悲壮，凌轹千古。"（《云韶集》卷五）

辛弃疾一生最大的梦想就是"了却君王天下事，赢得生前身后名"，希望能够收复失地，为抗金的伟大事业贡献自己的力量，最终却事与愿违。结句"可怜白发生"陡然由梦境回到现实，一声浩叹，凝聚着无限悲愤，与篇首遥相呼应，把词人报国无门、壮志难酬的悲愤表达得强烈深沉，扣人心弦。

名家评笺

感激豪宕，苏辛并峙千古，然忠爱恻怛，苏胜于辛；而淋漓悲壮，顿挫盘郁，则稼轩独步千古矣。稼轩词魄力雄大，如惊雷怒涛骇人耳目，天地巨观也。后惟迦陵有如此笔力，而郁处不及。

（清·陈廷焯《白雨斋词话》）

稼轩之词，胸有万卷，笔无点尘，激昂排宕，不可一世。

（清·彭孙遹《金粟词话》）

当代价值

此词大约写于辛弃疾四十八岁时,离他归正南宋朝廷已有二十余年。这二十余年里,辛弃疾满怀热情和期待,又在失意和落寞中彷徨,但是他恢复山河的志愿始终不渝,他建立功名的豪情始终未减,这种矢志不渝的精神是辛弃疾身上最闪光的地方。古代文人以"穷则独善其身,达则兼济天下"为处世原则,而辛弃疾无论"穷""达",均兼有济天下的大志,千百年来这种胸怀和气度一直振奋着读者的心。

拓展训练

此首《破阵子·为陈同甫赋壮词以寄之》为赠友词,陈亮是辛弃疾的挚友知己,所以真情真性自然流露于词中。通过理解词中"醉里—清醒""梦中—现实"的矛盾,分析辛弃疾的理想与抱负。

链接资料

《唐宋文学编年地图——辛弃疾一生行迹图》

郑风·出其东门

《诗经》

出其东门，有女如云。虽则如云，匪我思存❶。缟衣綦巾❷，聊乐我员❸。

出其闉阇❹，有女如荼❺。虽则如荼，匪我思且❻。缟衣茹藘❼，聊可与娱❽。

要点注释

❶ 思存：思念之所在。存：在。

❷ 缟衣綦巾：是当时妇女简朴的服饰。缟：白色，未经染色的绢。綦（qí）：草绿色。巾：佩巾，亦称大巾，似今之围裙。

❸ 聊：姑且。员：同"云"，语助词。

❹ 闉阇（yīndū）：外城门。

❺ 如荼：形容女子如白茅花那样众多。一说像白茅花一样美丽。荼：白茅花。

❻ 且（cú）：徂之假借，和"存"同义。

❼ 茹藘（rúlú）：茜草，可制作绛红色染料。这里代指佩巾。

❽ 娱：乐。

作品解析

这是一首抒写对爱情坚贞不二的诗。诗之首章赋其事而言其志，言东门之外虽众女如云，却只爱"缟衣綦巾"的那一个。诗之二章与上章同义，言自己只和所爱之人一起欢乐。古人对此诗的理解存在偏差。朱熹《诗集传》所云"缟衣綦巾，女服之贫陋者，此人自目其室家也""人见淫奔之女而作此诗，以为此女虽美且众，而非我思之所存，不如己之室家，虽贫且陋，而卿可自乐也。是时淫风大行，而其间乃有如此之人，亦可谓能自好而不为习俗所移矣"，较近于诗旨。而《毛序》所云"《出其东门》，闵乱也。公子五争，兵革不息，男女相弃，民人思保其室家焉"，纯属附会。故方玉润《诗经原始》云："诗方细咏太平游览，绝无干戈扰攘、男奔女窜气象，《序》言无当于经，固已！"

此诗二章叠咏，直抒其情，又因事而发其议论，风趣而坦荡，于直拙中含精巧，颇耐人寻味。

九歌·湘夫人

屈原

帝子❶降兮北渚，目眇眇兮愁予❷。袅袅❸兮秋风，洞庭波兮木叶❹下。登白薠兮骋望❺，与佳期❻兮夕张。鸟何萃兮苹❼中，罾❽何为兮木上？沅有茝❾兮澧有兰，思公子❿兮未敢言。荒忽⓫兮远望，观流水兮潺湲⓬。麋⓭何食兮庭中？蛟何为兮水裔⓮？朝驰余马兮江皋⓯，夕济兮西澨⓰。闻佳人⓱兮召予，将腾驾兮偕逝⓲。筑室兮水中，葺⓳之兮荷盖。荪壁兮紫坛⓴，播㉑芳椒兮成堂。桂栋兮兰橑㉒，辛夷楣兮药房㉓。罔薜荔兮为帷㉔，擗蕙櫋兮既张㉕。白玉兮为镇㉖，疏㉗石兰兮为芳。芷葺兮荷屋㉘，缭之㉙兮杜衡。合百草㉚兮实庭，建芳馨兮庑㉛门。九嶷㉜缤兮并迎，灵之来兮如云。捐余袂㉝兮江中，遗余褋㉞兮澧浦。搴汀洲㉟兮杜若，将以遗兮远者。时不可兮骤㊱得，聊逍遥兮容与㊲。

🏺 要点注释

❶ 帝子：这里是对湘夫人的敬称。

❷ 眇（miǎo）眇：望而不见的样子。愁予：使我忧愁。

❸ 袅（niǎo）袅：吹拂貌。

❹ 木叶：枯叶。

❺ 白薠（fán）：生长于湖沼岸边的小草。骋望：极目远望。

❻ 佳：佳人，指湘夫人。期：期约。

❼ 萃：聚集。苹：水草名。

❽ 罾（zēng）：渔网。

❾ 茝（zhǐ）：即白芷，香草名。

❿ 公子：犹帝子，指湘夫人。

⓫ 荒忽：同"恍惚"，深思迷惘。

⑫ 潺湲：河水缓慢不绝地流动。

⑬ 麋（mí）：鹿的一种。

⑭ 水裔：水边。

⑮ 江皋：江边高地。

⑯ 澨（shì）：水边。

⑰ 佳人：指湘夫人。

⑱ 腾驾：飞快地驾车。偕逝：同行。

⑲ 葺（qì）：修盖屋顶。

⑳ 荪（sūn）壁：用荪草（香草名）装饰室壁。紫坛：用紫贝砌成中庭的地面。紫：紫贝的简称。

㉑ 播：散布。

㉒ 桂栋：用桂木做房梁。兰橑（lǎo）：用木兰做椽子。

㉓ 辛夷楣：用辛夷木做门框上的横木。药房：用白芷熏房。药：白芷。

㉔ 罔：同"网"，作动词，编织。帷：帐幔。

㉕ 擗（pǐ）：析开。蕙：蕙草。櫋（mián）：屋檐的横板。

㉖ 镇：压席用的玉器。

㉗ 疏：分布、分陈之意。

㉘ 芷葺兮荷屋：在荷屋上再加盖香草白芷。

㉙ 缭：围绕。之：指荷屋。

㉚ 合百草：汇集各种花草。实：充实，充满。

㉛ 庑（wǔ）：廊。

㉜ 九嶷（yí）：山名，在湖南，这里指居住在九嶷山中的众神。缤：缤纷，指众神来时的热闹气氛。

㉝ 捐：弃。袂（mèi）：衣袖。

㉞ 褋（dié）：外衣。

㉟ 搴（qiān）：摘取。汀洲：水中平地。

㊱ 骤得：数得，屡得。

㊲ 容与：舒适自得的样子。

作品解析

本篇是祭祀湘夫人之歌，记叙主人公湘君在彷徨怅惘中向湘夫人表达深长的幽怨与期望，但彼此对爱情的坚贞不渝则是一致的。一般认为，湘夫人即舜之二妃：娥皇、女英。

此篇心理刻画极为细腻，诗歌以湘君苦苦等候，心上人却迟迟不来为线索，对等待过程中湘君多变起伏的心理状态进行了细腻而生动的刻画，注重通过人物的行为举止来传情达意。"目眇眇兮愁予""登白薠兮骋望"，湘君"骋望"不到湘夫人而心生忧愁；"鸟何萃兮苹中，罾何为兮木上"两句与"麋何食兮庭中""蛟何为兮水裔"两句，皆为湘君因见恋人不得，心里懊恼、精神恍惚所产生的幻象；"朝驰余马兮江皋"，湘君"驰马"来寻找湘夫人，"驰"字也反映出他内心的焦虑；"闻佳人兮召予，将腾驾兮偕逝"，湘君仿佛听到佳人呼唤，顿生希望，幻想着"腾驾"与恋人"偕逝"；"筑室……如云"数句表明湘君沉浸在所幻想的与恋人共同生活的幸福中；"捐余袂兮江中，遗余褋兮澧浦"，幻想破灭，他将"袂"和"褋"抛入江中以示失望、落寞之情。这一系列的情感波动，都是巨大的心理落差所致。虽然两人间笼罩着一层忧伤抑郁的悲剧气氛，但其中渗透着一种爱恋与追求的狂热，显示出一种生命的活力。诗歌对湘夫人的形象并未进行正面描写，而是通过对湘君心理活动的刻画和对环境气氛的渲染，给予人们完满而鲜明的真实感觉。

诗歌在景物描写方面也非常成功，能够寓情于景，以景写情，使景物与湘君的心理活动相互映衬，体现了外在的景物描写与主人公内在的情感波动的同步性。开头即写湘君"愁予"，通过对秋风、秋水、秋叶的描写，来渲染相约未见的愁情。接着借用鸟萃苹中、罾悬木上、麋食中庭、蛟滞水裔等一系列与现实景物完全颠倒的幻象，来说明湘君心里懊恼，已经精神恍惚。继而"筑室水中"等一系列活动洋溢着欢快的气氛，也是诗中景物描写最精彩的部分：荷盖荪壁、椒堂桂栋，薜荔为帐、白玉为镇，屋子周围缠绕着杜衡，庭中布满了香草。诗人从外到里、由大到小，又由里到外，详细描写了湘君所幻想的"婚房"——几乎荟萃了人世间所有的奇花异草，来表现他对幸福生活的美好憧憬。这些景物描写都与人物情感紧密相连，实现了情景交融。

"袅袅兮秋风，洞庭波兮木叶下"是本篇的千古名句。这两句被胡应麟赞为"形容秋景如画"（胡应麟《诗薮》），并与宋玉《九辩》首四句"悲哉，秋之为气也！萧瑟兮，草木摇落而变衰"一起，被推为"千古言秋之祖"。

凤栖梧·伫倚危楼风细细

柳永

伫倚危楼❶风细细，望极❷春愁，黯黯生天际❸。草色烟光❹残照里，无言谁会凭阑意❺。

　　拟把疏狂图一醉❻，对酒当歌，强乐❼还无味。衣带渐宽❽终不悔，为伊消得❾人憔悴。

要点注释

❶ 伫（zhù）倚危楼：长时间倚靠在高楼的栏杆上。伫：久立。危楼：高楼。

❷ 望极：极目远望。

❸ 黯（àn）黯：心情沮丧忧愁。生天际：从遥远的天际升起。

❹ 烟光：飘忽缭绕的云霭雾气。

❺ 会：理解。阑：同"栏"。

❻ 拟把：打算。疏狂：狂放不羁。

❼ 强（qiǎng）乐：勉强欢笑。强：勉强。

❽ 衣带渐宽：指人逐渐消瘦。语出《行行重行行》："相去日已远，衣带日已缓。"

❾ 消得：值得。

作品解析

　　《凤栖梧》亦作《蝶恋花》，同调而异名。这是一首怀人之作。上片写登高望远，春愁油然而生，"伫倚危楼风细细，望极春愁，黯黯生天际"，登高必然望远，望远则思乡怀人，这在古典诗词中几乎是一个基本模式。"草色烟光残照里，无言谁会凭阑意"两句气象辽阔，非常传神。下片写试图以醉消愁，以求解脱，但当这种勉强作乐也无意趣的时候，词人也就不再寻求解脱了，而是为伊憔悴，无怨无悔。

　　这首词最感人的是结尾两句。《行行重行行》中有"相去日已远，衣带日已缓"，用人的消瘦反衬相思之苦。本词进而一转，道出"衣带渐宽终不悔，为伊消得人憔悴"，表明对爱情的执着与无怨无悔，这是十分感人的。这两句表示甘受相思的煎熬，表现了对爱情的执着与专注。

　　王国维对此词最末两句尤为欣赏，其在《人间词话》中云："古今之成大事业、大学问者，必经过三种之境界：'昨夜西风凋碧树，独上高楼，望尽天涯路'，此第一境也；'衣带渐宽终不悔，为伊消得人憔悴'，此第二境也；'众里寻他千百度，蓦然回首，那人却在，灯火阑珊处'，此第三境也。此等语皆非大词人不能道。"他借用这两句作为"成大事业、大学问"的第二种境界，以为此语"非大词人不能道"，认为一个人如果有这种执着，是有可能成就一番大事业、大学问的。可见这两句在表达某种精神状态上也具有很强的概括力。

鹊桥仙·纤云弄巧

秦观

纤云弄巧❶，飞星❷传恨，银汉迢迢暗度❸。金风玉露❹一相逢，便胜却人间无数。

柔情似水，佳期如梦，忍顾❺鹊桥归路。两情若是久长时，又岂在朝朝暮暮❻。

要点注释

❶ 纤云：轻盈的云彩。弄巧：指云彩在空中幻化成各种巧妙的花样。

❷ 飞星：流星，一说指牵牛、织女二星。

❸ 银汉：银河。迢迢：遥远的样子。暗度：悄悄渡过。

❹ 金风玉露：指秋风白露。李商隐《辛未七夕》中有"恐是仙家好别离，故教迢递作佳期。由来碧落银河畔，可要金风玉露时"之句。

❺ 忍顾：不忍回视。

❻ 朝朝暮暮：指朝夕相聚，语出宋玉《高唐赋》。

作品解析

七夕是一个美好而又充满神话色彩的节日，古往今来引起了无数文人的咏叹。

此词一开始以两个对句写七夕的景色，景中有情，云和星都具有人的情意。那"纤云"着意"弄巧"，似乎为这对情侣的团聚而高兴，而"飞星"也在为他们传情递意而奔忙，这种写法可谓"化景物为情思"。"迢迢"不但形容银河之遥远，而且形容相思之迢递。"暗度"二字既点题意，又紧扣一个"恨"字，突出了他们的深情挚意之绵长。"金风玉露一相逢，便胜却人间无数"二句，宕开笔墨，以议论赞叹这对情侣在金风玉露之夜，在银河之畔相会，虽然每年只有七夕一次机会，却抵得上人间千遍万遍的相会。词人描绘了一种圣洁而永恒的爱情。

"相见时难别亦难"，词的上片写"佳期相会"，下片写"依依惜别"。两人相会时的情意是那样温柔缠绵，像天河的水那样永远长流，无穷无尽，而一夕佳期竟然如梦一般倏然而逝。才相见又分离，岂不令人心碎！离别，是长的；感情，是深的；相见，是短的。"忍顾"是说不忍看。看都不忍看，就更不忍走了。不说不忍走，只说不忍看，这就使情意表现得更为深厚了。这几句中，词人似乎和词中主人公融为一体，进入"不知何者为我，何者为物"的化境了。回顾佳期幽会，疑真疑假，似梦似幻，及至鹊桥言别，爱恋之情，正至于极。至此忽又空际转身，发出高亢的声音——"两情若是久长时，又岂在朝朝暮暮"。两句掷地作金石声的警句，使读者为之一振。

就全篇而言，句句言天上，句句言双星，而又句句写人间，句句写人情。此词天人合一，终成千古抒情绝唱。

第五章　赤子之心

　　本章选录经典释读作品五首——《诗经·邶风·静女》，李白《月下独酌·其一》，李煜《相见欢·林花谢了春红》，晏几道《临江仙·梦后楼台高锁》，李清照《声声慢·寻寻觅觅》；选录拓展阅读作品五首——李煜《虞美人·春花秋月何时了》《浪淘沙·帘外雨潺潺》，晏几道《鹧鸪天·彩袖殷勤捧玉钟》，李清照《点绛唇·蹴罢秋千》，秦观《踏莎行·郴州旅舍》。"词人者，不失其赤子之心者也"，古典诗词中有诸多作品是作者真情实感的流露，透过作品，作者的赤子之心可见一斑。

经典释读

邶风·静①女

《诗经》

静女其姝②，俟③我于城隅。爱④而不见，搔首踟蹰。
静女其娈⑤，贻我彤管⑥。彤管有炜⑦，说怿女美⑧。
自牧归荑⑨，洵⑩美且异。匪女之为美⑪，美人之贻。

要点注释

① 静：同"靖"，善。

② 姝：美好貌。

③ 俟（sì）：等候。

④ 爱：同"薆"，隐蔽，躲藏。

⑤ 娈（luán）：美好。

⑥ 彤管：一说是红管草，一说是赤管的笔，一说是一种乐器。

⑦ 炜（wěi）：红而有光的样子。

⑧ 说怿（yì）：喜爱。说：同"悦"。女：同"汝"，指彤管。

⑨ 牧：郊外。归：同"馈"，赠送。荑（tí）：初生的白茅。

⑩ 洵（xún）：确实。

⑪ 匪：非。女：同"汝"，指荑。

原文赏析

这是一首写男女幽会的诗，也是《诗经》中最纯真的情歌之一。描写少男少女相约幽会，开个天真无邪的玩笑，献上一束表达真情的野花。此诗把少年的天真烂漫刻画得栩栩如生。青春年少，充满活力，生机勃勃，这本身就是一种不可言喻、动人心魄的美。两心相许，两情相会，相看不厌，物因人美，爱人及物，这份真情一片纯净透明，令人心动。

诗的首章直赋其事，言美丽的女子在城墙角楼上等待，男子到了之后却不见其人，不由得搔首彷徨，疑窦丛生。第二章写相会，女子赠以彤管，由物而及人，写出情感殷勤之意。第三章写女子赠以荑草，荑草"洵美且异"，不过不是草本身美，而是因为荑草是美人所赠，爱人而及物，爱其人，因而爱其物。

此诗全以男子口吻写与女子相会的乐趣，气氛欢快，情趣盎然。"爱而不见"写出女子的狡黠活泼，"搔首踟蹰"表示男子等人不见而心急如焚，"说怿女美"一语双关，"匪女之为美，美人之贻"则体现爱人及物，情意缠绵。全诗明白如白话，却又细致入微、自然生动，一片天籁。

当代价值

《诗经》中有很多动人的恋歌，生动真切地表达了处在爱情之中的男女青年的细腻情感，即使时隔数千年，依然打动着不同时代读者的心。情感的纯真无邪是此诗最打动人心的地方，即使历史不断演进，社会不断发展，"情"的动人力量也依然不变。诗歌以赋的手法再现儿女情态，没有情感上的大起大落，就在"爱而不见，搔首踟蹰"间，展示出爱情的甜蜜美好；就在彤管与荑草这些田间小物中，流露出不掺杂其他因素的真情来。这首诗诠释了爱情的美好状态：两情相悦，有真正的爱意在，举手投足之间都是情意绵绵。当代社会，人们的爱情观重视个体意识和务实精神，更应该重视真情，《静女》中这种纯真的感情也会给我们一种启示。

拓展训练

孔子曰："《诗》三百，一言以蔽之，曰：'思无邪。'"结合《邶风·静女》，体会《诗经》中爱情诗"思无邪"的特点。

🔗 链接资料

古诗词新唱：《子衿》

月下独酌·其一

李白

花间一壶酒，独酌无相亲。举杯邀明月，对影成三人。月既不解饮，影徒随我身。暂伴月将❶影，行乐须及春。我歌月徘徊，我舞影零乱。醒时同交欢，醉后各分散。永结无情游❷，相期邈云汉。

要点注释

❶ 将：和。

❷ 无情游：指月亮、影子等没有情感的事物，李白与之交游，故称"无情游"。

原文赏析

余光中先生在《寻李白》一诗中说："酒入豪肠，七分酿成了月光，余下的三分啸成剑气，绣口一吐，就半个盛唐。"这段话极好地诠释了李白的个性特征，也概括了李白诗歌的基本风格。酒是李白诗歌常用的意象，李白嗜酒如命，自称"酒中仙"，而且可以"斗酒诗百篇"。酒是李白生活中的"密友"，也是他可以倾吐心声的凭借，此首《月下独酌》便可为证。

李白有《月下独酌》组诗四首，此为其一。从诗中反映出的心境来看，此诗当作于李白在长安任翰林供奉期间。其时，李白屡遭朝中权臣和奸宦的诋毁，政治理想幻灭，颇觉立身孤独，遂有此独饮之作。

"花间一壶酒"及以下四句，可视作第一部分。"独酌"的时间，正当春日；"独酌"的地点，乃为"花间"。如此良辰美景，花前月下，实有助于增加酒兴，奈何诗人举目无亲近者，只有自斟自饮。这四句渲染时间、环境的美好，则更表现出诗人内心的孤独。然而李白终究是李白，这样一位天才诗人，很快便找到了排遣以自适的办法。他对天邀月，对地请影，顿成"三人"饮酒之欢。李白的狂放不羁和浪漫精神于此可见一斑。

"月既不解饮"至结尾为第二部分。诗人虽邀月共饮，请影为伴，但月亮和影子毕竟是没有生命力的客观事物。所以，诗人又进一步自我排遣说："暂伴月将影，行乐须及春。"这虽然是诗人及时行乐思想的表露，又何尝不可以看作他对现实的达观态度和不屈抗争。"我歌月徘徊"及以下四句则描写诗人在花间月下独饮的过程：他对月长歌，月亮也似乎感到高兴而徘徊不肯离去；他邀影共舞，影子也似乎受宠若惊而使得舞姿零乱。这种超现实的大胆艺术想象真非常人所能及。然而，诗人现在清醒时可以和月亮及影子交欢，他大醉之后若和它们失散又该怎么办呢？诗人遂向月亮发出诚挚的邀约：相期于遥远的天空，永结欢乐之游。此处的"无情"，实乃一往而情深也。而诗中所洋溢的遗世独立、狂放不羁的浪漫主义氛围也达到了高潮。

名家评笺

虽似任达放浪，然太白素抱用世之才而不遇合，亦自慰解之词耳。

（元·萧士赟《分类补注李太白诗》）

庄屈实二，不可以并，并之以为心，自白始。儒仙侠实三，不可以合，合之以为气，又自白始也。

（清·龚自珍《最录李白集》）

当代价值

此诗是李白的内心独白，也是他孤独苦闷心情的真实表达。面对如此良辰美景，诗人却孤身一人，只与月、影为伴，此诗达到了"以乐景写哀情，一倍增其哀乐"的效果。皎洁的月亮也是如此孤独清高，就和诗人一样。他与月、影欢歌曼舞，"我歌月徘徊，我舞影凌乱"，看起来如此快乐，但又如此孤独，因为月、影终是"无情"之物，诗人终归还是孤身一人。孤独苦闷终归是有的，但是李白终究是李白，即使苦闷，他也可以借酒解愁，即使孤独，他也可以邀月同欢。他的身上永远有一种昂扬的精神，他的诗歌总是充满着浪漫与洒脱的气息，使读者不会消沉，而是被他的这种豪情所感染。

拓展训练

雄奇飘逸、夸张浪漫是李白诗歌主要的艺术特点，读者心目中的李白似乎永远是乐观昂扬的。但是理想抱负无法实现时，他会不会消沉？通过阅读此诗，分析李白的内心世界与思想。

链接资料

古诗词新唱：《月下独酌》

相见欢·林花谢了春红❶

李煜

林花谢了春红，太匆匆❷。无奈朝来寒雨晚来风❸。
胭脂泪❹，相留醉❺，几时重❻。自是❼人生长恨水长东。

🖊 要点注释

❶ 谢：凋谢。春红：春天的花朵。

❷ 匆匆：一作"忽忽"。

❸ 无奈：一作"常恨"。寒雨：一作"寒重"。晚：一作"晓"。

❹ 胭脂泪：原指女子的眼泪，女子脸上搽有胭脂，泪水流经脸颊时沾上胭脂的
红色，故云。在这里，胭脂是指林花着雨的鲜艳颜色，代指美好的花。

❺ 相留醉：一作"留人醉"，意为令人陶醉。留：遗留。醉：心醉。

❻ 几时重（chóng）：何时再度相会。

❼ 自是：自然是，必然是。

📖 原文赏析

这首词是李煜入宋后所作，是一篇即景抒情之作，通过伤春来抒发亡国亡家之
痛，抒写人生失意的无限怅恨。词人将春花凋谢、江水东流这类自然现象与"人生长
恨"相比照，实乃历经辛酸所悟。正如王国维所说"眼界始大，感慨遂深"（《人间
词话》）。

上片起句凄婉，林花已经凋谢了，世事恍如一梦，太过短暂，匆匆就会过去。这
里一切的景语皆是李煜内心的情语。他用"哀景"来衬托内心的悲哀，似纯然写景，
却是景中含情。"无奈朝来寒雨晚来风"直叙林花匆匆谢去之因，痛感风雨骤至的侵
袭。此句是描述暮春实景之景语，也暗喻南唐灭亡缘于外力打击，亦是情语。

下片转写对"林花"的眷恋之情，暗喻人事，抒发了好景不再、失国难复之恨。
"胭脂泪，相留醉"，花木本无泪，这里词人使用了拟人手法。惯于"以我观物"的
李后主，移情于彼，使之人格化。面对美好事物的陨落，又爱莫能助，因此词人长
叹"自是人生长恨水长东"。唐圭璋说："以水必然长东，以喻人之必然长恨，沉痛已
极。'自是'二字，犹能揭出人生苦闷之意蕴，与'此外不堪行''肠断更无疑'诸语，
皆重笔收来，沉哀入骨。"

此词所表现的是对人生无常、世事多变、年华易逝的无可奈何等种种复杂情绪。这些情绪所表达的远远超过了词人自己的"身世之痛"，有着更复杂、更广泛的内容。

名家评笺

后主疏于治国，在词中犹不失南面王。觉张郎中、宋尚书，直衙官耳。

（清·沈谦《填词杂说》）

作个才人真绝代，可怜薄命作君王。

（清·郭麐《南唐杂咏》）

李后主词如生马驹，不受控捉。毛嫱西施，天下美妇人也。严妆佳，淡妆亦佳，粗服乱头，不掩国色。飞卿，严妆也；端己，淡妆也；后主则粗服乱头矣。

（清·周济《介存斋论词杂著》）

温飞卿之词，句秀也；韦端己之词，骨秀也；李重光之词，神秀也。

（王国维《人间词话》）

词至李后主而眼界始大，感慨遂深，遂变伶工之词而为士大夫之词。

（王国维《人间词话》）

词人者，不失其赤子之心者也。故生于深宫之中，长于妇人之手，是后主为人君所短处，亦即为词人所长处。故后主之词，天真之词也。他人，人工之词也。

（王国维《人间词话》）

主观之诗人，不必多阅世，阅世愈浅，则性情愈真，李后主是也。尼采谓："一切文学，余爱以血书者。"后主之词，真所谓以血书者也。

（王国维《人间词话》）

李后主的词是他对生活的敏锐而真切的体验，无论是享乐的欢愉，还是悲哀的痛苦，他都全身心地投入其间。

（叶嘉莹）

当代价值

李煜的词，是一种对灵魂和内心的省视，是从心里自然流淌而出的情感，这首《相见欢·林花谢了春红》正是李煜"天真之词"的代表。他以近于白描的手法绘出内心的斑驳情感，所写的内容真实，所以感人。作为国君，李煜无疑是失败的，甚至是耻辱的；作为词人，他却是出色的，甚至被誉为"词中之帝"。之所以在词坛名声显著，贵在其真：他的真实、他的真诚、他的真性情。这也为我们当代读者提供了一种人格范式，值得我们思考。

拓展训练

　　作为词人，李煜在词史上有重要的贡献，"遂变伶工之词而为士大夫之词"。结合李煜的词作，谈谈你对李煜的评价。

链接资料

古诗词新唱：《胭脂泪》

临江仙·梦后楼台高锁

晏几道

梦后楼台高锁，酒醒帘幕低垂❶。去年春恨却来❷时，落花人独立，微雨燕双飞。

记得小蘋❸初见，两重心字罗衣❹。琵琶弦上说相思，当时明月在，曾照彩云❺归。

要点注释

❶ 梦后楼台高锁，酒醒帘幕低垂：写眼前实景，"梦后""酒醒"为互文。

❷ 却来：又来，再来。

❸ 小蘋：当时歌女名。

❹ 心字罗衣：出自杨慎《词品》卷二："心字罗衣，则谓心字香熏之尔。或谓女人衣曲领如心字。"或指衣上的花纹。

❺ 彩云：比喻美人。

原文赏析

作为贵公子，晏几道曾有一段流连诗酒的日子，他时常与好友沈廉叔、陈君宠一起赋诗填词，听歌赏舞。父亲晏殊死后，他沉沦下僚，剩下的只有对当前状况的无奈及对往事的回忆。据晏几道《小山词·跋》说："始时沈十二廉叔，陈十君宠家有莲、鸿、蘋、云，品清讴娱客。每得一解，即以草授诸儿，吾三人持酒听之，为一笑乐。已而君宠疾废卧家，廉叔下世，昔之狂篇醉句，遂与两家歌儿酒使俱流转人间。"莲、鸿、蘋、云四个家伎，在晏几道心中是值得留恋的，他许多写情的词都与这四人相关。本词当是别后怀思歌女小蘋之作，乃是词人用真情痴意写就。此词"语浅意深，有回肠荡气之妙"，是晏几道的代表词作。

词的上片重在写眼前，下片重在写过去，由今昔对比见出"恨"意。词人由梦后酒醒的当前景象回想去年"春恨"，追忆初见小蘋时的昔日欢会，表达自己的苦恋之情、孤寂之感。本词紧扣"相思"二字。"梦后""酒醒"但见"楼台高锁""帘幕低垂"，一片冷清寂寥，也许词人在梦中又回到了楼台高歌欢宴的场景里，可是梦醒之时却人去楼空，梦里的欢快和梦醒的凄冷形成鲜明对比。

清醒后，眼前的落花微雨不由得引发了词人的"春恨"。春花随春天的逝去凋零，微微细雨引起了词人内心的惆怅。美好的事物都已经逝去，包括美丽的春花，美好的春天，还有内心眷恋的人。微雨中燕子双双飞回，可是人却独立于落花中，孤独寂寞之感溢于言表。"落花人独立，微雨燕双飞"二句，历来为人所称道，但这两句是晏几道从别人的诗中囫囵取来的。五代时翁宏有《春残》："又是春残也，如何出翠帏。落花人独立，微雨燕双飞。寓目魂将断，经年梦亦非。那堪向愁夕，萧飒暮蝉辉。"但整首诗意境较差，二句放进晏几道的这首词中，便是雅绝、韵绝。

全词意象空灵，情韵悠远，表现出晏几道词特有的深婉沉着的风格。清代陈廷焯评此词："既闲婉，又沉着，当时更无敌手。"（《白雨斋词话》）

名家评笺

北宋晏小山工于言情，出元献（晏殊）文忠（欧阳修）之右，然不免思涉于邪，有失风人之旨。而措辞婉妙，则一时独步。

（清·陈廷焯《白雨斋词话》）

晏氏父子，嗣响南唐二主，才力相敌，盖不特词胜，尤有过人之情。叔原以贵人暮子，落拓一生，华屋山邱，身亲经历，哀丝豪竹，寓其微痛纤悲，宜其造诣又过于父。山谷谓为"狎邪之大雅，豪士之鼓吹"，未足以尽之也。

（夏敬观《映庵词评》）

小山词境，清新凄婉，高华绮丽之外表，不能掩其苍凉寂寞之内心，伤感文学，此为上品。《人间词话》云："小山矜贵有余，但可方驾子野、方回，未足抗衡淮海。"是犹以寻常贵公子目小山矣。……小山词伤感中见豪迈，凄凉中有温暖，与少游之凄厉幽远异趣，小山多写高堂华烛、酒阑人散之空虚，淮海则多写登山临水、栖迟零落之苦闷。二人性情家世环境遭遇不同，故词境亦异，其为自写伤心则一也。

（郑骞《成府谈词》）

🎓 当代价值

晏几道是北宋前期词坛的才子，究其一生，他作为"太平宰相"晏殊之子，曾过着贵族公子的得意生活，后因失去其父庇护，成为失意的落魄文人。所以其词作，多是今昔对比，是他生活经历和情感经历的真实写照，也是他真情实感的流露。从他的词中，我们可以读到他昔日的快乐，也可以感受到他当下的落寞。冯煦说他是"古今伤心人也",黄庭坚说他有"四痴":"仕途连蹇,而不能一傍贵人之门,是一痴也;论文自有体,不肯一作新进士语,此又一痴也;费资千百万,家人寒饥,而面有孺子之色,此又一痴也;人百负之而不恨,己信人,终不疑其欺己,此又一痴也。"(《小山词序》)"痴"是痴傻的表现,也是执着精神的体现,晏几道的"痴"是其真性情的流露,是他赤子之心的表现。

拓展训练

　　北宋黄庭坚说晏几道有"四痴"。结合晏几道的词作,谈谈你对晏几道"痴"的理解,以及你对他的评价。

🔗 链接资料

　　宋·黄庭坚《小山词序》

声声慢·寻寻觅觅

李清照

寻寻觅觅❶，冷冷清清，凄凄惨惨戚戚❷。乍暖还寒❸时候，最难将息❹。三杯两盏淡酒，怎敌他、晚来风急❺？雁过也，正伤心，却是旧时相识。

满地黄花堆积，憔悴损❻，如今有谁堪❼摘？守着窗儿，独自怎生❽得黑！梧桐更兼细雨❾，到黄昏、点点滴滴。这次第❿，怎一个愁字了得！

📝 要点注释

❶ 寻寻觅觅：想把失去的一切都找回来，表现出空虚怅惘、迷茫失落的心情。

❷ 凄凄惨惨戚戚：忧愁苦闷的样子。

❸ 乍暖还（huán）寒：指秋天的天气，忽然变暖，又转寒冷。一说"还"（xuán）通"旋"，意为一会儿。

❹ 将息：旧时方言，休养调理。

❺ 敌：对付，抵挡。晚：一作"晓"。

❻ 损：表示程度极深。

❼ 堪：可。

❽ 怎生：怎样。生：语气助词。

❾ 梧桐更兼细雨：暗用白居易《长恨歌》中"秋雨梧桐叶落时"之意。

❿ 这次第：这光景，这情形。

📖 原文赏析

李清照以女性的独特身份作词，打破了男性词人一统词坛的局面。其词语言清新明丽，笔触细腻，情感真挚，形成了"易安体"独特的风格。《声声慢》是李清照晚年的作品，靖康之变后北宋灭亡，李清照仓皇南逃。在南逃途中，她的丈夫赵明诚去世，她一个人在浙东各地颠沛流离。这首词表现了她暮年的处境与凄凉的心境。

艺术上的独创性，是这首词成为经典名篇的重要因素。词的开篇十四个叠字，字字声调艰涩凄楚，一声紧接着一声，层层深入，表达出词人难以诉说的沉痛感情。"寻寻觅觅"或是对旧日温馨的留恋，或是在今日凄凉心境下寻求解脱。"寻寻觅觅"

的结果是"冷冷清清",什么都没有,昔日的繁华不再,而今只有渺茫的期待和无穷无尽的无奈。"凄凄惨惨戚戚"是"冷冷清清"这个"寻寻觅觅"的结果所引起的无限悲痛。宋代张端义《贵耳集》赞曰:"秋词《声声慢》'寻寻觅觅,冷冷清清,凄凄惨惨戚戚',此乃公孙大娘舞剑手,本朝非无能词之士,未曾有一下十四叠字者……后又叠云'梧桐更兼细雨,到黄昏、点点滴滴……'俱无斧凿痕。"寻觅无果便借酒解忧,可是三杯两盏淡酒,连秋风的寒凉都无法敌过,更何况内心的凄凉呢!伤心失意之时看到从北方飞来的大雁,这只雁也许就是昔日替自己传书的那只。可是如今物是人非,即使大雁在,书信又传给谁呢?空惹一腔哀伤。大雁尚可南来北去,可是漂泊到南方的自己何日才能重回故乡?至此,家愁国恨齐上心头,如何不令人感伤!

李清照最爱菊花,可是如今"满地黄花堆积",她却没有心思去欣赏与采摘了。此身漂泊江南,国破家亡夫死,此心于何处安放?这一切的经历怎能让人不悲伤痛苦!偏偏黄昏时分又下起了细雨,给词人的悲愁上再加一重悲愁!雨打梧桐,点点滴滴,白天尚可在百无聊赖中度过,这凄冷的黑夜又如何挨过呢!因此,一个"愁"字怎么能表达词人此时的心情与感受呢?

这首词不假雕饰,由浅入深,自然贴切,情韵缠绵,让人不得不佩服李清照驾驭语言的本领。苏轼曾说:"凡文字,少小时须令气象峥嵘,采色绚烂,渐老渐熟,乃造平淡,其实不是平淡,绚烂之极也。"《声声慢》正是如此。

名家评笺

易安在宋诸媛中,自卓然一家,不在秦七、黄九之下。词无一首不工,其炼处可夺梦窗之席,其丽处直参片玉之班。盖不徒俯视巾帼,直欲压倒须眉。

(清·李调元《雨村词话》)

连用十四叠字,后又四叠字,情景婉绝,真是绝唱。后人效颦,便觉不妥。

(明·茅暎《词的》)

此词之作,是由于心中有无限痛楚抑郁之情,从内心喷薄而出,虽有奇思妙语,而并非刻意求工,故反而深切动人。

(沈祖棻《宋词赏析》)

这首词写从早到晚一天的实感,那种茕独凄惶的景况,非本人不能领略,所以一字一泪,都是咬着牙根咽下。

(梁启超)

李清照在词中抒写自己的真情实感，如少女时期的欢快、少妇时期的闲愁、晚年的凄清等，在她的词中都有展现。词是她重要的抒情载体，也是她人生不同阶段的经历和情感的见证。她快乐时是如此肆无忌惮，甚至"沉醉不知归路"；她的思念是如此幽深绵长，以至"人比黄花瘦"；她的悲伤是如此沉重凄凉，以至"这次第，怎一个愁字了得"。词中那个快乐的、哀怨的、悲伤的人都是她，是不同时期同一个人的真实写照。李清照在词坛有一定的影响力，也在于她的词是对自己生活、情感的真实写照，是真情实感的流露。

拓展训练

李清照以女性的身份进入词坛，其词以独特的风格被后人称为"易安体"。结合《声声慢·寻寻觅觅》分析"易安体"的特点。

🔗 链接资料

古诗词新唱：《声声慢》

拓展阅读

虞美人·春花秋月何时了

李煜

春花秋月何时了，往事知多少。小楼昨夜又东风，故国不堪回首月明中。

雕栏玉砌应犹在，只是朱颜改。问君能有几多愁，恰似一江春水向东流。

作品解析

陈霆《唐余纪传》载："煜以七夕日生，是日燕饮声伎，彻于禁中。太祖衔其有'故国不堪回首'之词，至是又愠其酣畅，乃命楚王元佐等携馔就其第而助之欢。酒阑，煜中牵机毒药而死。"这首《虞美人》算是李煜的绝笔。

唐圭璋《屈原与李后主》一文中说："至其《虞美人》一首，更是哀伤入骨。……问春花秋月何时可了，正求速死也。但小楼昨夜东风又入，恨不得即死也。下片从故国月明想入，揭出物是人非之戚。最后以问答语，吐露胸中万斛愁肠，诚令人不堪卒读。"

词的首句"春花秋月何时了，往事知多少"起得相当苍凉。这句是李煜的自问，也是他的控诉和悲叹，充满了悲愤与绝望。"春花秋月"这些美好的事物不免让他触景生情，引起他对往昔的无限感慨。过往的一幕幕便浮现在他眼前，但那一切都已成为过眼云烟。多少故国之思、凄楚之痛，一起涌上心头。那些过往虽历历在目，却不堪回首，词人只有在这月明之夜独自对天嗟叹，来表达自己的故国之思与亡国之痛。一句"故国不堪回首月明中"，透露出词人对世事的无奈和词人的后悔与惋惜之意。

下片中词人放纵自己的内心，任其信马由缰地回到了江南。那些华丽的宫殿应该还在吧？只是换了主人。"雕栏玉砌应犹在，只是朱颜改"中隐藏着一种深深的无奈与惋惜之情，表明词人的亡国之痛也只能埋在心里，不能明说。

"问君能有几多愁，恰似一江春水向东流"真乃千古绝唱，凄凄哀哀，流露出无限痛楚，又充满自怜的意味。罗大经在《鹤林玉露》中说："……有以水喻愁者，李群玉云'请量东海水，看取浅深愁'，李后主云'问君能有几多愁，恰似一江春水向东流'，秦少游云'落红万点愁如海'是也。贺方回云'试问闲愁知几许，一川烟草，满城风絮，梅子黄时雨'。盖以三者比愁之多，尤为新奇，兼兴中有比，意味更长。"

浪淘沙令·帘外雨潺潺

李煜

帘外雨潺潺❶，春意阑珊❷。罗衾不耐五更寒❸。梦里不知身是客❹，一晌贪欢❺。

独自莫凭栏❻，无限江山❼，别时容易见时难。流水落花春去也，天上人间。

要点注释

❶ 潺潺：形容雨声。

❷ 阑珊：衰残。一作"将阑"。

❸ 罗衾：锦被。不耐：受不了。一作"不暖"。

❹ 身是客：指被拘汴京，形同囚徒。

❺ 一晌（shǎng）：一会儿，片刻。晌：一作"饷（xiǎng）"。贪欢：指贪恋梦境中的欢乐。

❻ 凭栏：靠着栏杆。

❼ 江山：指南唐河山。

作品解析

关于这首词，胡仔在《苕溪渔隐丛话》中云："南唐李后主归朝后，每怀江国，且念嫔妾散落，郁郁不自聊。尝作长短句'帘外雨潺潺'云云，念思凄切，未几下世。"由此可知，这首词应是李煜亡国入宋后，辞世前不久所作，是他后期作品的代表。

词的上片采用倒叙手法，从午夜梦醒落笔，交代作词的时间与环境——一个凄凉的暮春雨夜。暮春，又是雨夜，极大地触发了词人的愁绪。因为"这种哀愁的密集、不断绝"，词人萌生出"寒意"。这种"寒意"既是身体上的真切感受，也是心灵上的一种悲凉。

"梦里不知身是客，一晌贪欢"，词人从梦里醒来，心境如此凄楚，从而更加贪恋梦中的景象。李煜后期的词，几乎每首都会提到"梦"这一意象。借酒消愁、醉生梦死是他入宋后真实的状态。李煜被幽禁的生活可以说是"苟且偷生，度日如年"，他不仅失去了人身自由，也承受着极大的精神压力，唯有在梦境里，才能重返南唐，才能领略旖旎风光、轻歌曼舞。然而梦总是会醒的，梦醒之后，梦里的欢乐与梦外的凄凉形成了一种强烈的对比，更突显了当下的悲凉，于是他便有了"天上人间"的感叹。

如此剧烈的人生变故，如此巨大的心理落差，造就了李煜词风的变化。清代沈雄在《古今词话》里说："后主前期词作风格绮丽柔靡，还不脱'花间'习气。国亡后在'日夕只以眼泪流面'的软禁生活中，以一首首泣尽以血的绝唱使亡国之君成为词坛的'南面王'，真是'国家不幸诗家幸，话到沧桑句始工'。"

下片首句"独自莫凭栏，无限江山，别时容易见时难"，一个"莫"字把凄楚的心境表达得形象而曲折。想念故国时，凭栏远眺也只能徒增伤感与愧疚而已，还是不看了，因为历史的车轮不会再把他送回南唐的缱绻旧梦里。"流水落花春去也"照应前文"春意阑珊"。结句"天上人间"，再次暗合上片梦里梦外的境遇对比，突出表达了词人的无奈与凄怆。唐圭璋评价这首词："一片血肉模糊之词，惨淡已极，深更半夜的啼鹃，巫峡两岸的猿啸，怕没有这样哀罢……后来词人，或刻意音律，或卖弄典故，或堆垛色彩，像后主这样纯任性灵的作品，真是万中无一。"

鹧鸪天·彩袖殷勤捧玉钟

晏几道

彩袖❶殷勤捧玉钟，当年拚却❷醉颜红。舞低杨柳楼心月，歌尽桃花扇底风❸。

从别后，忆相逢，几回魂梦与君同❹。今宵剩把银釭照，犹恐相逢是梦中❺。

📖 要点注释

❶ 彩袖：代指穿彩衣的歌女。

❷ 拚却：甘愿，不顾惜。却：语气助词。

❸ 舞低杨柳楼心月，歌尽桃花扇底风：是说歌女舞姿曼妙，直舞到挂在杨柳树梢、照到楼心的明月低沉下去；歌女清歌婉转，直唱到扇底之风消歇，极言歌舞时间之久。桃花扇：跳舞时用作道具的扇子。

④ 同：欢聚在一起。

⑤ 今宵剩把银釭照，犹恐相逢是梦中：从杜甫《羌村》诗中"夜阑更秉烛，相对如梦寐"句化出。把：持，握。银釭（gāng）：银灯。

📖 作品解析

晏几道是一位落魄的贵公子，又是一位才华横溢、性情率真的痴绝之人。黄庭坚曾评价他有"四痴"，其人痴，其词亦痴，这首《鹧鸪天·彩袖殷勤捧玉钟》就是一首痴情词。正如陈延焯所评："一片深情，低回往复，真不厌百回读也。言情之作，至斯已极。"

这首词写词人与昔日情人的久别重逢。上片追忆往事，抒写当年欢聚的情景并非眼前实景，但犹在眼前。下片写久别重逢的惊喜，似梦而真。回忆本是虚的，因忆而有梦；梦也是虚的，却因疑而更为真实，等到真正重逢反疑为梦。从"忆"到"梦"，再到相逢却以为是梦，词人用回环的句法、淡远的笔调，将悲喜错杂的真情迤逦写来。全词短短五十几字，却能打造出虚实两种境界，在追忆梦的虚境和相逢却疑为梦的实境中表达词人的深情。

点绛唇·蹴罢秋千

李清照

蹴❶罢秋千，起来慵❷整纤纤手。露浓花瘦，薄汗轻衣透。
见客入来，袜刬金钗溜❸。和羞走，倚门回首❹，却把青梅嗅。

📖 要点注释

❶ 蹴（cù）：踏。此处指荡秋千。

❷ 慵：懒，倦怠的样子。

❸ 袜刬（chàn）：这里指跑掉鞋子以袜着地。金钗溜：快跑时首饰从头上掉下来。

❹ 倚门回首：靠着门回头看的意思。

📖 作品解析

此词风格明快，节奏轻松，是李清照早期的作品。全词用叙事手法，如画般表现了少女的天真烂漫与娇羞的心态。

词的上片描绘少女荡完秋千的娇美神态。"蹴罢秋千，起来慵整纤纤手"，"纤纤手"而"慵整"者，是不作寻常的小女子之态，流露出本真自然的天性；"露浓花瘦，薄汗轻衣透"，语带双关，前后两句相互映照。上片用静态的笔法描绘出了一个无忧无虑、尽兴玩耍的天真烂漫、不为礼法拘束的可爱少女形象。

下片则用动态的笔法，表现了少女乍见来客的种种情状。本来尽兴玩耍是天性使然，不欲旁人得见，但情急中"见客入来"，而且自己还是"袜刬金钗溜"的狼狈相，于是"和羞走"，表现了少女的羞涩情态。虽然"和羞走"却又回首相看，表现了少女天真烂漫的姿态。想看而仍不却其羞，于是拈青梅来嗅作为掩饰。因为其"羞"而做出百种情态，曲折委婉，表现了少女无限的娇媚。相比《诗经·卫风·硕人》"手如柔荑，肤如凝脂，领如蝤蛴（qiú qí），齿如瓠犀，螓（qín）首蛾眉，巧笑倩兮，美目盼兮"更胜一筹。《点绛唇》综合动作、情态、心理、性情等因素，表现了少女之娇美可爱。

韩偓有诗《偶见》："秋千打困解罗裙，指点醍醐索一尊。见客入来和笑走，手搓梅子映中门。"这与李清照《点绛唇》一词意境颇同，但韩诗总体上趋于静态描写，以含蓄为主，不似李词有淋漓尽致之意味。李清照这首词是一个少女的现身说法，比韩诗更加真实活泼。此词从内容上来说，虽然浅显没有深意，但是细节的描述、笔法的细腻，以及风格的清新，极好地体现了易安词的"神味"。

踏莎行·郴州❶旅舍

秦观

雾失楼台❷，月迷津渡❸，桃源望断无寻处❹。可堪❺孤馆闭春寒，杜鹃❻声里斜阳暮。

驿寄梅花❼，鱼传尺素❽，砌成此恨无重数❾。郴江幸自绕郴山❿，为谁流下潇湘去⓫？

🔖 要点注释

❶ 郴（chēn）州：今属湖南。

❷ 雾失楼台：暮霭沉沉，楼台消失在浓雾中。

❸ **月迷津渡**：月色朦胧，渡口仿佛消失不见。

❹ **桃源望断无寻处**：拼命寻找也看不见理想的桃花源。**桃源**：语出晋陶渊明《桃花源记》，指生活安乐、合乎理想的地方。**无寻处**：找不到。

❺ **可堪**：怎堪，哪堪，受不住。

❻ **杜鹃**：鸟名，相传其鸣叫声像人言"不如归去"，容易勾起人的思乡之情。

❼ **驿寄梅花**：陆凯《赠范晔诗》云："折梅逢驿使，寄与陇头人。江南无所有，聊赠一枝春。"这里词人将自己比作范晔，表示收到了来自远方的问候。

❽ **鱼传尺素**：汉乐府诗《饮马长城窟行》中有"客从远方来，遗我双鲤鱼。呼儿烹鲤鱼，中有尺素书"；另外，古时舟车劳顿，信件很容易损坏，古人便将信件放入匣子中，再将信匣刻成鱼形，美观而又方便携带，因而"鱼传尺素"便成了传递书信的一个代名词。这里也表示接到朋友问候的意思。

❾ **砌**：堆积。**无重数**：数不尽。

❿ **郴江**：清代顾祖禹《读史方舆纪要·湖广》载，郴水在"州东一里，一名郴江，源发黄岑山，北流经此……下流会耒水及白豹水入湘江"。**幸自**：本自，本来是。

⓫ **为谁流下潇湘去**：为什么要流到潇湘去呢？意思是连郴江都耐不住寂寞，何况人呢？**为谁**：为什么。**潇湘**：潇水和湘水，是湖南境内的两条河流，合流后称湘江，又称潇湘。

作品解析

在北宋词人中，秦观是以独具善愁之"词心"而著称的一位作家。此词作为代表，以委婉曲折的笔法，抒写了他谪居后哀苦凄厉之心情，成为蜚声词坛的千古绝唱。

开篇"雾失楼台，月迷津渡，桃源望断无寻处"三句，用含有丰富象征意义的幻想中的景物，隐喻了词人内心的深悲极苦；分别用了"失""迷""无"三个否定词，接连写出三种曾经在人们想象中存在的事物的消失，表现了一个屡遭贬谪的失意者之心情。"可堪"即"不堪"，因为有了前三句对绝望悲苦之心情的象征叙写，"楼台"之希望既"失"，"津渡"之引济亦"迷"，"桃源"在人世之根本"无寻"，然后对身外之"孤馆""春寒""杜鹃声""斜阳暮"之情境，乃弥觉其不堪也。王国维评价这两句说："少游词境最凄婉，至'可堪孤馆闭春寒，杜鹃声里斜阳暮'，则变为凄厉矣。"这两句描绘的情境是一种"有我之境"。

下片"驿寄梅花，鱼传尺素，砌成此恨无重数"三句，则极写贬谪不遇之恨。一

"砌"字，对抽象的"恨"之情意，做了一种具象的"砌"之描述，突显此恨积累之深重，以及坚固而不可破除。在如此深重坚实之苦恨中，词人发出了后二句"郴江幸自绕郴山，为谁流下潇湘去"的问语。词人在"郴江"之"绕郴山"的自然山水中，加入了"幸自"这一有情的字样，又在"流下潇湘去"的自然现象前，加上了"为谁"这个表示诘问的词语，仅此二句，所叙的自然山川平添了一种象征的意义。因此，无情之郴山乃顿时化为有情，使得郴江竟然流出郴山，且直下潇湘不返，乃成为冷酷无情矣。这两句意蕴丰富，注入了词人对自己离乡远谪的深长怨恨，也是他对自己不幸命运的一种反躬自问。

第二部分

社会大德

导言

  《礼记·大学》有云:"古之欲明明德于天下者,先治其国;欲治其国者,先齐其家;欲齐其家者,先修其身;欲修其身者,先正其心;欲正其心者,先诚其意;欲诚其意者,先致其知,致知在格物。物格而后知至,知至而后意诚,意诚而后心正,心正而后身修,身修而后家齐,家齐而后国治,国治而后天下平。"修身、齐家、治国、平天下,是古代君子的人生追求与崇高理想。把个人修养与社会发展相结合,主张先提升个人内心的道德修养,然后推广开来,由己及人,由家及国,最终达到"平天下"的终极目标,体现了古代文人关注社会现实的精神。北宋学者张载的横渠四句"为天地立心,为生民立命,为往圣继绝学,为万世开太平",也正是对人和社会关系的阐明,对古人关注现实精神的诠释。

  古典诗词不仅表现了古人内心幽微的情志和人格修养,而且表达了古人处在社会中对人与人、人与社会关系的思考。本编分为五章,通过对古典诗词的品读,阐释探讨蕴含于古典诗词中的社会大德,体会蕴含于古典诗词中古人的爱国情怀,感受古典诗词中古人的光荣梦想,体味古典诗词中古人的忧患意识,欣赏古典诗词中古人的敬业乐群精神,感知古典诗词中古人的思乡怀远真情。

第六章 爱国情怀

本章选录经典释读作品四首——屈原《离骚》（节选）、《九歌·国殇》，杜甫《登高》，辛弃疾《水龙吟·登建康赏心亭》；选录拓展阅读作品三首——高适《燕歌行》，杜甫《闻官军收河南河北》《秋兴八首·其一》。爱国是中华民族精神与思想的重要体现，在历史长河中，爱国主义精神洋溢在不同时代人们的身上，体现在不同时期文人的诗词作品中。《离骚》中，屈原希望实现"美政"理想，当"信而见疑，忠而被谤"时，依然不改对楚国深深的热爱和眷恋之情；《登高》中，孤独病老的杜甫登高望远之际，依然忧心天下而"繁霜鬓""新停浊酒杯"；《水龙吟·登建康赏心亭》中，一心想要收复失地、忠心报国的辛弃疾，在未被重用、人生失意之时，依然不改初心。这些诗词作品体现的爱国主义精神，不因处境而改变，不因失意而改变。这种精神是中国文人精神的脊梁，代代相传，经久不衰。

经典释读

离骚（节选）

屈原

帝高阳之苗裔兮❶，朕皇考曰伯庸❷。摄提贞于孟陬兮❸，惟庚寅吾以降❹。皇览揆余初度兮❺，肇锡余以嘉名❻：名余曰正则兮，字余曰灵均。

纷❼吾既有此内美兮，又重之以修能❽。扈江离与辟芷❾兮，纫秋兰以为佩❿。汩余若将不及⓫兮，恐年岁之不吾与⓬。朝搴阰之木兰兮⓭，夕揽洲之宿莽⓮。日月忽其不淹⓯兮，春与秋其代序⓰。惟草木之零落兮，恐美人之迟暮⓱。不抚壮而弃秽⓲兮，何不改乎此度⓳？乘骐骥以驰骋兮，来吾道夫先路⓴！

要点注释

❶ 高阳：传说古颛顼（zhuānxū）帝的号。苗裔：远代子孙。

❷ 朕：我。皇考：对已故父亲的美称。

❸ 摄提："摄提格"的简称，为寅年之别称。贞：正当。孟陬（zōu）：夏历正月的别名，又称寅月。

❹ 惟：发语词。庚寅：庚寅之日，古代用干支纪日。降：诞生。

❺ 皇：上文"皇考"的省文。览：观察。揆（kuí）：衡量。初度：初生的情况。

❻ 肇：开始。锡（cì）：赏赐。

❼ 纷：众多。

❽ 重：加。修：长。修能：长于才，即富有才能。一说能通"态"，修能即美好的容态。

❾ 扈（hù）：披上。江离：香草名。辟：幽僻。芷：白芷，香草名。

❿ 纫：连缀起来。秋兰：香草名。

⓫ 汩（gǔ）：水流疾速，这里比喻时光流逝。不及：赶不上。

⓬ 不吾与：即"不与吾"的倒装，不能等我。

⓭ 搴（qiān）：拔取。阰（pí）：土山。

⓮ 揽：摘取。宿莽：草名，经冬不死。

⓯ 淹：停留。

⓰ 代序：轮换，指时序更替，周而复始。

⓱ 迟暮：年老。

⓲ 不："何不"的省文。抚壮：把握年纪方壮之时。抚：握持。壮：壮盛之年。秽：污秽，指丑恶的行为。

⓳ 度：法度，一说"度"指态度。

⓴ 来：呼王跟从自己的话。道：同"导"，引导，带路。

原文赏析

　　《离骚》是屈原作品中最具代表性的一篇，不仅展现了楚辞的文学风貌，也体现了屈原高洁的人格与精神品质。

　　诗歌开篇即树立起抒情主人公的高大形象，并提出了积极入世的人生观。首先追溯世系——高阳苗裔，从寻根意义上点明其与楚王族有血缘关系，其应继承高阳传统且先天就有爱楚国、楚王的责任；其次，详记生辰——生逢"三寅"，命运不凡，此后当有所作为；最后，介绍命名缘由——气度特异，禀赋纯美，故赐以嘉名，此名既饱含长辈的期待，又有自勉自励之意。这些都属"内美"，和爱国主义思想结合起来，就成了屈原进步的动力，为他那种坚强不屈的精神奠定了基础。综此三义，则诗之主人公自诞生便"擅天地之美，得人道之正，怀爱国之忧"。主人公登场之隆重，与诗歌所表达之主题思想相符，且有助于读者从开始就建立起崇高纯正的悲剧意识。

诗歌接着叙述他为实现崇高政治理想不断自我完善的心路历程。主人公认为自己具有"内美"还不够，需继续靠"修能"来培养品德、锻炼才能。这一切，都是为了一个远大的理想、明确的目标：在楚国政治改革中，贡献出自己的一份力量。然而，他又感叹人生短暂，时光易逝。几个"恐"字，使"吾"有了强烈的紧迫感、使命感和危机感。于是，他发出了内心的呼声："乘骐骥以驰骋兮，来吾道夫先路！"

索藑茅以筳篿兮❶，命灵氛❷为余占之。曰："两美其必合兮❸，孰信修而慕之❹？思九州之博大兮，岂唯是其有女❺？"曰："勉远逝❻而无狐疑兮，孰求美而释女❼？何所独无芳草兮，尔何怀乎故宇❽？世幽昧以眩曜兮❾，孰云察余之善恶？民好恶其不同兮，惟此党人❿其独异！户服艾以盈要兮⓫，谓幽兰其不可佩。览察草木其犹未得⓬兮，岂珵美之能当⓭？苏粪壤以充帏兮⓮，谓申椒⓯其不芳。"

要点注释

❶ 索：求取。藑（qióng）茅：传说可以用来占卜的灵草。筳篿（tíngzhuān）：用来占卜的小竹片。

❷ 灵氛：神巫，善占卜。

❸ 两美：比喻明君贤臣。合：相遇。

❹ 信修：真正美好。慕："莫""念"二字的误合。

❺ 女：指宓（fú）妃、二姚等美女。

❻ 远逝：远走。

❼ 释：放弃。女：汝，你。

❽ 故宇：故国。

❾ 幽昧：黑暗。眩曜：头眩目昏，使人迷乱。

❿ 党人：朝廷上朋比为奸、结党营私之辈。

⑪ 户：家家户户。服：佩戴。艾：恶草。盈要：满腰。要：同"腰"。

⑫ 未得：不能辨别香臭美丑。

⑬ 珵（chéng）：美玉。能当：指能鉴别。

⑭ 苏：索取。帏：香袋。

⑮ 申椒：香木名。

原文赏析

"灵均"巡行天上，无功而返，便上下"求女"，这实际上反映了诗人的努力挣扎和不断追求的顽强精神。主人公几次"求女"失败后，内心迷惘，便问卜于"灵氛"。"灵氛"回答了"灵均"的疑问，并分析了客观形势，劝其"远逝""求美"，不要"怀乎故宇"，因为故宇中"党人独异"。这其实是假借"灵氛"之口，客观分析了楚国的现实和诗人自己的处境，得出的结论是楚国的政治环境日益恶化。

尽管诗人坚持理想不动摇，但留在楚国又无出路，去和留的矛盾成了诗人内心最纠结之痛。战国时期，大一统局面出现的前夕，士人为了实现个人理想，政治活动范围并不限于本国。士人"朝秦暮楚"的现象比比皆是，如苏秦、张仪之徒，甚或孟子，他们奔走各国游说诸侯，不一定只为本国效力。《史记·屈原列传》说屈原"博闻强志，明于治乱，娴于辞令"，以此才能，在如此的社会风气下，当他在政治上受到沉重打击，理想不能在本国实现时，考虑去留的问题是非常自然的。

灵氛既告余以吉占兮，历❶吉日乎吾将行。折琼枝以为羞兮，精琼爢以为粮❷。为余驾飞龙兮，杂瑶象以为车。何离心之可同兮？吾将远逝以自疏。邅❸吾道夫昆仑兮，路修远以周流。扬云霓之晻蔼❹兮，鸣玉鸾之啾啾。朝发轫于天津❺兮，夕余至乎西极。凤皇翼其承旗❻兮，高翱翔之翼翼❼。忽吾行此流沙兮，遵赤水而容与❽。麾蛟龙使梁津兮❾，诏❿西皇使涉予。路修远以多艰兮，腾众车使径待。路不周⑪以左转兮，指西海以为期。屯余车其千乘兮，齐玉轪⑫而并驰。驾八龙之婉婉兮，载云旗之委蛇⑬。抑志而弭节兮⑭，神高驰之邈邈。奏《九歌》而舞《韶》兮，聊假日以媮乐。陟升皇之赫戏兮⑮，忽临睨夫旧乡。仆夫悲余马怀兮，蜷局顾而不行⑯。

要点注释

❶ 历：选择。

❷ 精：捣细。琼糜（mí）：玉屑。粻（zhāng）：粮食。

❸ 邅（zhān）：回转。

❹ 晻（ǎn）蔼：遮天蔽日的样子。

❺ 天津：天河的渡口。

❻ 凤皇：又作"凤凰"。翼：作动词，张开翅膀。旂（qí）：同"旗"。

❼ 翱翔：鸟的高飞，翅膀一上一下叫翱，直刺不动叫翔。翼翼：协和的样子。

❽ 容与：从容不迫的样子。

❾ 麾：指挥。梁：作动词，搭桥。

❿ 诏：命令。

⓫ 不周：神话中的山名。

⓬ 轪（dài）：车轮。

⓭ 委蛇：随风飘荡的样子。

⓮ 抑志：定下心来。弭节：放慢速度。

⓯ 陟升：上升。皇：皇天，广大的天空。赫戏：光明。

⓰ 蜷局：弯曲身体。顾：回视。

原文赏析

"灵均"请求"灵氛"和"巫咸"占卜后，最后决定接受"灵氛"的劝告，在迷离恍惚中展开了最后一次遨游。这次的路途是遥远而多艰的，付出的努力极大，场面也空前热烈：车马喧闹、凤凰承旗、蛟龙梁津、玉轪并驰、载歌载舞。这次遨游的终极目标是西北方，而且明确地说，"指西海以为期"，这绝不是偶然的。就作品本身的语气，结合当时的客观现实，可知作品中透露出所不忍明言的内容，就是他所指向的西北方，正是秦国。李光地说："是时山东诸国，政之昏乱，无异南荆。惟秦强于刑政，收纳列国贤士；士之欲巫功名，舍是莫适归者。是以所过山川，悉表西路。"（《离骚经注》）因而出现在他思想里暂时的幻境，不但远离父母之邦，而且是仇雠（chóu）之国，这样就使得冲突表现得更为尖锐剧烈。

屈原的内心始终矛盾，如蚕作茧自缚一样无法解脱，而矛盾的实质是个人远大的政治抱负和深厚的爱国情感无法统一。留下来，无所作为，又做不到"和光同尘"、明哲保身；为实现理想而去国，又于心不忍。留既不能，去又不可，个人的政治抱负和爱国情感不但无法统一，而且引起了剧烈的正面冲突。这样就把矛盾推向了高潮，从而无可避免地使他从在云端又一次掉到令人绝望而又无法离开的土地上。因此，当他西行左转，胜境在即时，忽然临睨故乡，汹涌澎湃的情感又使他决定放弃，也就在幻想的破灭里，放射出了强烈的爱国主义光芒。

名家评笺

司马迁："离骚者，犹离忧也。"班固《离骚赞序》："离，犹遭也。骚，忧也。明己遭忧作辞也。"王逸《楚辞章句·离骚经序》："屈原执履忠贞，而被谗邪，忧心烦乱，不知所诉，乃作离骚经。离，别也；骚，愁也；经，径也。言以放逐离别，中心愁思，犹依道径，以风谏君也。"

屈平正道直行，竭忠尽智，以事其君，谗人间之，可谓穷矣。信而见疑，忠而被谤，能无怨乎？屈平之作《离骚》，盖自怨生也。

（汉·司马迁《史记·屈原列传》）

其文约，其辞微，其志洁，其行廉。其称文小而其指极大，举类迩而见义远。其志洁，故其称物芳；其行廉，故死而不容。自疏濯淖污泥之中，蝉蜕于浊秽，以浮游尘埃之外，不获世之滋垢，皭（jiào）然泥而不滓者也。推此志也，虽与日月争光可也。

（汉·司马迁《史记·屈原列传》）

弃置而复依恋，无可忍而又不忍，欲去还留，难留而亦不易去。即身离故都而去矣，一息尚存，此心安放？宁流浪而犹流连，其唯以死亡为逃亡乎！故"从彭咸之所居"为归宿焉。

（钱锺书《管锥编》）

《离骚》为屈大夫之哭泣，《庄子》为蒙叟之哭泣，《史记》为太史公之哭泣，《草堂诗集》为杜工部之哭泣，李后主以词哭，八大山人以画哭，王实甫寄哭泣于《西厢》，曹雪芹寄哭泣于《红楼梦》。

（清·刘鹗《老残游记自序》）

🎓 当代价值

屈原是中国文学史上的爱国主义诗人，《离骚》是一篇带有自传体性质的抒情长诗，是屈原心声的表达，是屈原"发愤抒情"之作。屈原是楚国贵族，"博闻强志，明于治乱，娴于辞令。入则与王图议国事，以出号令；出则接遇宾客，应对诸侯"（《史记·屈原列传》）。他深得楚王的信任和重用，对楚国的热爱有"家""国"两重内涵，因而有更强的使命感和责任感。楚国既是他出生和成长的母国，也是他实现抱负的理想之地，这里不仅是他的国，也是他身心栖息的家园。因为把国当成家，他才会为其倾注更多的情感，才会全力以赴使其更好，这种家国情怀是值得我们学习和传承的。

由于旧贵族的谗言，加之张仪的离间，屈原受到了楚王的冷落，于是他在《离骚》中抒写了自己"信而见疑，忠而被谤"的悲愤与感伤。在战国时期纵横捭阖的时代背景下，良禽择佳木而栖。以屈原的学识和才能，他完全可以离开楚国去往一个可以实现抱负的诸侯国，但是他没有。尽管遭受如此冷遇，他依然眷恋他的故土，忠贞不移，这种对祖国的深爱，千百年来令人唏嘘，为人称道。

拓展训练

《离骚》是屈原"发愤抒情"之作，也是屈原精神的集中体现。结合《史记·屈原列传》，分析《离骚》中的屈原精神体现在哪些方面。

🔗 链接资料

古诗词新唱：《离骚》

九歌·国殇

屈原

操吴戈兮被犀甲①，车错毂②兮短兵接。旌蔽日兮敌若云，矢交坠兮士争先。凌余阵兮躐余行③，左骖殪兮右刃伤④。霾⑤两轮兮絷四马，援玉枹⑥兮击鸣鼓。天时坠兮威灵怒，严杀⑦尽兮弃原野。

出不入兮往不反，平原忽兮路超远⑧。带长剑兮挟秦弓，首身离兮心不惩⑨。诚既勇兮又以武，终刚强兮不可凌。身既死兮神以灵，子魂魄兮为鬼雄！

要点注释

① 操：手持。被：同"披"。

② 毂（gǔ）：车轮贯轴处。

③ 凌：侵犯。躐（liè）：践踏。

④ 骖（cān）：古代四马驾车，驾辕的两匹马称"服"，两侧的称"骖"。殪（yì）：倒地而死。

⑤ 霾：通"埋"。

⑥ 玉枹（fú）：玉柄鼓槌。

⑦ 严杀：鏖战痛杀。

⑧ 平原忽兮路超远：这句写战士出征，在平原上迅速前进，一下子即离家甚远。忽：迅速。

⑨ 惩：悔恨，后悔。

原文赏析

《九歌》原为古曲之名，此篇是屈原流放江南时在楚国南方民间祭神乐歌基础上，加工改写而成的一组体制独特的抒情诗。"九"非实指，乃表多数。屈原《九歌》共十一篇，是一组祭神的乐歌，是南方巫祭文化的产物。本篇所祭对象非楚地神祇，独为人鬼。刘永济说本篇"通体皆写卫国战争，皆招卫国战死者之魂而祭之之词"。《九歌》"通篇直赋其事"（戴震《屈原赋注》），哀悼为楚国牺牲的将士，风格刚健悲壮，声调激越，充满爱国主义精神，是中国古代杰出的爱国战歌之一，影响深远。

《九歌》前几篇皆祭祀天地间神祇，最后一篇《国殇》却祭人鬼，且从敌胜我败着笔，究其原因，皆与楚国历史紧密相关。战国后期秦楚争雄，楚国从怀王后期开始，屡次惨败。《史记·楚世家》："（怀王）十七年，与秦战丹阳。秦大败我军，斩甲士八万，虏大将屈匄，遂取汉中郡。楚悉国兵复袭秦，大败于蓝田。韩、魏闻楚困，袭楚至邓，楚引兵归""二十八年，秦与齐、韩、魏共攻楚，杀楚将唐眛，取重丘""二十九年，秦复攻楚，大败楚军，死者二万，杀将军景缺""三十年，秦复伐楚，取八城""（顷襄王）元年，秦攻楚，大败楚军，斩首五万"。由此可见，在强秦不断的侵袭下，楚国人民为保家卫国，所付出的代价何其惨重！楚国虽伤亡惨重，但士气并未低落。怀王入关不返，死于秦国，激起了楚国人民强烈的复仇情绪，民间就出现了"楚虽三户，亡秦必楚"的说法。因而屈原在祭神时不但最后列入阵亡将士，而且用极其沉痛的心情，历史性地描绘战争实况，以示不忘牺牲，激发楚国人民的斗志。

全诗概括而生动地描写了战斗的经过，刻画出卫国壮士的英雄形象，并加以礼赞。全诗共十八句，前十句不但正面描写战争场面，而且渲染悲剧气氛，表现了楚国将士们破釜沉舟、勇武不屈、视死如归、舍生取义的伟大精神。后八句选取几个富有典型意义的具体形象，赞颂阵亡将士的崇高品质和坚强斗志，最后以"子魂魄兮为鬼雄"作结，对国耻的洗雪寄予无穷希望，体现了楚国人民同仇敌忾的心情。在文学艺术方面，《九歌·国殇》对后来的战争诗尤其是唐代边塞诗中表现爱国主义精神的作品，也有开先河的作用。

第六章 爱国情怀

❧ 名家评笺 ❧

昔楚国南郢之邑，沅湘之间，其俗信鬼而好祠。其祠必作歌乐鼓舞以乐诸神。屈原放逐，窜伏其域，怀忧苦毒，愁思沸郁，出见俗人祭祀之礼，歌舞之乐，其辞鄙陋，因为作《九歌》之曲，上陈事神之敬，下见己之冤结，托之以风谏。故其文意不同，章句杂错，而广异意焉。

（汉·王逸《楚辞章句》）

九歌者，屈原之所作也。昔楚南郢之邑，沅湘之间，其俗信鬼而好祀。其祀必使巫觋作乐，歌舞以娱神。蛮荆陋俗，词既鄙俚，而其阴阳人鬼之间，又或不能无亵慢淫荒之杂。原既放逐，见而感之，故颇为更定其词，去其太甚。而又因彼事神之心，以寄吾忠君爱国眷恋不忘之意。

（宋·朱熹《楚辞集注》）

当代价值

屈原这篇追悼阵亡将士的祭歌，反映了同仇敌忾和忠勇的爱国激情。《九歌·国殇》中所宣扬的舍身报国的牺牲精神，激起了后世无数爱国志士的共鸣："捐躯报明主，身死为国殇"（鲍照），"国殇毅魄今何在？十载招魂竟不知"（陈子龙），"希文忧乐关天下，莫但哀时作国殇"（柳亚子）。它的伟大意义早已超越楚国，在历史的长河中逐渐成为中华民族的精神财富。

拓展训练

观看央视文化节目《典籍里的中国》之《楚辞》，感受屈原爱国主义精神的深远影响。

链接资料

《典籍里的中国》之《楚辞》

登高

杜甫

风急天高猿啸哀❶，渚清沙白鸟飞回❷。无边落木萧萧下❸，不尽长江滚滚来。万里悲秋常作客❹，百年❺多病独登台。艰难苦恨繁霜鬓❻，潦倒新停浊酒杯❼。

📖 要点注释

❶ 猿啸哀：指长江三峡中猿猴凄厉的叫声。

❷ 渚（zhǔ）：水中的小洲，水中的小块陆地。鸟飞回：鸟在急风中飞舞盘旋。回：盘旋。

❸ 落木：指秋天飘落的树叶。萧萧：风吹落叶的声音。

❹ 万里：指远离故乡。常作客：长期漂泊他乡。

❺ 百年：犹言一生，这里借指晚年。

❻ 艰难：兼指国运不济和自身命运多舛。苦恨：犹言极恨，极其遗憾。繁霜鬓：白发增多了，如鬓边着霜雪。繁：这里作动词，增多。

❼ 潦倒：衰颓，失意，这里指衰老多病，志不得伸。新停：刚刚停止。重阳登高，按照节俗应喝酒，杜甫晚年因病戒酒，所以说"新停"。

📖 原文赏析

杜甫登高诗甚多，篇篇佳制，此首尤被称为压卷之作，在七律中尤享盛名。《登高》是杜甫晚年的诗作，诗人漂泊西南，流寓夔州，在重阳节登高时作此诗。这一年（767）杜甫五十五岁，离其去世只有二三年时间了。萧涤非说："虽是一首悲歌，却是'拔山扛鼎'式的悲歌，它给予我们的感受，不是悲凉，而是悲壮；不是消沉，而是激动；不是眼光狭小，而是心胸的阔大。语言的精练，对仗的自然（此首亦八句皆对），也都达到登峰造极的地步。"（《杜甫诗选注》）

此诗以第五句中的"悲秋"为中心，前四句写夔（kuí）州（今重庆奉节）江上秋景，后四句言悲从中来。写景首二句意象密集，下二句意象疏朗，合起来秋意十足。"风急天高猿啸哀，渚清沙白鸟飞回"叠加层累，且加以句内对，精工严整。"无边落木萧萧下，不尽长江滚滚来"二句苍凉雄浑，出句万叶纷飞，萧瑟至极，对句江水奔涌，气势宏大，前句抑而后句扬，在顿挫中把诗人复杂的心绪倾注其间。论时局，论一己处境，确实到了"落木萧萧下"的时候；论希望，未尝不企盼未来时局好转而如"长江滚滚来"。开头两句是分切镜头的组合，此二句则为俯仰之间全镜头的转换。

首句之"哀"如一丝细线穿透全诗，又与位于中枢地带的"悲"字相互呼应。五、六句同样用叠加层累法，抒写浩渺的心事。宋代文人说这两句写了七、八悲，一词一悲，一步一哀，但不细碎，浑然一体，悲从中来。

杜诗喜欢在诗中用大数，"万里"与"百年"相对，成了他最经典的艺术思维方式。重阳佳节，诗人却"常作客""独登台"，不仅孤身一人漂泊在外，而且年迈多病。这个佳节，在凄清冷落的深秋中独自一人登高，是多么凄凉！尾联采用了当句对，"艰难"对"苦恨"，"潦倒"对"新停"，而且"繁霜鬓"对"浊酒杯"。"艰难苦恨"回应中间的"悲"与开头的"哀"，千头万绪中有国家的命运、社会的现实、自己的处境，悲愤中有关切，有不衰竭的希望与遗憾的失望，所以尾联体现的不是衰飒，而是激愤、悲痛。五、六句意密而外疏，末两句外密而意疏，集中在"苦恨"上。全诗上下里外无不布局整肃而又千变万化。

名家评笺

通章章法、句法、字法，前无昔人，后无来学……此诗自当为古今七言律第一，不必为唐人七言律第一也。

（明·胡应麟《诗薮》）

若"风急天高"，则一篇之中句句皆律，一句之中字字皆律，而一意贯串，一气呵成。

（明·胡应麟《诗薮》）

杜陵诗云："万里悲秋常作客，百年多病独登台。"盖万里，地之远也；秋，时之惨凄也；作客，羁旅也；常作客，久旅也；百年，齿暮也；多病，衰疾也；台，高迥处也；独登台，无亲朋也。十四字之间含八意，而对偶又精确。

（宋·罗大经《鹤林玉露》）

诗至于杜子美，文至于韩退之，书至于颜鲁公，画至于吴道子，而古今之变，天下之能事毕矣。

（宋·苏轼《书吴道子画后》）

　　杜甫被后人誉为"诗圣","圣"即完美、至高无上,这既是从艺术角度对杜诗的评价,更是从道德角度对杜甫及其诗作的评价。如果说屈原作为贵族,是从社会上层的角度表达爱国之情,那杜甫一生仕途蹭蹬,更多的是从下层民众的视野展现忧民之意。《登高》本是登高怀远的传统之作,但是杜甫的伟大就在于他在诗中往往推己及人,不停留在个人的层面。他把孟子"老吾老以及人之老,幼吾幼以及人之幼"的博爱精神在诗中表达得淋漓尽致,这使他诗中抒发的情感具有普遍性,具有社会与时代的厚重感。正所谓"位卑未敢忘忧国"(陆游),尽管一生"流落饥寒,终身不用",但他却"一饭未尝忘君"(苏轼),这种爱国深情使其成为中国文学史上爱国诗人的典范,他的这种精神也值得我们代代相传,发扬光大。

拓展训练

　　《登高》是杜甫晚年流寓夔州时所作,此时杜甫尽管多病飘零,但依然忧国忧民。学习此诗,分析并感受杜甫的爱国主义精神。

🔗 **链接资料**

　　纪录片《杜甫:中国最伟大的诗人》

水龙吟·登建康赏心亭❶

辛弃疾

楚天千里清秋，水随天去秋无际。遥岑❷远目，献愁供恨，玉簪螺髻❸。落日楼头，断鸿❹声里，江南游子。把吴钩❺看了，栏杆拍遍，无人会，登临意。

休说鲈鱼堪脍，尽西风，季鹰归未❻？求田问舍，怕应羞见，刘郎才气❼。可惜流年❽，忧愁风雨❾，树犹如此❿！倩⓫何人、唤取红巾翠袖⓬，揾⓭英雄泪！

📖 要点注释

❶ **建康**：今江苏南京。**赏心亭**：《景定建康志》云："赏心亭在（城西）下水门城上，下临秦淮，尽观赏之胜。"

❷ **遥岑**（cén）：远山。

❸ **玉簪**（zān）**螺髻**（jì）：玉做的簪子，海螺形状的发髻，这里比喻高矮和形状各不相同的山岭。

❹ **断鸿**：失群的孤雁。

❺ **吴钩**：唐代李贺《南园》云："男儿何不带吴钩，收取关山五十州。"本指古代吴地制造的一种宝刀，这里以吴钩自喻。

❻ **"休说鲈鱼堪脍，尽西风，季鹰归未"三句**：《晋书·张翰传》记载，张翰在洛阳做官，在秋季西风起时，想到家乡莼菜羹和鲈鱼脍的美味，便立即辞官回乡。后来的文人将对家乡的思念称为莼鲈之思。**季鹰**：张翰，字季鹰。

❼ **"求田问舍，怕应羞见，刘郎才气"三句**：典出《三国志·魏书·吕布张邈臧洪传》，东汉末年，许汜（sì）去拜访陈登。陈登胸怀豪气，喜欢交结英雄，而许汜见面时，谈的却都是"求田问舍"（置地买房）的琐屑小事。陈登不与相语，自卧大床，让许汜睡下床（后以"元龙高卧"比喻对客人怠慢无礼）。许汜很不满，后来把这件事告诉了刘备。刘备听后说："当今天下大乱的时候，应该忧国忧民，以天下大事为己任，而你却求田问舍。要是碰上我，我将睡在百尺高楼上，让你睡在地下。"**求田问舍**：置地买房。**刘郎**：刘备。**才气**：胸怀、气魄。

❽ **流年**：流逝的时光。

❾ **忧愁风雨**：风雨，比喻飘摇的国势。化用宋代苏轼《满庭芳》"思量，能几

许，忧愁风雨，一半相妨。又何须，抵死说短论长"句。

⑩ 树犹如此：出自北周诗人庾信《枯树赋》："树犹如此，人何以堪！"又典出《世说新语·言语》："桓公北征，经金城，见前为琅琊时种柳，皆已十围，慨然曰'木犹如此，人何以堪'。攀枝执条，泫然流泪。"此处以"树"代"木"，抒发自己对不能抗击敌人、收复失地，虚度时光的感慨。

⑪ 倩（qiàn）：请托。

⑫ 红巾翠袖：女子装饰，代指女子。

⑬ 揾（wèn）：擦拭。

原文赏析

辛弃疾是山东济南人，他出生时，大宋王朝的北方已经沦为金人的领地。辛弃疾的祖父辛赞是爱国人士，他从小受祖父影响，接受爱国主义熏陶，自幼就决心恢复中原。南归后，他本来希望尽展雄才将略，横戈杀敌，以"了却君王天下事，赢得生前身后名"。但是南宋朝廷向金国纳贡求和，使得英雄志士请缨无路、报国无门。身为"归正人"，他也受到歧视且不被信任，从满怀豪情的抗金志士变成了一个沉于下僚的失意文人。

此词约作于乾道五年（1169）辛弃疾在建康任通判时，一说作于淳熙元年（1174）在建康任江东安抚司参议官时。辛弃疾南归数年，却投闲置散，报国无门，故于登高览景之际，宣泄满腔悲愤，表达出功业未就的郁闷心情。

登高是古典诗词中常见的主题，古代文人常借登高临远抒发怀远之情，表达怀才不遇的失意，辛弃疾也不例外。此词题为"登建康赏心亭"，上片从登高写起，以山水起势，雄浑不失清丽。"楚天"点明地点是南方，而非故土，为后文怀远打下基础。"清秋"点明时节，秋天是"萧瑟兮草木摇落而变衰"的悲凉季节，此句已奠定全词的情感基调。"水随天去秋无际"，这里的"流水"是个重要的意象，古人常借流水喻时间的流逝。时间也如眼前流水一般逝去不复还，透露出词人内心的焦虑：时间流逝，壮志未酬。

再往远处眺望，青山遮住了望眼，再看不到远处的故土。"献愁供恨"用倒卷之笔，迫近题旨，同时也以拟人的手法写了山似乎充满愁恨，实际上是看山之人充满愁恨。以下几个短句，一气呵成。将要西归的"落日"，孤独哀号的"断鸿"，战场杀敌的"吴钩"，几个意象连用，使词人孤独寂寞、英雄无用武之地的感慨与悲哀跃然纸上，在宽广苍凉的背景上，突显出一个孤寂的爱国者形象。登高所见之景，一切景语皆情语。

下片倾吐壮志难酬之悲。词人不用直笔，连用三个典故，或反用或正取，一波三折，一唱三叹，表示自己不会像张翰那样归隐回乡，也不会像许汜那样求田问舍，不问国家大事，从而表达了想要北伐收复失地的豪情与积极入世的思想。善用典故是辛弃疾词作的特点，这一方面体现了他的学识渊博，另一方面也使他以隐晦的方式表达情感。结尾处叹无人"唤取红巾翠袖，揾英雄泪"，照应上片"无人会，登临意"，抒发慷慨呜咽之情，深婉之致。清代陈洵《海绡说词》谓："稼轩纵横豪宕，而笔笔能留，字字有脉络如此。"

名家评笺

稼轩不平之鸣，随处辄发，有英雄语，无学问语，故往往锋颖太露；然其才情富艳，思力果锐，南北两朝，实无其匹，无怪流传之广且久也。

（清·周济《介存斋论词杂著》）

自辛稼轩前，用一语如此者，必且掩口。及稼轩，横竖烂熳，乃如禅宗棒喝，头头皆是；又如悲笳万鼓，平生不平事并尼酒，但觉宾主酣畅，谈不暇顾。词至此亦足矣。

（宋·刘辰翁《辛稼轩词序》）

当代价值

辛弃疾作这首《水龙吟·登建康赏心亭》时正值壮年，可是空有豪情壮志却无用武之地，所以心中郁结着报国无门、怀才不遇的感慨。"稼轩不平之鸣，随处辄发，有英雄语"，此词正是他英雄豪气的抒发。辛弃疾以全力写词，延续了苏轼开启的"以诗为词"的创作路子，用词表达他内心的情感。又因其满身英雄气魄，所以他的词作中充满豪迈气概与爱国情怀。辛弃疾遇到挫折而不消沉，他的这种坚韧和积极奋进精神，值得我们肯定。

拓展训练

登高是古典诗词中常见的主题，登高或抒发文人思乡怀远之情，或表达文人怀才不遇、壮志难酬的感慨。学习本词，分析辛弃疾词中蕴含的思想和情感。

链接资料

《宋史·辛弃疾传》

燕歌行

高适

汉家烟尘在东北，汉将辞家破残贼。男儿本自重横行，天子非常赐颜色。摐❶金伐鼓下榆关，旌旆逶迤碣石间。校尉羽书飞瀚海，单于猎火照狼山。山川萧条极边土，胡骑凭陵❷杂风雨。战士军前半死生，美人帐下犹歌舞。大漠穷秋塞草腓，孤城落日斗兵稀。身当恩遇常轻敌，力尽关山未解围。铁衣远戍辛勤久，玉箸应啼别离后。少妇城南欲断肠，征人蓟北空回首。边庭飘飖那可度，绝域苍茫无所有❸。杀气三时作阵云，寒声一夜传刁斗。相看白刃血纷纷，死节从来岂顾勋？君不见沙场征战苦，至今犹忆李将军。

要点注释

❶ 摐（chuāng）：撞击。

❷ 凭陵：仗势侵凌。

❸ 无所有：一作"更何有"。

作品解析

《燕歌行》是高适的边塞诗中最为杰出的一篇。"燕歌行"本是乐府古题，也就是汉魏乐府中一支曲调的名称。"燕"是战国时期诸侯国燕国的名字，地域在今河北省北部，"燕歌"就是那一带的民歌曲调。"行"是一种诗体，属"古体诗"，句数及每句字数无定，音节格律比较自由，易于叙事抒情，一般篇幅较长。

开元十五年（727），高适曾北上蓟门，目睹前方军政的败坏，写有《送兵到蓟北》《自蓟北归》等诗，这首诗是他回到封丘（在今河南）后所作。诗的主旨是谴责前方将领骄傲轻敌，荒淫失职，造成战争失败，致使广大兵士陷入极大的痛苦甚至牺牲。诗人写的是边塞战争，但重点是同情广大兵士，讽刺不恤兵士的将领。

全诗以浓缩的笔墨，写了战役的全过程：出师，被围，困斗，战败。各段之间，脉理绵密。不仅如此，诗中更有对兵士家庭的同情。可谓"一篇之中，一句之内，而气象万千"。

闻官军收河南河北

杜甫

剑外忽传收蓟北❶，初闻涕❷泪满衣裳。却看妻子愁何在❸，漫卷诗书喜欲狂❹。白日放歌须纵酒❺，青春作伴好还乡❻。即从巴峡穿巫峡❼，便下襄阳向洛阳❽。

要点注释

❶ 剑外：剑门关以南，这里指四川。蓟北：泛指幽州、蓟州一带，今河北北部地区，是安史叛军的根据地。

❷ 涕：眼泪。

❸ 却看：回头看。妻子：妻子和孩子。愁何在：哪还有一点忧伤？愁已无影无踪。

❹ 漫卷（juǎn）诗书：胡乱地卷起诗书。是说杜甫已经迫不及待地去整理行装准备回家乡去了。喜欲狂：高兴得简直要发狂。

❺ 放歌：放声高歌。须：应当。纵酒：开怀痛饮。

❻ 青春：指明丽的春天。作伴：与妻儿一同。

❼ 巫峡：长江三峡之一，因穿过巫山得名。

❽ 便：就。襄阳：今属湖北。洛阳：今属河南。

作品解析

给唐代带来巨大灾祸的安史之乱终于平息了，远在蜀中的杜甫闻讯欣喜若狂，振笔直书，留下了他"平生第一首快诗"。

首句叙述"收蓟北"的特大"号外"，以下七句全从此句迸发，自然形成1∶7的飞流直下的险要结构，章法之特别正是抒发特殊心情之所需。"涕泪满衣裳"是"初闻"时的第一感受——喜极生悲。等待"收蓟北"等了七八年，如今等到了，谁不高兴得流泪呢？他想把这大快人心的消息告诉妻子，然而回头看到妻子的愁容已经烟消云散。愁和喜的两极迅转，破涕为笑，可见他是多么欢喜！不仅如此，他要发狂，还要放歌纵酒来庆祝。酒尚未沾唇，久存的热望便已迸出——"青春作伴好还乡"。他心花怒放，瞬间筹划好了回家的路线，不，应当是多年渴盼实现的计划：巴峡—巫峡，襄阳—洛阳。"穿"呀，"下"呀，"向"呀，诗人狂跳不已的心早已经飞回故乡。

诗经过二、三句的跌宕，便进入迅疾的节奏，犹如瀑布跌宕后"直下三千尺"。

促成如此效果的原因，一是带有虚词的"忽传"与"初闻"、"却看"与"何在"、"欲狂"与"须纵酒""好还乡"，以及"即从"与"便下"等，字字加力，充斥着跳荡的活力；二是上述词语又与"巴峡穿巫峡""襄阳向洛阳"结合，加速飞疾的流畅，而一气奔泻；三是动词明朗而具有弹性，"收"与用作动词的"满"，"看"与"在"，"放"与"纵"，"作"与"还"，"穿"与"下"，相互呼应，层层涌动，形成合力，汹涌而来；四是修饰词组"白日放歌"与"青春作伴"光华四射，展现了诗人的极度兴奋。总之，此诗给杜甫苦难的"诗史"增添了一道别样的光彩。

秋兴八首·其一

杜甫

玉露凋伤枫树林❶，巫山巫峡气萧森❷。江间波浪兼天涌❸，塞上风云接地阴❹。丛菊两开他日泪❺，孤舟一系故园❻心。寒衣处处催刀尺❼，白帝城高急暮砧❽。

要点注释

❶ 玉露：秋天的霜露，因其白，故以玉喻之。凋伤：使草木凋落衰败。

❷ 巫山巫峡：指夔州一带的长江和峡谷。萧森：萧瑟阴森。

❸ 兼天涌：波浪滔天。

❹ 塞上：指巫山。接地阴：风云盖地。接地：又作"匝地"。

❺ 丛菊两开：杜甫去年秋天在长安，此年秋天在夔州，从离开成都算起，已历两秋，故云"两开"。开：一字双关，一谓菊花开，又言泪眼开。他日：往日，指多年来的艰难岁月。

❻ 故园：此处当指长安。

❼ 催刀尺：指赶裁冬衣。处处催：见得家家如此。

❽ 白帝城：在夔州城东南的白帝山上。急暮砧：黄昏时急促的捣衣声。砧：捣衣石。

作品解析

杜诗有大量组诗，尤其以晚年的夔州组诗数量为最多，此组即是其中著名的大篇。

　　《秋兴八首》回忆长安昔日繁华，又与诗人自身处境的困苦结合在一起，以怀念故园为中心，语言富丽而感情苍凉，各首前后次第井然有序，惨淡经营，须细心体会。

　　这首诗是组诗的"序幕"，从所处的夔州写起。八句皆景，前四句为地理景观，后四句为人文景观，都为"秋兴"而发。篇首"玉露"即白露，之所以不用"白"字，是为了避免与末句的"白"字相重。"凋伤"不是凋落，而是褪去绿色换上红色，犹如《西厢记》所说的"晓来谁染霜林醉，总是离人泪"。这两句从大处落笔，从总体气氛上写秋意悲凉。颔联状写俯仰之间的景色。波浪排空即"兼天涌"，风云遍地故谓"接地阴"，"塞上"指巫山巫峡。天地与江间塞上无不"气萧森"。萧涤非说："二句极写萧瑟阴晦之状，自含勃郁不平之气。身世漂泊，国家丧乱，一切无不包括其中。"诗人从前年离开成都，今秋至夔州，已历两秋，故颈联说"丛菊两开他日泪"，菊带露如泪，犹如"感时花溅泪"。"'开'字双关，菊开泪亦随之而开，所谓'飒飒开啼眼'。"（萧涤非《得舍弟观书自中都已达江陵今兹暮春月末》）"他日泪"即往日泪，"一系"犹言老系、长系。"孤舟"是赖以归家的凭借。尾联的"催刀尺"与"急暮砧"是说，暮秋时节，回家还是无望，站在白帝城上真让人着急呀！此首引发以下七首，其中"故园心"是此诗也是整组诗的焦点。

第七章 光荣梦想

本章选录经典释读作品四首——曹操《短歌行》，曹植《白马篇》，王昌龄《从军行（二首）》；选录拓展阅读作品三首——岑参《走马川行奉送封大夫出师西征》《白雪歌送武判官归京》，杜甫《蜀相》。处在东汉末年乱世中的曹操，以《短歌行》表达了实现政治理想的愿望，以及希望在有限的人生中使天下贤才归心于己的豪情；狂傲不羁的曹植，在《白马篇》中表达了"捐躯赴国难，视死忽如归"的光荣梦想；处于盛唐时期的王昌龄，在《从军行二首》中表达的"不破楼兰终不还"的梦想，体现了大唐的盛世气象。梦想是现实发展的动力，在历史的长河中，多少怀抱梦想的仁人志士，在光荣梦想的指引下，推动了历史的发展。

经典释读

短歌行

曹操

对酒当歌❶，人生几何！譬如朝露，去日苦多。慨当以慷，忧思难忘。何以解忧？唯有杜康。青青子衿，悠悠我心❷。但为君故，沉吟至今。呦呦鹿鸣，食野之苹。我有嘉宾，鼓瑟吹笙❸。明明如月，何时可掇❹？忧从中来，不可断绝。越陌度阡，枉用相存❺。契阔谈讌❻，心念旧恩。月明星稀，乌鹊南飞。绕树三匝，何枝可依？山不厌高，海不厌深。周公吐哺，天下归心。

要点注释

❶ 对酒当歌：一边喝着酒，一边唱着歌。

❷ 青青子衿（jīn），悠悠我心：《诗经·郑风·子衿》篇成句。原写姑娘思念情人，这里表示对贤才的思慕。衿：衣领。青衿，是周代读书人的服装，这里代指有学识的人。悠悠：悠长，形容思念连绵不断。

③"呦（yōu）呦鹿鸣，食野之苹。我有嘉宾，鼓瑟吹笙"四句：出自《诗经·小雅·鹿鸣》，此诗本是宴客的诗，这里借来表示招纳贤才的热情。

④掇：拾取。一作"辍"，停止。

⑤枉：屈驾。用：以。存：问候。

⑥契阔谈讌：是说久别重逢，在一处谈心宴饮。契阔：聚散。讌：同"宴"。

原文赏析

《短歌行》是乐府旧题，属《相和歌·平调曲》。乐府有"短歌行"，又有"长歌行"，据《乐府解题》，其区别在歌声长短。大概长歌常用于表现慷慨激昂的情怀，短歌则常用于表现低回哀伤的思绪。曹操的《短歌行》共有两首，此为其一，借旧题写时事。本诗通过记叙宴会歌唱，感叹流光易逝，抒写了诗人求贤若渴的思想和一统天下的雄心壮志。本诗可看作一曲"求贤歌"，与汉高祖刘邦的《大风歌》异曲同工。

开头八句主要的感情特征就是一个"忧"字。诗人感叹人生短暂，流年易逝，至今大业未成，天下战乱频仍。但诗人并没有及时行乐的思想，而是迫切希望在有限的生命里，干一番轰轰烈烈的事业：一统天下。清代魏源说："对酒当歌，有风云之气。"

"青青子衿，悠悠我心"两句出自《诗经·郑风·子衿》，这里以"子衿"喻贤才。原诗第一章后两句为："纵我不往，子宁不嗣音？"曹操在此或许在提醒贤才们："就算我没去找你们，你们为什么不主动来投奔我呢？""但为君故"中的"君"，也应指贤才。紧接着诗人引用《诗经·小雅·鹿鸣》中的四句，描写宾主欢宴的情景，意为"只要你们到我这里来，我一定会以嘉宾之礼相待"。此八句仍然未明言"求贤"，而是用典故来比喻，这正是"婉而多讽"的表现方法。

再次的八句，一写愁苦，一写设想贤才到来，分别照应前两个八句。前四句讲忧愁，抒发求贤之愁，照应第一个八句；后四句讲贤才到来，强调待贤以礼，照应第二个八句。诗人接着以明月喻贤才，表明贤才可望而不可即，又引发忧思。诗人希望远道而来的贤才们屈尊相从，在宴会上与他促膝谈心。

最后八句，先以情景启发贤才，希望他们择良木而栖；后则披肝沥胆，表明自己能容纳贤才，使天下统一。前四句既是准确而形象的写景，又有着比喻的深意。诗人以乌鹊喻犹豫不定的贤才，他们在三国鼎立之际无所适从。所以，曹操以乌鹊绕树、"何枝可依"的情景来启发其"择木而栖"。最后四句画龙点睛，运用典故表达自己希望人才归顺的情感，点明主题。

名家评笺

汉末，天下大乱，雄豪并起，而袁绍虎视四州，强盛莫敌。太祖运筹演谋，鞭挞宇内，揽申、商之法术，该韩、白之奇策，官方授材，各因其器，矫情任算，不念旧恶，终能总御皇机，克成洪业者，惟其明略最优也。抑可谓非常之人，超世之杰矣。

（西晋·陈寿《三国志》）

王知人善察，难眩以伪。识拔奇才，不拘微贱，随能任使，皆获其用。与敌对陈，意思安闲，如不欲战然；及至决机乘胜，气势盈溢。勋劳宜赏，不吝千金；无功望施，分豪不与。用法峻急，有犯必戮，或对之流涕，然终无所赦。雅性节俭，不好华丽。故能芟刈群雄，几平海内。

（宋·司马光《资治通鉴》）

他是拨乱世的英雄，所以表现在文学上，悲凉慷慨，气魄雄豪。

（范文澜）

当代价值

在建安文坛，曹操的诗歌最能体现建安风骨，充满慷慨之气，他以一个政治家的胸怀写诗，他的诗不独有文人情感，更有一种胸怀天下、心忧时事的大气。《短歌行》是曹操以一个政治家的眼光写的诗，在东汉末年天下大乱的时代背景下，人才是各军事集团取胜的重要因素，曹操借此诗以抒发其渴求贤才的心情。尽管在民间文学或后世小说中，曹操往往被塑造成奸诈的形象，但是其政治谋略和军事才能无疑是出色的。此诗借《诗经》中的句子表现他对人才的礼遇，以周公"一沐三握发，一饭三吐哺"的典故表现他对人才的重视。他的这种求贤若渴的心情，这种希望在短暂的人生中有所建树的壮志，是值得称扬的。

拓展训练

曹操在《短歌行》中抒写自己的政治愿望和理想，通过学习此诗，体会曹操的理想抱负和慷慨豪情。

古诗词新唱：《短歌行》

白马篇

曹植

白马饰金羁，连翩西北驰。借问谁家子，幽并游侠儿。少小去乡邑，扬声沙漠垂❶。宿昔秉良弓，楛矢何参差❷。控弦破左的❸，右发摧月支❹。仰手接飞猱❺，俯身散马蹄❻。狡捷过猴猿，勇剽若豹螭。边城多警急，虏骑数迁移。羽檄从北来，厉马❼登高堤。长驱蹈匈奴，左顾陵鲜卑。弃身锋刃端，性命安可怀？父母且不顾，何言子与妻！名编壮士籍，不得中顾私。捐躯赴国难，视死忽如归！

要点注释

❶ 扬声：扬名。垂：同"陲"，边境。

❷ 宿昔：早晚。秉：执、持。楛（hù）矢：用楛木做成的箭。何：多么。参差（cēncī）：长短不齐的样子。

❸ 控弦：开弓。的：箭靶。

❹ 摧：毁坏。月支：箭靶的名称。左、右是互文见义。

❺ 接：射中。飞猱（náo）：飞奔的猿猴。猱：猿类，行动轻捷，攀缘树木，上下如飞。

❻ 散：射裂。马蹄：箭靶的名称。

❼ 厉马：扬鞭策马。

原文赏析

此诗是曹植前期的代表作品，又名《游侠篇》，是曹植创作的乐府新题诗。诗中塑造了一个武艺精熟的游侠形象，歌颂了他为国献身、视死如归的高尚精神，寄托了诗人为国建功立业的雄心壮志。诗中主人公是曹植崇拜的英雄形象，也可能是曹植的自况。

诗歌以"白马饰金羁，连翩西北驰"突兀而起，又以"借问……子与妻"来补叙游侠的来历，及其"西北驰"的原因：继而倒叙"名编壮士籍"、告别家人时的心情；最后策马"赴国难"的一幕则与开头呼应。如此章法，像电影中的"闪回"，使游侠的形象渐次深化，忧国忘家、捐躯济难的主题则得到突出的表现。

诗一开头就气势不凡。"白马""金羁"，色彩鲜明。从表面看，只见马，不见人，其实这里写马，正是为了写人，用的是烘云托月的手法，不仅写出了游侠骑术娴熟，而且表现了边情的紧急。同时采用问答式和铺陈的写法，继承了汉乐府民歌的表现方法。接着叙述游侠的身世来历，也是为写人服务。诗从"上、下、左、右"诸方位、以动静结合的方式，兼用比喻突出游侠的精湛技艺。最后八句，着重刻画游侠的心理活动，展示他捐躯为国、视死如归的崇高精神境界。

全诗风格豪放，字字千钧，读来并无空泛的感觉，倍感真切。"捐躯赴国难，视死忽如归"，音哀气壮，声沉调远，大有易水悲歌的遗韵，体现出"风萧萧兮易水寒，壮士一去兮不复还"的悲壮之调。

此诗影响深远，清代方东树说："此篇奇警。后来杜公《出塞》诸什，实脱胎于此。明远《代出自蓟北门行》《代结客少年场行》《幽并重骑射》皆模此，而实出自屈子《九歌·国殇》也。"（《昭昧詹言》卷二）

名家评笺

魏武以相王之尊，雅爱诗章；文帝以副君之重，妙善辞赋；陈思以公子之豪，下笔琳琅；并体貌英逸，故俊才云蒸。

（南朝·刘勰《文心雕龙》）

其源出于国风。骨气奇高，词采华茂。情兼雅怨，体被文质，粲溢今古，卓尔不群。

（南朝·钟嵘《诗品》）

子建诗微婉之情，洒落之韵，抑扬顿挫之气，固不可以优劣论也。古今诗人推陈王及古诗第一，此乃不易之论。

（张戒）

天下才共一石，曹子建独得八斗，我得一斗，自古及今共分一斗。

（唐·李延寿《南史·谢灵运传》）

当代价值

在建安诗坛，曹植被称为"建安之杰"，他不仅有才情，也有豪情，尤其是其前半生所作的诗歌，慷慨豪迈，意气风发，文采飞扬，《白马篇》便是其中的代表作品。诗中的游侠儿不仅身怀绝技，而且大义凛然。当"羽檄从北来"，国家有危难之时，便"不得中顾私"，在大国与小家之间，不顾父母妻子，不顾性命，而选择"捐躯赴国难，视死忽如归"，这是何等地大义凛然！这种视死如归的精神，值得我们发扬光大。

拓展训练

结合《白马篇》，体会曹植前半生作为贵族公子时，其诗中的豪情壮志与光荣梦想。

🔗 链接资料

《三国演义》插曲《白马篇》

从军行（二首）

王昌龄

其四

青海❶长云暗雪山，孤城遥望玉门关❷。黄沙百战穿金甲，不破楼兰❸终不还。

要点注释

❶ 青海：指青海湖。

❷ 玉门关：汉代所置边关名，在今甘肃敦煌西。

❸ 楼兰：汉代西域国名。汉武帝时，遣使通大宛，楼兰阻碍道路，攻击汉朝使臣。汉昭帝时大将军霍光派傅介子前往楼兰，用计斩其王。事见《汉书·傅介子传》。这里借用典故，意指消灭敌人。破：一作"斩"。

原文赏析

王昌龄的边塞诗有不少篇章都表现将士们保卫祖国、矢志不渝的崇高精神，这首诗便是最有代表性的一篇。这首诗写了大唐将士保卫边境、击溃敌人的热情和决心。

首句言青海上空长云密布，雪山虽白，也因之暗淡无光，描写了边疆奇伟壮丽的风光。次句写远望中的玉门关，只是一座孤城而已。这两句写景，这是不同于中原的边疆景观，天与海之碧蓝，云与雪之洁白，边疆独特的风光已尽收读者眼底，极其壮阔伟丽。"青海""长云""雪山"都是阔大的景象，体现了盛唐诗人阔大的胸怀，展现了盛唐诗人的气象与精神。而一"孤"字、一"遥望"，又极言边疆之偏远与凄清冷落。

"黄沙百战穿金甲"写边疆战事之激烈，"黄沙"极言西北边疆黄沙漫天的恶劣环境，"百战"极言边疆战争之多，"穿金甲"说连将士所穿的金甲都磨穿了，极言边疆战争之残酷，也道出了将士的勇猛。"不破楼兰终不还"写边疆将士即使处在恶劣环境中，身经百战，也毫不畏惧、毫不退缩，表现了大唐将士的忠勇，体现了将士们的昂扬精神与壮志豪情。环境越艰苦，战斗越激烈，才越显得出将士忠勇之难能可贵。

其五

大漠风尘日色昏，红旗半卷出辕门❶。前军夜战洮河北，已报生擒吐谷浑**❷**。

要点注释

❶ 辕门：指军营的大门。

❷ 吐谷（yù）浑：中国古代少数民族，晋时鲜卑慕容氏的后裔。

原文赏析

上首《从军行》以一种阔大的笔调描写边疆风光，描写边疆将士的慷慨激昂，此首则撷取了黄昏时分边疆将士出兵的一个经典场面，写边疆战争的激烈和大唐将士的勇猛。

"大漠风尘"写边疆荒凉辽远、风沙漫天的恶劣环境，"日色昏"点明时间。黄昏时分本应是万物归家休息的时候，可是此刻边疆将士却"红旗半卷出辕门"。"半卷"不仅回应前句的大漠风尘之大，也说明了边疆将士行军之急，从侧面体现了军情的紧急。将士连夜冒着风尘出兵，诗人没有直写战争的激烈，而是宕开一笔，从对暮色中急行军队的写实，转到描写前方传来捷报。虽然此诗没有描写战争场面，但是读者仿佛已经感受到前方战事的激烈，以及大唐将士的骁勇善战和慷慨豪情。前军已经告捷，后军还在络绎不绝地赶来，这也彰显了大唐王朝的军事实力之强大。前军的胜利自然也会鼓舞人心，激励着后来者，大唐将士必会一鼓作气，打败敌人，取得最终胜利，豪迈之气溢于言表。

第七章 光荣梦想

名家评笺

《从军》诸作，皆盛唐高调，极爽朗，却无一直致语。

（清·宋顾乐《唐人万首绝句选评》）

国初，上好文章，雅风特盛，沈宋始兴之后，杰出江宁，宏思于李杜。

（唐·司空图《与王驾评诗书》）

史称其诗句密而思清，唐人《琉璃堂图》以昌龄为"诗天子"，其尊之如此。

（宋·刘克庄《后村诗话新集》卷三）

七绝第一，其王龙标乎？右丞以淡而至浓，龙标以浓而至淡，皆圣手也。

（清·潘德舆《养一斋诗话》）

当代价值

　　战争在古典诗词中是常见的题材，在科技还不发达的冷兵器时代，战争是残酷的，将士不仅有生死未卜的无常之忧，还要承受远离家乡家人的精神痛苦，因此战争题材的诗往往是悲苦感伤的。但是盛唐时期诗人笔下的边塞诗，往往充满慷慨激昂的精神，鲜明地体现了盛唐气象，王昌龄的《从军行》便是其中的代表。唐代疆域辽阔、国力强盛，使得人民具有极强的民族自豪感和自信心。加之开疆扩土和文化的开放，文人入幕、从军边疆的现象也很普遍，边疆奇丽的风光和边疆战争普遍出现在诗人的笔下，形成了边塞诗派。从军边疆是万分艰辛的，但是不畏艰险，愿意为国效力以实现自我价值，是时代赋予盛唐诗人的积极力量，这种豪情和乐观向上的精神千百年来一直感动和鼓舞着后人。

拓展训练

　　通过学习王昌龄的《从军行》，对比分析盛唐边塞诗不同于以往征役诗的精神特质。

链接资料

元·辛文房《唐才子传》卷二《王昌龄》

走马川[1]行奉送封大夫出师西征

岑参

君不见走马川，雪海边，平沙莽莽黄入天。轮台[2]九月风夜吼，一川碎石大如斗，随风满地石乱走。匈奴草黄马正肥，金山[3]西见烟尘飞，汉家[4]大将西出师。将军金甲夜不脱，半夜行军戈相拨[5]，风头如刀面如割。马毛带雪汗气蒸，五花连钱旋作冰[6]，幕中草檄[7]砚水凝。虏骑闻之应胆慑，料知短兵不敢接，车师西门伫献捷[8]。

要点注释

[1] 走马川：指唐轮台西之白杨河，即今之玛纳斯河。

[2] 轮台：唐时属庭州，隶北庭都护府，置有静塞军。

[3] 金山：阿尔泰山，突厥语称金为阿尔泰，一说指新疆乌鲁木齐东之博格达山，这里泛指塞外山脉。

[4] 汉家：唐代诗人多以汉代唐。

[5] 戈相拨：兵器互相撞击。

[6] 五花：五花马。唐人剪马鬃成花状，三瓣称三花，五瓣称五花。连钱：指马身上斑驳如钱的花纹。

[7] 草檄（xí）：起草讨伐敌军的文告。

[8] 车师：安西都护府所在地。伫：等待。

作品解析

岑参是边塞诗派的代表诗人，他身处盛唐时期，有着盛唐文人普遍具有的积极入世精神。他曾经两次出塞，亲身经历使他对边疆风光和战争、边疆将士的情况更加了解，加之有豪迈的个性与敏捷的文思，使他得以将边疆战争以奇伟壮丽的风格展现于笔端。

此诗从形式看是一首歌行体诗，从内容看是一首送别诗，但送别的不是一般友人，而是送封常清大夫出师西征，因此没有伤离别之情，而是充满豪情。诗一开篇极写九月的走马川环境之恶劣：黄沙漫天，狂风怒吼，满地石子随风乱走。这与中原环境迥然不同，但九月正是北方敌人草黄马肥，最易发动侵略战争之时，军情紧急，至此才点出主题：封大夫出师西征。接着写出征将士的状态，将军金甲晚上都不脱下来，战士连夜行军，军情之紧急可见，将士之勇武可见。尽管"风头如刀面如割"，尽管"五花连钱旋作冰""幕中草檄砚水凝"，环境极度恶劣，但是将军和战士无所畏惧，军纪严整，充满豪情。这样的将军，这样的战士，怎么能不让敌人胆战心惊呢！诗人描摹至此，又回到送封大夫出师西征的主题上来，相信也必信将士们终将凯旋！

白雪歌送武判官归京

岑参

北风卷地白草折，胡天八月即飞雪。忽如一夜春风来，千树万树梨花开。散入珠帘湿罗幕，狐裘不暖锦衾薄。将军角弓不得控❶，都护铁衣冷难著❷。瀚海阑干百丈冰❸，愁云惨淡❹万里凝。中军置酒饮归客❺，胡琴琵琶与羌笛。纷纷暮雪下辕门，风掣红旗冻不翻❻。轮台东门送君去，去时雪满天山路。山回路转不见君，雪上空留马行处。

🏵 要点注释

❶ 角弓：用兽角装饰的弓。不得控：（天太冷而冻得）拉不开（弓）。控：拉开。

❷ 都护：镇守边疆的长官，与上文的"将军"都为泛指。铁衣：铠甲。著（zhuó）：穿。

❸ 瀚海：沙漠。阑干：纵横交错的样子。

❹ 惨淡：昏暗无光。

❺ 中军：本义是主帅率领的部队，这里借指主帅所居的营帐。饮归客：宴饮归京的人（武判官）。饮：动词，宴饮。

❻ 风掣红旗冻不翻：红旗因雪而冻结，风都吹不动了。掣：拉，扯。

📖 作品解析

此诗是一首咏雪送人之作。此诗写于天宝十三年（754），此时岑参第二次出塞，任安西北庭节度使封常清的判官。诗题中的"武判官"或为他的前一任判官。

此诗借咏雪以送人，一开始先描写了边疆特有的奇异风光。"北风卷地""八月即飞雪"说明边疆的严寒，边疆恶劣的天气让读者隔着文字似乎都可以感觉到。但是"忽如一夜春风来，千树万树梨花开"语气一转，使严寒的北方变得如春天般温柔美好了。边疆秋冬的极冷，此诗却以梨花满树喻之，真是化"冷酷"为"温柔"，文字奇妙，思维更奇妙，体现了盛唐诗人积极昂扬的精神。

接下来写雪中的将士，以"将军角弓不得控，都护铁衣冷难著"写雪中军营的严寒，室外寒冰百丈、愁云惨淡，军帐中"中军置酒饮归客，胡琴琵琶与羌笛"，却是一片热闹。环境的严寒与送别的热情形成鲜明的对比，也见出诗人送别的情意。"纷纷暮雪下辕门，风掣红旗冻不翻"所写之景极其壮丽，一片白雪之中有一点军旗之红，极富画面感，体现了岑参诗歌奇伟壮丽的风格特点，也进一步渲染了边疆极寒的环境。

诗歌最后点出送别主题，"山回路转不见君，雪上空留马行处"，写出了诗人对送别之人的情意之深。如此寒冷的天气中，诗人送别武判官，直到山回路转看不见对方，还在伫立凝望。此句和李白送孟浩然时所作的"孤帆远影碧空尽，唯见长江天际流"意境颇为相似，都表现了对友人依依惜别的深情，意在言外，含蓄蕴藉。全诗在咏雪的同时，表现了雪中送人的真挚情谊。诗歌情感丰富，意境独特，具有极强的艺术感染力。

蜀相

杜甫

丞相祠堂❶何处寻？锦官城外柏森森❷。映阶碧草自春色，隔叶黄鹂空❸好音。三顾频烦❹天下计，两朝开济老臣心❺。出师❻未捷身先死，长使英雄泪满襟。

要点注释

❶ 丞相祠堂：武侯祠，在今成都市武侯区，晋李雄初建。

❷ 锦官城：成都的别名。柏（bǎi）森森：柏树茂盛繁密的样子。

❸ 空：白白地。

④ 频烦：犹"频繁"，多次。

⑤ 开：开创。济：扶助。

⑥ 出师：出兵。

作品解析

成都是诸葛亮的圣地，"诗圣"杜甫入川后写了不少歌颂其事业、人格与精神的诗，这是其中笔墨饱满的一首。

此诗好像一篇游记，又如一篇学术散文，然又是一首好诗。前四句写景，后四句言感受，前景后议，是七律最常见的布局。

起首两句一问一答，展现诗人渴望的语气，无限敬意亦随之流出。"何处寻"逼出"柏森森"三字，森然葱蔚的景象中，也隐喻了诸葛亮其人精神像松柏一样万古长存。而"柏森森"又带出颔联祠内草木的浓郁。"映阶碧草自春色，隔叶黄鹂空好音"两句写祠内景物。杜甫极推重诸葛亮，他此来并非为了赏玩美景，"自""空"二字耐人寻味。碧草映阶不过自为春色；黄鹂隔叶亦不过空作好音，他并无心赏玩、倾听，因为他所景仰的人物已不可得见。赵次公说："两句见公来此祠庙时乃春也，故即春之景物言之。谓其人已亡，而物空自春耳。'空'与'自'两字，句法起于何逊《行经孙氏陵》诗：'山莺空曙响，陇月自秋晖。''空'字、'自'字不胜寥落之感，此诗即用其意。"（《九家集注杜诗》）顾宸说："二语中便有'何处寻'三字，不止形容凄凉之况。"（《杜诗注解》）说寥落凄凉的原因是其人不再，似亦通。草自绿与鸟空鸣，则显出祠院的凄清冷落，祠院凄清，则是瞻仰者少有所致。言外之意就是诸葛亮似乎少有人关注，而如今正是安史之乱尚未平息之时，国家又是多么需要像武侯这样能建功立业之高士。"空"与"自"互文见义，意在表露诗人的遗憾之情。

"三顾频烦天下计，两朝开济老臣心"两句为流水对，概括了诸葛亮一生事业。末句的遗憾是就诸葛亮而言，也说尽了后世英雄有无限心事，惋惜功业之不就，痛下"志士千年泪"。顾宸说："'泪满襟'三字，正写出'自春色'、'空好音'，一种惆怅踌躇，并'何处寻'三字，亦隐跃生动，非前只写景，后方议论。"李因笃《杜诗集评》说："三、四点景，语淡而意大，便有俯仰乾坤之概。五、六用事，不偏不漏，非公未能如此简而该也。"诸说均有见地，值得参考。

第八章 感时忧国

本章选录经典释读作品五首——《诗经·王风·黍离》，汉乐府《十五从军征》，杜甫《春望》，李清照《永遇乐·落日熔金》，姜夔《扬州慢·淮左名都》；选录拓展阅读作品四首——曹操《蒿里行》，杜甫《哀江头》《登岳阳楼》《自京赴奉先县咏怀五百字》。忧患意识是中华文化精神特质的重要表现。古代文人的忧患意识极强，这其中有深刻的社会历史原因。中华民族发源于水深土厚的黄河流域，自然环境恶劣，先民们自觉地具有对生命安危的忧虑。无论是孟子所说的"生于忧患，死于安乐"，还是《左传》中"居安思危，思则有备，有备无患"的思想，或是范仲淹"先天下之忧而忧，后天下之乐而乐"的精神，都体现了古人深重的忧患意识和理性现实的思维特征。这种感时忧国的特征在古典诗词中有着丰富的表现。

经典释读

王风·黍离

《诗经》

彼黍离离❶，彼稷❷之苗。行迈靡靡❸，中心摇摇❹。知我者，谓我心忧；不知我者，谓我何求。悠悠苍天，此何人哉？

彼黍离离，彼稷之穗。行迈靡靡，中心如醉。知我者，谓我心忧；不知我者，谓我何求。悠悠苍天，此何人哉？

彼黍离离，彼稷之实。行迈靡靡，中心如噎❺。知我者，谓我心忧；不知我者，谓我何求。悠悠苍天，此何人哉？

要点注释

❶ 黍：糜子，今称小米。离离：一行行，密密麻麻的样子。

❷ 稷：高粱。

❸ 行迈：远行。靡靡：慢腾腾、无精打采的样子。

④ 中心：心中。摇摇：忧思郁积在心中无人可以诉说。摇："愮"的假借字。

⑤ 如噎（yē）：指忧思沉重，如咽喉塞物，令人喘不上气。摇摇、如醉、如噎三词递进，表示忧愁与日俱增，愈发沉重难释。

原文赏析

《黍离》是东周大夫悲悯宗周灭亡之诗。《毛序》："悯宗周也。周大夫行役至于宗周，过故宗庙，宫室尽为禾黍，悯周室之颠覆，彷徨不忍去而作是诗也。"《郑笺》："宗周，镐京也，谓之西周。"其地即今陕西省鄠邑区境内的西周镐京遗址。

诗之首章，写目睹故周之黍而生悲感，忧思积于胸中而无可诉说，徘徊彷徨，不忍离去。诗之二、三章，大意同于首章。此诗主要的艺术特色，是用重叠的字句、回旋往复的旋律来表现绵绵的情思，情调悲凉，沉郁顿挫。尤其是三章末六句的叠咏，深刻地传达出诗人无可排遣的痛苦和忧思。而三章之前四句亦为叠咏。只是每章用词稍变，层层深入：时间上由春到秋，空间上由物到人，由眼前的景物到对故国昔日繁华的怀想，无不传达、烘托出诗人的感慨和悲哀。方玉润《诗经原始》云："三章只换六字，而一往情深，低徊无限。此专以描摹虚神擅长，凭吊诗中绝唱也。""黍离"一词，成为后世文人感慨亡国、触景生情时的常用典故。

名家评笺

周平王东迁，王室之尊与诸侯无异，其诗不能复雅，故贬之，谓之王国之变风。

（东汉·郑玄《诗谱》）

《王风》哀以思，周道荡无章。

（南朝·萧统《文选》）

悲凉之调，沉郁顿挫。高呼长吁，亡国之恨，惊心动魄，所谓幽荡泣鬼神者是也。……此诗纯以意胜，其沉痛处不当于文词求之。后人诗如"山川满目泪沾衣""六朝如梦鸟空啼"之类，徒伤代谢而已，固无此怀古深情也。

（清·牛运震《诗志》）

通篇不指一实事实地实人，而故国沦废之况，触目伤心之感与夫败国基祸之恨，一一于言表托出。

（清·王心敬《丰川集》）

当代价值

《诗经》十五国风中"王风"是很特别的一个,"王"即王都的简称,指东周都城洛邑。东周时期,礼崩乐坏,天子地位下降,所以王风中的诗歌充满哀思,《黍离》是这一特征的代表,"黍离之悲"也成为中国文学史上乱离悲伤、国破家亡之痛的代名词。诗人重回故地,昔日宫室如今满眼凄凉,不由得悲从中来,这种对现实的感慨,对历史的反思,体现了古代文人的感时忧国意识。

拓展训练

《诗经》十五国风具有鲜明的地域特点和风格区别。阅读并分析《黍离》,体会"王风哀以思"的特点,并谈谈"黍离之悲"对后世的影响。

链接资料

古诗词新唱:《黍离》

十五从军征

汉乐府

十五从军征，八十始得归。道逢乡里人："家中有阿谁❶？""遥望是君家，松柏冢累累。"兔从狗窦入，雉从梁上飞。中庭生旅谷❷，井上生旅葵。舂谷持作饭，采葵持作羹。羹饭一时熟，不知贻❸阿谁。出门东向看，泪落沾我衣。

📖 要点注释

❶ 阿谁：谁，"阿"是语气助词。

❷ 旅谷：未经播种而生叫作"旅生"，旅生的谷叫作"旅谷"。

❸ 贻：送给。一作"饴"。

📖 原文赏析

乐府诗很大程度上继承了《诗经》关注社会的现实主义传统，"感于哀乐，缘事而发"，通过叙事更直接地反映汉代社会的不同侧面。本诗是一首五言叙事诗，篇幅短小，叙事完整，主要描写一个老兵"少小离家老大回"的悲惨遭遇。他返回家园时，眼前却是一片凄凉景象，举目无亲。他凄冷孤寂，对着茫茫的天穹，老泪纵横。本诗深刻地揭露了战争的残酷，反映了战争给百姓带来的痛苦。

开头"十五从军征，八十始得归"，简单交代事实，通过年龄对比，说明兵役制度给百姓造成的苦难。老兵满怀希望地回家渴望与家人团聚，所谓"近乡情更怯，不敢问来人"，当他在途中遇见"乡里人"时，情不自禁地打听"家中有阿谁"，"乡里人"回答巧妙，用手指着远处长满松柏、与坟茔相连的地方。"乡里人"其实不忍心道明真相，怕他承受不了。

接下来四句，是老兵从近处对"家"的观察。"兔从狗窦入，雉从梁上飞。中庭生旅谷，井上生旅葵"，可见家园已荒芜很久，早就无人居住了，这里以哀景衬托哀情。老兵穷其一生打仗，年老回家只能采集旅谷、旅葵做饭菜。可是饭做好后有谁陪他一起吃呢？曹雪芹说"人生莫受老来贫"，而现实却是如此残酷，这也是现实生活给他的又一次沉重打击。这里继续以哀景写哀情，也照应了上文"乡里人"的答话。

"出门东向望，泪落沾我衣"，是对老兵动作的描绘，以进一步表现他心中的悲哀。突出出门张望与老泪纵横这一细节，将举目无亲、孤独凄苦的老兵形象刻画得栩栩如生。

　　本诗围绕老兵的返乡经历及情感变化谋篇布局，巧妙自然。其返乡经历为："始得归→归途中→返回家中→出门东向看"；情感变化为："充满与家人团聚的希望（归途中）→希望落空→彻底失望（返回家中，景象荒凉，空无一人）→悲伤落泪心茫然（出门东向望）"。这些又可归结为表现社会现实的主题。在表现手法上，乐府诗长于叙事，重在以叙事表现社会生活，奠定了中国古代叙事诗的基础。

　　全诗运用白描手法，层次分明，语言质朴，以哀景写哀情，情真意切，体现了乐府诗即景抒情的艺术特点。本诗运用语言描写、景物描写和动作描写等多种表现手法，生动细腻地描绘了老兵家破人亡的悲剧，主题深刻，形象鲜明，感情凄怆，具有强烈的感人力量，为杜甫创作"三别"等诗提供了典范。

名家评笺

　　此只是叙述本事，而状乱离之景象，令人不堪想。

（清·方东树《昭昧詹言》）

　　苍凉楚痛之言，后代离乱诗但能祖述，便是佳作，未有能过之者。

（清·范大士《历代诗发》）

当代价值

　　《十五从军征》从一个老兵的角度展现战争给普通百姓造成的苦难。诗歌很巧妙地运用了对比手法，以欣喜与悲伤、期望与失望，在情感的大起大落里描绘久役归家的老兵。十五从军而八十始归，这漫长行军路上的悲辛自是常人难以想象的，但比起战死沙场的人来说，能回来也是值得庆幸的了。可是因常年战争、常年不归，老兵心中的家早已面目全非了。原本温馨的家变得荒芜还可接受，可是家中之人也早已在战争离乱中不知所踪。此身可以无处安放，此心又将于何处安放呢？至此，如何不"泪落沾我衣"？诗中的老兵是不幸的，也是幸运的，他的境遇是当时社会的一个缩影。他的家如是，像他一样的士兵们，他们的家是怎样的呢？那些战死沙场的士兵们，他们的家又是怎样的呢？想来也是一片苍凉！战争是残酷的，战争中的人民是不幸的，所以处在当今社会，我们要弥足珍惜来之不易的和平。

拓展训练

阅读《诗经》中《豳风·东山》《邶风·击鼓》《小雅·采薇》等诗歌，结合《十五从军征》分析理解征役诗中士兵的悲哀。

链接资料

《诗经·邶风·击鼓》《诗经·小雅·采薇》

春望

杜甫

国破山河在❶，城春草木深❷。感时花溅泪❸，恨别❹鸟惊心。烽火连三月❺，家书抵❻万金。白头搔更短❼，浑欲不胜簪❽。

要点注释

❶ 国：国都，指长安。破：陷落。山河在：旧日的山河依旧。

❷ 城：长安城。草木深：说明人烟稀少。

❸ 感时：为国家的时局而感伤。溅泪：流泪。

❹ 恨别：怅恨离别。

❺ 烽火：古时边防报警的烟火，这里指安史之乱的战火。三月：正月、二月、三月。

❻ 抵：值，相当于。

❼ 白头：这里指白头发。搔：用手指轻轻地抓。

❽ 浑：简直。欲：想，要，就要。不胜：不能。簪：一种束发的首饰。古代男子蓄长发，成年后束发于头顶，用簪子横插住，以免散开。

原文赏析

此诗只用了四十字描述长安沦陷的巨变，以及诗人自己的悲愤之情，并且成为名作，这与其概括叙述、用词简洁、以小见大等表达方式是分不开的。

首二句为望中所见，"国破"的深哀贯穿全诗，极简括又极悲痛。山河虽在，而今易主；"国破"最显著的标志是长安沦陷，京都人伤亡逃散，人烟稀少，所以"草木深"。颔联"感时"承上"国破"，"恨别"引出下联。这两句用移情手法，既应上句"春"字，又指出长安城的一花一鸟无不使人落泪心惊。"溅"与"惊"字用得很有分量，承上句"破"字之沉重。上半部分写景，下半部分言情。"烽火连三月"是说战乱从去年一直延续到今年暮春；"家书抵万金"是说多少人家离子散，家信难得，可抵万金。尾联说这一切使人头白发稀，几乎连发簪都插不住了！言情均用以小见大的手法。

对于首联，司马光说："'山河在'，明无余物矣；'草木深'，明无人矣。花鸟平时可娱之物，见之而泣，闻之而悲，则时可知矣。"吴见思《杜诗论文》说："杜诗有点一字而神理俱出者，如'国破山河在'，'在'字则兴废可悲；'城春草木深'，'深'字则荟蔚满目矣。"二者均颇有见地。杜甫的忧国爱国之心，在此诗里表现得淋漓尽致。

名家评笺

杜逢禄山之难，流离陇蜀，毕陈于诗，推见至隐，殆无遗事，故当时号为"诗史"。

（唐·孟棨《本事诗》）

古人为诗，贵于意在言外，使人思而得之，故言之者无罪，闻之者足戒也。近世诗人惟杜子美最得诗人之体，如"国破山河在，城春草木深。感时花溅泪，恨别鸟惊心"。

（宋·司马光《温公续诗话》）

古今诗人众矣，而杜子美为首，岂非以其流落饥寒，终身不用，而一饭未尝忘君也欤。

（宋·苏轼《王定国诗集叙》）

🎓 当代价值

此诗是安史之乱爆发后两年春天杜甫在长安所作。昔日繁华的长安城经安史叛军焚掠后，如今满目苍凉，诗人触景生情，抒写了忧时伤乱的感慨。诗人所望之处春草萋萋，春花绚烂。但是在离乱的时代，春草自碧，春花独放，孤独而凄凉。杜甫此时被困在长安城，他惦念着自己的家人，更担忧国家的命运及前途。这些离愁别恨、国忧家愁使诗人忧心不已、感慨万千。宋代黄庭坚说："老杜虽在流离颠沛，未尝一日不在本朝，故善陈时事，名律精深，超古作者，忠义之气，感发而然。"杜甫的感时忧国之心，由此诗可以窥见一斑。他的这种"诗圣"精神，值得我们发扬光大。

拓展训练

结合《春望》等杜甫在安史之乱时期所作的诗歌，体会杜甫"位卑未敢忘忧国"的忧国忧民精神。

《唐宋文学编年地图——杜甫一生行迹图》

永遇乐·落日熔金

李清照

落日熔金，暮云合璧，人在何处？染柳烟浓，吹梅笛怨❶，春意知几许！元宵佳节，融和天气，次第❷岂无风雨？来相召、香车宝马❸，谢他酒朋诗侣。

中州❹盛日，闺门多暇，记得偏重三五❺。铺翠冠儿，撚金雪柳❻，簇带争济楚❼。如今憔悴，风鬟霜鬓，怕见夜间出去。不如向帘儿底下，听人笑语。

🔖 要点注释

❶ 吹梅笛怨：梅指乐曲《梅花落》，用笛子吹奏此曲，其声哀怨。

❷ 次第：这里是转眼的意思。

❸ 香车宝马：这里指贵族妇女所乘坐的、雕镂工致且装饰华美的车驾。

❹ 中州：中土、中原。这里指北宋的都城汴京（今河南开封）。

❺ 三五：十五日。此处指元宵节。

❻ 铺翠冠儿：以翠羽装饰的帽子。撚（niǎn）金：金饰的一种。雪柳：雪白如柳叶之头饰；以素绢和银纸做成的头饰（参见《岁时广记》卷十一）。这些均为宋代元宵节妇女时髦的装饰品。

❼ 簇带：谓头上插戴各种饰物。簇：聚集之意。带：即戴，加在头上谓之戴。济楚：整齐、漂亮。

📖 原文赏析

李清照晚年流寓南宋都城临安（今浙江杭州），此词为元宵节感怀之作。在古代，整个春节期间最热闹的是元宵节，据《大宋宣和遗事》等书载，这一天皇宫前要搭鳌山灯棚，皇上亲登彩楼，与民观灯同乐，大街小巷、家家户户门悬彩灯，争奇斗艳，各种舞队当街游行；大户人家置酒高会，笙歌嘹亮，火树银花，金吾不禁。

李清照写这首词时北方已沦陷，父亲和丈夫都已去世，她也逃到南方客居临安。昔日的幸福美满变成了今天的凄凉孤独，所以这个举国同庆、万家团圆的节日，不过徒增词人的伤感。

这首词一反元宵题材的词大多铺陈渲染节日热闹景象的常调，以今昔元宵节的不同情景做对比，抒发了词人深沉的盛衰之感、家国之恨以及身世之悲。以昔日的欢乐衬托今日的落寞，艺术冲击力非常强。南宋末年词人刘辰翁曾和此词，自序云："余自乙亥上元，诵李易安《永遇乐》，为之涕下，今三年矣。每闻此词，辄不自堪。"可见其感染力之强。

词人除了运用今昔对比与乐景哀情相映的手法外，在语言方面也力求浅显平易，"以浅俗之言发清新之思"，体现了"易安体"的语言艺术特点。张端义《贵耳集》说李清照："南渡以来常怀京洛旧事，晚年赋元宵《永遇乐》词云'落日熔金，暮云合璧'已自工致。至于'染柳烟浓，吹梅笛怨，春意知几许'气象更好。后叠云'如今憔悴，风鬟霜鬓，怕见夜间出去'，皆以寻常语度入音律。炼句精巧则易，平淡入调者难。"这正说明了这首词的语言艺术特点。

第八章 感时忧国

❧ 名家评笺 ❧

男中李后主，女中李易安，极是当行本色。前此太白，故称词家三李。

（清·沈谦《填词杂说》）

🎓 当代价值

元宵节是中国传统节日中重要的一个，也被视为团圆之节，天上月圆，人间团圆，代表着人们期盼团圆的美好愿望。此词为李清照后期作品，虽然是良辰、美景、佳节，奈何词人国破、家亡，孤独地漂泊江南，词中描绘了昔时元宵节的盛况，却以一片热闹欢欣衬托出如今的凄凉落寞。这不仅是经历情感悲苦后个人的凄凉光景，更是国破家亡后漂泊者的落寞。此词通过今昔对比，以乐景写哀情，体现了李清照的家国情怀。

拓展训练

宋代文人笔下的元夕词很多，阅读欧阳修《生查子》（去年元夜时）、辛弃疾《青玉案》（东风夜放花千树）等词，感受中国古代元宵节的风俗文化特点，体会不同词中词人思想情感的不同。

🔗 链接资料

古诗词新唱：《人约黄昏后》

扬州慢·淮左名都

姜夔

淳熙丙申至日❶，予过维扬❷。夜雪初霁，荠麦弥望❸。入其城，则四顾萧条，寒水自碧，暮色渐起，戍角❹悲吟。予怀怆然，感慨今昔，因自度此曲。千岩老人以为有黍离之悲也❺。

淮左名都❻，竹西佳处，解鞍少驻初程❼。过春风十里❽，尽荠麦青青。自胡马窥江❾去后，废池乔木❿，犹厌言兵。渐黄昏，清角吹寒⓫，都在空城。

杜郎俊赏⓬，算而今重到须惊。纵豆蔻词工⓭，青楼梦好⓮，难赋深情。二十四桥⓯仍在，波心荡，冷月无声。念桥边红药⓰，年年知为谁生？

🖋 要点注释

❶ 淳熙丙申：宋孝宗淳熙三年（1176）。至日：冬至。

❷ 维扬：扬州（今属江苏）。

❸ 荠麦：荠菜和野生的麦子。弥望：满眼。

❹ 戍角：军营中发出的号角声。

❺ 千岩老人：南宋诗人萧德藻，字东夫，自号千岩老人。姜夔曾跟他学诗，又是他的侄女婿。黍离：《诗经·王风》中的篇名。据说周平王东迁后，周大夫经过西周故都，看见宗庙毁坏，尽为禾黍，彷徨不忍离去，就作了此诗。后以"黍离"表示故国之思。

❻ 淮左名都：指扬州。宋代的行政区设有淮南东路和淮南西路，扬州是淮南东路的首府，故称淮左名都。左：古人方位名，面朝南时，东为左，西为右。名都：著名的都会。

❼ 少驻：稍做停留。初程：初段行程。

❽ 春风十里：出自杜牧《赠别》诗："春风十里扬州路，卷上珠帘总不如。"这里用以借指扬州。

❾ 胡马窥江：指金兵侵略长江流域，洗劫扬州。这里应指第二次洗劫扬州。

❿ 废池：废毁的池台。乔木：残存的古树。二者都是乱后余物，表明城中荒芜，人烟稀少。

⓫ 渐：向，到。清角：凄清的号角声。

⑫ 杜郎：唐代诗人杜牧。唐文宗大和七年到九年（833—835），杜牧在扬州任淮南节度使掌书记。俊赏：风流俊逸。

⑬ 豆蔻词工：杜牧在扬州写的《赠别》诗中有"娉娉袅袅十三余，豆蔻梢头二月初"之句。豆蔻：多年生草本植物，诗文中常用以比喻少女。

⑭ 青楼梦好：杜牧《遣怀》诗中有"十年一觉扬州梦，赢得青楼薄幸名"之句。

⑮ 二十四桥：扬州的名胜，即吴家砖桥，也叫红药桥。

⑯ 红药：红芍药花，是扬州繁华时期的名花。

原文赏析

此词为姜夔路过扬州，目睹战争过后扬州的萧条景象时所作。词人抚今追昔，谈今日之荒凉，追忆昔日之繁华，发为吟咏，以寄托对扬州昔日繁华的怀念和对今日山河残破的哀思。

词序说明了此词的创作背景及缘由。扬州在唐代已经是非常繁华的城市了，正所谓"扬一益二"，但是到如今，昔日繁华的扬州，因为金人的南下入侵，已经变得萧条荒凉。词人路过扬州，看到眼前"尽荠麦青青"，听到"戍角悲吟"，顿生"黍离之悲"。

上片写词人所见之景。昔日繁华的名都扬州，如今却尽是"荠麦青青"，"过春风十里，尽荠麦青青"两句照应序中"黍离之悲"；昔日热闹的扬州，如今已经是"废池乔木""清角吹寒"的空城，一片荒凉。清代陈廷焯特别欣赏此句："写兵燹（xiǎn）后情景逼真，'犹厌言兵'四字，包括无限伤乱语，他人累千百言，亦无此韵味。"（《白雨斋词话》）"名都""佳处"与眼前所见截然不同，形成鲜明对比，更衬托出如今名都的凄凉。

下片着重抒怀。词人没有直接抒写自己内心的感慨，而是借杜牧来表达对今昔不同的诧异。杜牧曾在扬州做官，写下不少赞美扬州繁华的诗歌。可是如今扬州因为战乱破败，即使杜牧来此，想必也会惊诧万分，写不出具有万种风情的诗句了吧！一切都似乎没变，扬州还是那个扬州，二十四桥依旧，桥边的芍药花依然每年开放；但是一切又都面目全非。繁华与凄凉对比，昔之繁盛，今之残破，伤在其中。

❦ 名家评笺 ❧

　　白石道人，中兴诗家名流，词极精妙，不减清真乐府，其间高处，有美成所不能及。

（宋·黄昇《中兴以来绝妙词选》）

白石脱胎稼轩，变雄健为清刚，变驰骤为疏宕。盖二公皆极热中，故气味吻合。辛宽姜窄，宽故容藏，窄故斗硬。

（清·周济《宋四家词选》）

白石才子之词，稼轩豪杰之词。才子、豪杰，各从其类爱之，强论得失，皆偏辞也。姜白石词幽韵冷香，令人挹（yì）之无尽。拟诸形容，在乐则琴，在花则梅也。

（清·刘熙载《艺概》）

当代价值

南宋时期，北方被金人占领，南宋朝廷偏安于江南一隅。在宋代推崇儒家思想的文化背景下，知识分子普遍具有深厚的忧患意识和济世精神，收复失地、恢复山河成为文人笔下最普遍的愿望，因此抒写爱国思想和恢复山河之豪情，便成为这一时期文学创作的重要主题。姜夔是南宋后期格律词派的代表词人，其词风虽不似辛弃疾、陆游那般豪放阔大，但是这首《扬州慢·淮左名都》也抒写了末世文人的伤世忧时之感，读之令人动容。

拓展训练

姜夔是南宋后期格律派词人的代表，《扬州慢·淮左名都》却气象颇大、感慨遂深，被视为有"黍离之悲"。对比唐宋时期的疆域图，分析《扬州慢·淮左名都》中的"黍离之悲"。

链接资料

唐代前期疆域图、北宋疆域图、南宋疆域图

蒿里行

曹操

关东有义士❶，兴兵讨群凶❷。初期会盟津，乃心❸在咸阳。军合力不齐，踌躇而雁行❹。势利使人争，嗣还自相戕❺。淮南弟称号❻，刻玺于北方❼。铠甲生虮虱，万姓以死亡。白骨露于野，千里无鸡鸣。生民百遗一，念之断人肠。

要点注释

❶ 关东：函谷关以东。义士：指起兵讨伐董卓的诸州郡将领。

❷ 讨群凶：指讨伐董卓及其党羽。

❸ 乃心：其心，指上文"义士"之心。

❹ 踌躇：犹豫不前。雁行（háng）：飞雁的行列，形容诸军列阵后观望不前的样子。此句倒装，正常语序当为"雁行而踌躇"。

❺ 嗣：后来。还：同"旋"，不久。

❻ 淮南弟称号：指袁绍的异母弟袁术于建安二年（197）在淮南寿春（今安徽省寿县）自立为帝。

❼ 刻玺于北方：指初平二年（191）袁绍谋废献帝，想立幽州牧刘虞为皇帝，并刻制印玺。

作品解析

《蒿里行》是汉乐府旧题，为古代挽歌，汉乐府古辞尚存，见于宋代郭茂倩《乐府诗集》中的《相和歌辞·相和曲》。曹操的《蒿里行》借旧题写时事，记述了汉末军阀混战的现实，真实深刻地揭示了人民的苦难，堪称"汉末实录"的"诗史"。

袁绍等关东诸将起兵讨董卓，虽然造成军阀混战的局面，但一开始也心存忠义，是"心在王室"的正义之举，故首四句仍予以肯定。"军合……于北方"笔锋一转，写关东诸将各怀异心，不免导致争权夺利的混战。"踌躇而雁行"以"雁行"比喻诸将貌合神离，尤其生动。"势利……于北方"四句，扣紧"势利"二字，写尽诸将的自私心理。"铠甲……无鸡鸣"四句，形象地概括了战争给军民带来的深重苦难。"生民百遗一，念之断人肠"二句直抒胸怀，怜世悯人。这首诗反映了诗人忧国忧民的情怀，这种情怀使得本诗超越了一般的叙事诗，而更具思想深度。最后两句是诗人目睹兵连祸结之下民不聊生、哀鸿遍野的真实情景而产生的感时悯事之叹。

全诗使用简洁明了的白描手法，无意于词句的雕凿粉饰，而以明快有力的语言娓娓道来。诗歌尽显悲凉之气，风格雄阔，笔力雄健。刘勰在《文心雕龙》中评曹氏父子的诗时说："志不出于滔荡，辞不离于哀思。"钟嵘在《诗品》中也说："曹公古直，甚有悲凉之句。"本诗以叙事起，以抒发战争带给人民的深重灾难，是诗亦是史，"诗史"之誉，足以当之。

哀江头

杜甫

少陵野老吞声哭❶，春日潜行曲江曲❷。江头宫殿锁千门❸，细柳新蒲为谁绿❹？忆昔霓旌下南苑❺，苑中万物生颜色❻。昭阳殿里第一人❼，同辇随君侍君侧❽。辇前才人❾带弓箭，白马嚼啮黄金勒❿。翻身向天仰射云⓫，一笑正堕双飞翼⓬。明眸皓齿今何在？血污游魂归不得⓭。清渭东流剑阁⓮深，去住彼此⓯无消息。人生有情泪沾臆，江水江花岂终极⓰！黄昏胡骑⓱尘满城，欲往城南望城北⓲。

🎵 要点注释

❶ **少陵**：杜甫祖籍长安杜陵。少陵是汉宣帝许皇后的陵墓，在杜陵附近。杜甫曾在少陵附近居住过，故自称"少陵野老"。**吞声哭**：哭时不敢出声。

❷ **潜行**：因在叛军管辖之下，只好偷偷地走到这里。**曲江曲**：曲江的隐曲角落之处。

❸ **江头宫殿锁千门**：写曲江边宫门紧闭，游人绝迹。

❹ **为谁绿**：意思是国家破亡，连草木都失去了故主。

❺ **霓旌**：云霓般的彩旗，指天子之旗。**南苑**：指曲江东南的芙蓉苑，因在曲江之南，故称南苑。

❻ **生颜色**：万物生辉。

❼ **昭阳殿**：汉代宫殿名。汉成帝皇后赵飞燕之妹为昭仪，居住于此。唐人多以

赵飞燕代指杨贵妃。**第一人**：最得宠的人。

❽ **同辇随君侍君侧**：古代君臣不同辇，此句指杨贵妃的受宠程度超出常规。**辇**：皇帝乘坐的车子。

❾ **才人**：宫中的女官。

❿ **嚼啮**：咬。**黄金勒**：用黄金做的衔勒。

⓫ **仰射云**：仰射云间飞鸟。

⓬ **一笑**：杨贵妃因才人射中飞鸟而笑。**正堕双飞翼**：暗寓唐玄宗和杨贵妃的马嵬驿之变。

⓭ **"明眸皓齿今何在？血污游魂归不得"两句**：写安史之乱起，唐玄宗从长安奔蜀，路经马嵬驿，禁卫军逼迫唐玄宗缢杀杨贵妃。**血污游魂**：指杨贵妃缢死马嵬驿。

⓮ **清渭**：渭水。**剑阁**：大剑山（今为剑门山），在今四川省剑阁县的北面，是由长安入蜀必经之道。

⓯ **彼此**：指唐玄宗、杨贵妃。

⓰ **"人生有情泪沾臆，江水江花岂终极"两句**：意谓江水、江花无情，年年依旧，而人有情，则不免感怀今昔而生悲。以无情衬托有情，越见此情难以排遣。**终极**：犹穷尽。

⓱ **胡骑**：指叛军的骑兵。

⓲ **欲往城南望城北**：写极度悲哀中的迷惘心情。原注："甫家住城南。"**望城北**：走向城北。北方口语，说向为望。**望**：一作"忘"。**城北**：一作"南北"。

作品解析

当安史叛军攻陷长安后，杜甫困于城内，用诗歌记录了他看到与听到的种种不幸。他看到国亡家破，抚今追昔，不胜感慨，于是有《春望》《哀王孙》《悲陈陶》《悲青坂》等诗作。

此诗分三层，首末各四句，分别为第一、三层，中间十二句为第二层。发端四句写"吞声哭""潜行"以及曲江的冷寂，表现今日京都沦陷之现状。"细柳新蒲"写春日之物，"为谁绿"为感伤语。国破家亡，草木无情，照旧变绿，怨蒲柳实际上是在怨抛弃了长安的唐玄宗。

"忆昔……双飞翼"八句铺叙昔日曲江盛况。南苑即皇家园林芙蓉苑，唐玄宗曾带着杨贵妃于此射猎。"万物生颜色"谓草木亦为之生辉。"辇前才人带弓箭，白马嚼啮黄金勒"二句叙写出猎队伍之豪贵。"翻身向天仰射云，一笑正堕双飞翼"二句中的一"射"、一"笑"字，写出杨贵妃之得意。以下四句用讽刺的笔墨指出，以穷奢极欲的种子结下的"血污游魂"的恶果。唐玄宗与杨贵妃生死分离,一流浪成都,一魂寄渭河边的马嵬。这一层以昔乐今悲互为因果的对比,指出唐玄宗"自食其果"的原因在于骄奢淫逸,以至国破家亡,妃子不保。

末尾回到现在,"人生有情泪沾臆"承上而来,也流露出对唐玄宗"哀其不幸,怨其不争"的复杂心情。次句谓花草却不因人事变幻而有穷尽,仍自红自绿,回应首层"细柳新蒲为谁绿"。末二句说胡骑满城,尘土飞扬,诗人将回到城南,却不由自主地时时"望城北",期盼官军北来收复长安。肃宗行在位于长安西北,故诗人怀着这一期望。《悲陈陶》结末"都人回面向北啼,日夜更望官军至"与此结尾用意亦复相同。《哀王孙》与此诗合称"二哀",可以参看。

登岳阳楼

杜甫

昔闻洞庭水❶,今上岳阳楼❷。吴楚东南坼❸,乾坤日夜浮❹。亲朋无一字❺,老病有孤舟❻。戎马关山北❼,凭轩涕泗流❽。

📖 要点注释

❶ 洞庭水:洞庭湖,在今湖南北部,长江南岸,是中国第二大淡水湖。

❷ 岳阳楼:岳阳城西门楼,在湖南岳阳,下临洞庭湖,为游览胜地。

❸ 吴楚东南坼(chè):吴楚两地在中国东南。坼:分裂。

❹ 乾坤:指日、月。浮:日月星辰和大地昼夜都飘浮在洞庭湖上。

❺ 无一字:音信全无。字:这里指书信。

❻ 老病:杜甫时年五十七岁,身患肺病、风痹症,右耳已失聪。有孤舟:唯有孤舟一叶四处飘零。

❼ 戎马:指战争。关山北:北方边境。

❽ 凭轩:靠着窗户。涕泗(sì)流:忍不住流泪。

📜 作品解析

大历三年(768),杜甫离开夔州,本要返回长安,但因二月商州(今陕西商州)军乱,八月吐蕃侵扰灵武(今属宁夏)、邠(bīn)州(今陕西彬县),只好就近在湖湘暂时找一安身之处,容后再北上。此年年底他由湖北江陵漂泊到湖南岳州(今湖南岳阳），登上了闻名遐迩的岳阳楼，便写了此诗。

首联感慨万千，全用家常话叙起，称自己昔日向往洞庭湖，五十多岁才亲临此地。"昔闻""今上"的时间跨度，几乎长达一生，因再有一年多杜甫就病逝了。

颔联说浩渺无边的洞庭湖把吴与楚分为两半，无尽的湖水仿佛可以将日月托起。此联极言洞庭湖的壮阔，比起诗人尊敬的前辈孟浩然的"气蒸云梦泽，波撼岳阳城"，有过之而无不及。《水经注·湘水》："湖水广园五百余里，日月若出没其中。"为对句所本。这两句阔大雄浑，深沉至极，甚至其中的当句对都使人不觉。

而下两句"亲朋无一字，老病有孤舟"，对得却很狭小，逼窄至极。"一景一情，一大一小，一阔一狭，似极不相称，极不相干，其实是有着内部联系的。因为境界的空阔，在一定的情况下，往往能逗引或加强人们的飘零孤苦之感。"（萧涤非《杜甫诗选注》）简而言之，湖太大了，人太渺小了，杜甫更艰难了。

登高最易发现天地之开阔，陈子昂登上幽州台，其之所以"独怆然而涕下"，就是因为受到了"天地之悠悠"的启迪。此时杜甫"百年多病"，无亲无友。壮阔的湖面与万方多难的现实产生巨大的摩擦，使诗人登楼的喜悦一变而为悲哀，以至不能自控而"凭轩涕泗流"，因为他担心着"戎马关山北"，京师尚处于戒严之中，朝廷还处在忙乱的抵抗中，这又怎能不让杜甫凭轩挂念关山之北，又怎能不使得他为家国操碎了心！

自京赴奉先县咏怀五百字

杜甫

杜陵有布衣，老大意转拙❶。许身一何愚，窃比稷与契❷。居然成濩落，白首甘契阔❸。盖棺事则已，此志常觊豁❹。穷年忧黎元，叹息肠内热❺。取笑同学翁，浩歌弥❻激烈。非无江海志，潇洒送日月❼。生逢尧舜君❽，不忍便永诀。当今廊庙具❾，构厦岂云缺。葵藿❿倾太阳，物性固莫夺。顾惟蝼蚁辈⓫，但自求其穴。胡为慕大鲸，辄拟偃溟渤⓬。以兹误生理，独耻事干谒⓭。兀兀⓮遂至今，忍为尘埃没。终愧巢与由⓯，未能易其节。沉饮聊自遣⓰，放歌破愁绝。岁暮百草零，疾风高冈裂。天衢阴峥嵘，客子中夜发⓱。

霜严衣带断，指直不得结。凌晨过骊山，御榻在嵽嵲⑱。蚩尤⑲塞寒空，蹴蹋崖谷滑。瑶池气郁律，羽林相摩戛⑳。君臣留欢娱，乐动殷樛嶱㉑。赐浴皆长缨，与宴非短褐㉒。彤庭㉓所分帛，本自寒女出。鞭挞其夫家，聚敛贡城阙。圣人筐篚恩㉔，实欲邦国活。臣如忽至理，君岂弃此物㉕。多士盈朝廷，仁者宜战栗㉖。况闻内金盘，尽在卫霍室㉗。中堂舞神仙，烟雾散玉质㉘。煖客貂鼠裘，悲管逐清瑟。劝客驼蹄羹，霜橙压香橘㉙。朱门酒肉臭，路有冻死骨㉚。荣枯咫尺异，惆怅难再述㉛。北辕就泾渭，官渡又改辙㉜。群冰从西下，极目高崒兀㉝。疑是崆峒来，恐触天柱折㉞。河梁幸未坼，枝撑声窸窣㉟。行旅相攀援㊱，川广不可越。老妻寄异县，十口隔风雪㊲。谁能久不顾，庶㊳往共饥渴。入门闻号咷，幼子饥已卒。吾宁舍一哀，里巷亦呜咽。所愧为人父，无食致夭折。岂知秋禾登，贫窭有仓卒㊳。生常免租税，名不隶征伐㊵。抚迹犹酸辛，平人固骚屑㊶。默思失业徒㊷，因念远戍卒。忧端齐终南，澒洞不可掇㊸。

要点注释

① **杜陵布衣**：杜甫自称。杜甫的远祖晋朝杜预是杜陵人，杜甫在长安时又曾在杜陵以北、少陵以西住过，故自称"杜陵布衣""少陵野老"。**杜陵**：地名，在长安城东南。**布衣**：平民，没有官职的人。此时杜甫虽任右卫率府胄曹参军这一八品小官，但仍自称布衣。**老大**：杜甫此时大约四十四岁。**拙**：笨拙。

② **许身**：自期、自许。**一何愚**：多么迂腐。**稷与契**：传说中舜帝的两个大臣，稷是周代祖先，教百姓种植五谷；契是殷商祖先，掌管文化教育。

③ **漫（hù）落**：廓落，大而无用的意思。**契阔**：辛勤劳苦。

④ **盖棺**：指死亡。**觊豁**：希望达到。

⑤ **穷年**：终年。**黎元**：百姓。**肠内热**：内心焦急，忧心如焚。

⑥ **弥**：更加，越发。

⑦ **江海志**：隐居之志。**潇洒送日月**：自由自在地生活。

⑧ **尧舜君**：此以尧舜比唐玄宗。

⑨ **廊庙具**：治国之人才。

⑩ 葵藿：葵是向日葵，藿是豆叶。

⑪ 顾：想一想。蝼蚁辈：比喻那些钻营利禄的人。

⑫ 胡为：为何。大鲸：比喻有远大理想者。辄：就，常常。拟：想要。偃溟渤：到大海中去。

⑬ 以兹误生理：因为这份理想而误了生计。误：一作"悟"。干谒：求见权贵。

⑭ 兀兀：穷困劳碌的样子。

⑮ 巢与由：巢父、许由都是尧时的隐士。

⑯ 沉饮聊自遣：姑且痛饮，自我排遣。

⑰ 天衢（qú）：天空。峥嵘：原形容山势，这里用来形容阴云密布的样子。客子：此为杜甫自称。发：出发。

⑱ 骊山：在今陕西临潼南。嵽嵲（diniè）：形容山高，此指骊山。

⑲ 蚩尤：传说中黄帝时的诸侯。黄帝与蚩尤作战，蚩尤作大雾以迷惑对方。这里以蚩尤代指大雾。

⑳ 瑶池：传说中西王母与周穆王宴会的地方。此指骊山温泉。气郁律：温泉热气蒸腾。羽林：皇帝的禁卫军。摩戛：武器相撞击。

㉑ 殷：充满。樛嶱（jiūkě）：山石高峻的样子。这句指乐声震动山冈。

㉒ 长缨：指权贵。缨：帽带。短褐：粗布短袄，此指平民。

㉓ 彤庭：朝廷。

㉔ 圣人：指皇帝。筐篚：两种盛物的竹器。古代皇帝以筐、篚盛布帛赏赐群臣。

㉕ "臣如忽至理，君岂弃此物"两句：臣子如果忽视此理，那么皇帝的赏赐不是白费了吗？

㉖ "多士盈朝廷，仁者宜战栗"两句：朝臣众多，其中的仁者应当惶恐不安地尽心为国。

㉗ 内金盘：宫中皇帝御用的金盘。卫霍：指汉代大将卫青、霍去病，都是汉武帝的亲戚。这里代指杨贵妃的从兄、权臣杨国忠。

㉘ 中堂：指杨氏家族的庭堂。舞神仙：像神仙一样的美女在翩翩起舞。烟雾：形容美女所穿的如烟如雾的薄薄的纱衣。玉质：指美人的肌肤。

㉙ "煖客……压香橘"四句：极写贵族生活奢侈。

㉚ "朱门酒肉臭，路有冻死骨"两句：为全诗诗眼。臭：通"嗅"，古意为气味。

㉛ 荣枯：繁荣、枯萎。此喻朱门的豪华生活和路边冻死的穷人的尸骨。惆怅：此言感慨、难过。

㉜ 北辕：车向北行。杜甫自长安至奉先（今陕西蒲城），沿渭水东走，再折向北行。泾渭：二水名，在陕西临潼境内汇合。官渡：官设的渡口。

㉝ 高崒（zú）兀：河中的浮冰突兀成群。

㉞ 崆峒：山名，在今甘肃省岷县。恐触天柱折：形容冰水汹涌，仿佛共工头触不周山，使人有天崩地塌之感。表示诗人对国家命运的担心。天柱：古代神话说，天的四角都有柱子支撑，叫天柱。

㉟ 河梁：桥。坼：断裂。枝撑：桥的支柱。窸窣：象声词，木桥振动的声音。

㊱ 行旅相攀援：行路的人们相互攀扶。

㊲ 异县：指奉先县。十口隔风雪：杜甫一家十口分居两地，为风雪所阻隔。

㊳ 庶：希望。

㊴ 贫窭（jù）：贫穷。仓卒：此指意外的不幸。

㊵ 名不隶征伐：此句自言名属"士人"，可按国家规定免征赋税和兵役、劳役。杜甫时任右卫率府胄曹参军，享有豁免租税和兵役之权。

㊶ 平人固骚屑：平民百姓本来就免不了赋役的烦恼。平人：平民，唐人避唐太宗李世民讳，改"民"为"人"。

㊷ 失业徒：失去产业的人们。

㊸ 忧端齐终南：忧虑的情怀像终南山那样沉重。澒洞（hòngtóng）：广大的样子。掇：收拾，引申为止息。

作品解析

杜甫被称为"诗圣"，杜诗被称为"诗史"，总体风格是"沉郁顿挫"，而最能体现和代表这些美誉的，可能非此诗莫属。

此诗与《北征》均为探家后所作，前者为天宝十四年（755）所作，此时安史之乱即将爆发。诗分三段：咏怀—沿途所见—至家。首段反复陈明自比稷契、心忧黎元之志，三十二句全发为议论，悲从中来，莽莽苍苍，百折千回，标志着诗人以议论为诗与沉郁顿挫风格的成熟。此诗或一句、或两句、或四句，必抑扬转折、跌宕起伏、波澜壮阔，沛然莫能御之。虽为"布衣"，却居京兆"杜陵"，已过不惑之年的"老大"按理应当事业有成，然而过得并不自在，这是句内转折，一句一转一折；"许身一何愚"此为一伏，而自比稷契又一起；志气如此，老大竟然无成，又一伏，但终生甘心追求，又为大起，此两句互为顿挫；"非无……便永诀"四句，"顾惟……偃溟渤"四句，愈转愈深，故每四句构成一大起伏。其中"窃比稷与契""穷年忧黎元""葵藿倾太阳"，堪称名句，震荡人心。

中段叙写离京，中间过骊山写得最为翔实。杜甫当时任看管兵器的参军，无权接近骊山上唐玄宗豪奢集团并观其挥霍，但看过"丽人行"，长安十年看惯了上层社会的一切。他以浓墨重彩描述严冬里温泉洗浴、与宴、分帛、观舞赏乐，这些"君臣留欢娱"都是"推想"出来的；然而"乐动殷樛嶬"——皇家乐团的"悲管清瑟"，"指直不得结"的杜甫起码在山下是听到了的。所以，这些连续的"镜头"是真实的。铺叙中夹带的议论，如"彤庭……城阙"四句，一针见血，是讽刺的。特别是按捺不住的"朱门酒肉臭，路有冻死骨"的呼声，揭示出"荣枯"顿异的因果，无异于戟手痛斥，真是仁者之言、义者之言，真得孟子"圣者"之精神。

末段分为两节：过渭与至家。杜甫的语言一段一副模样，骊山写得是那样豪奢富丽，这里又是如此萧瑟艰难，把"烟雾散玉质"与在"枝撑声窸窣"中攀援过桥一比较，又怎能没有"荣枯"顿异之大的感慨呢！特别是"群冰……天柱折"四句，不仅状写酷冬之景，还倾注对时局的忧虑之情。"恐触天柱折"——辉煌的大唐将面临一场山崩地裂般的灾变，而几乎就在同时，安史叛军的"渔阳鼙鼓动地来"，将要"惊破霓裳羽衣曲"。"天柱折"的隐语，不幸而言中；寒风料峭中有的不是困扰一己的恓（xī）惶，而是"诗神"（叶燮）忧国忧民的前瞻与洞见。最让人感动的是至家一节，"老妻……共饥渴"四句朴质至极，情至之言，不知唤起多少人的共鸣。而"入门……有仓卒"八句，直写现实的沉重与残酷。正八品官员尚养不起家，感到"所愧为人父"。由己及人，诗人想起失去土地的农民和"远戍卒"，忧愁如终南山一样沉重，无法排解。

此诗议论、铺叙都采用块状式大段，后两段又边叙边议。一段一种手法，段段不同，可谓到了出神入化的地步。此诗由一次探家的见闻，拉开了巨幅的历史长卷，把对国家的忧虑，对上层集团的批判，对民众的同情融为一体，成为博大厚重的"诗史"，光焰万丈！

第九章 敬业乐群

本章选录经典释读作品四首——《诗经·小雅·鹿鸣》,《诗经·小雅·庭燎》,王维《送元二使安西》,杜甫《春日忆李白》;选录拓展阅读作品三首——《诗经·小雅·伐木》,王昌龄《芙蓉楼送辛渐》,杜甫《饮中八仙歌》。朱子说:"敬业者,专心致志,以事其业也;乐群者,乐于取益,以辅其仁也。"(《仪礼经传通解》)在农耕文明的文化背景下,古人非常注重宗法观念和亲亲之道,古典诗词中反映古人敬业乐群精神的作品也很普遍。

经典释读

小雅·鹿鸣

《诗经》

呦呦❶鹿鸣,食野之苹❷。我有嘉宾,鼓瑟吹笙。吹笙鼓簧❸,承筐是将❹。人之好我,示我周行❺。

呦呦鹿鸣,食野之蒿❻。我有嘉宾,德音孔昭❼。视民不恌❽,君子是则❾是效。我有旨❿酒,嘉宾式燕以敖⓫。

呦呦鹿鸣,食野之芩⓬。我有嘉宾,鼓瑟鼓琴。鼓瑟鼓琴,和乐且湛⓭。我有旨酒,以燕乐嘉宾之心。

要点注释

❶ 呦(yōu)呦:鹿的叫声。

❷ 苹:藾(lài)蒿。叶青色,茎似箸而轻脆,始生香,可生食。

❸ 簧:笙上的簧片。

❹ 承筐:指奉上礼品。将:送,献。

❺ 周行(háng):大道,引申为大道理。

❻ 蒿:又叫青蒿、香蒿,菊科植物。

❼ 德音:美好的品德声誉。孔:很。昭:明。

⑧ 视：同"示"。恌（tiāo）：同"佻"，轻浮，轻薄。

⑨ 则：法则，楷模。

⑩ 旨：甘美。

⑪ 式：语气助词。燕：同"宴"，宴饮。敖：同"遨"，游玩。

⑫ 芩（qín）：草名，蒿类植物。

⑬ 湛（dān）：通"耽"，深，长久。此有乐而尽兴的意思。

📖 原文赏析

这是一首表现周人燕飨活动的诗。诗之首章先以鹿鸣起兴，继言礼仪隆盛，最后点明宴饮的意义。诗之二章重在言嘉宾之德。诗之三章就宴饮效果言，丰盛的宴会，可以维系人心。

《毛序》："《鹿鸣》，燕群臣嘉宾也。既饮食之，又实币帛筐筐以将其厚意，然后忠臣嘉宾得尽其心矣。"后人对此并无异议。周人燕飨之礼，在迎宾之后，先有奉帛以侑宾的旅酬之礼，继而有歌乐中的酒食尽欢，最后有鼓乐齐鸣的合乐。《鹿鸣》正反映了周代古礼的基本过程。据朱熹的研究，诗又是"上下通用之乐"（《诗集传》卷九），这有着源于诗歌本身的特定理由。周代社会是由宗族构成的，宴饮活动是凝聚社会力量的重要方式。但社会现实是复杂的，故宴饮的场合、方式，以及宴饮的人群也是各种各样的。《诗经》中宴饮诗歌很多，都有具体的内容、确定的场合，因而不可"通用"。如《蓼萧》《彤弓》等诗，有的表现诸侯朝见天子，有的表现天子对有功诸侯的赏赐，都使其不具普遍的适用性。而《鹿鸣》则不同，它没有这些具体内容，它歌唱主人的敬客、嘉宾的懿德，以及燕飨活动对人心的维系作用。它从内容上看正大平直，从风格上说中和典雅，既丰腴而又婉曲，充溢着一派祥和的气象。

名家评笺

此燕飨宾客之诗也。盖君臣之分，以严为主；朝廷之礼，以敬为主。然一于严敬，则情或不通，而无以尽其忠告之益。故先王因其饮食聚会，而制为燕飨之礼，以通上下之情。

（宋·朱熹《诗集传》）

文、武之待群臣如待大宾，情意既洽而节文又敬，故能成一时盛世也。

（清·方玉润《诗经原始》）

当代价值

《鹿鸣》是《小雅》的第一篇，属于"诗经四始"之一，充分体现了周代礼乐文化特点。燕飨的仪式体现出礼的规则和人的内在道德规范，守礼有序，宾主融洽，是周初社会繁荣和谐的反映。此诗也表现出浓厚的宗法观念和亲族温情，周代是宗法制社会，宗族间相亲相爱的关系是维系社会的重要纽带。周代统治者重视血缘亲族关系，利用宗法制加强统治，在燕飨过程中，实践亲亲之道、宗法之义。诗中宾主之间和乐融融、真诚相待的和谐景象，感染着一代代读者。在当代社会，人与人的相处，甚至于国与国的相处，也应该守礼有序，礼尚往来。

拓展训练

阅读《诗经·小雅·鹿鸣》，感受诗中宾主之间融洽相处的氛围，体会周代礼乐文化的特点。

链接资料

古诗词新唱：《鹿鸣》

小雅·庭燎

《诗经》

夜如何其❶？夜未央❷，庭燎❸之光。君子至止，鸾声将将❹。
夜如何其？夜未艾❺，庭燎晣晣❻。君子至止，鸾声哕哕❼。
夜如何其？夜乡晨❽，庭燎有辉❾。君子至止，言观其旗❿。

要点注释

❶ 其（jī）：表疑问的语气词。

❷ 央：尽，王逸注"央，尽也"。一说为"中"，亦通。

❸ 庭燎：宫廷中照明用的火炬。

❹ 鸾：也作"銮"，车铃。将（qiāng）将：铃声。

❺ 艾（yì）：尽。

❻ 晣（zhì）晣：明亮的样子。

❼ 哕（huì）哕：有节奏的铃声。

❽ 乡（xiàng）晨：近晓，天快亮的时候。乡：同"向"。

❾ 辉：形容烟火缭绕的样子。

❿ 旗：上面画有蛟龙、竿顶有铃的旗。

原文赏析

这是一首颂美周宣王的诗。全诗通篇用赋，诗以设问起，继之以答，先释疑惑，再附之以安慰。首章问夜色如何？夜色尚早，朝堂的亮光来自火烛。诸侯来朝时，他们车驾上的鸾铃锵锵作响。诗的第二章问夜色如何？夜色尚早，是宫廷中火炬明亮的光，将朝堂照得明亮亮的。诸侯来朝时，他们车驾上的鸾铃发出声响。诗的第三章问夜色如何？夜已经近晓，火炬还熠熠有光。诸侯来朝，可以看到他们的旗帜了。

《毛序》中说："《庭燎》，美宣王也。因以箴之。"《郑笺》申述《毛序》之意："诸侯将朝，宣王以夜未央之时问夜早晚。美者，美其能自勤以政事。因以箴之者，王有鸡人之官（即报时之官），凡国事为期，则告之以时。王不正其官，而问夜早晚。"据郑玄之意，《毛序》所谓"箴"，是指宣王"不正其官"。

第九章 敬业乐群

147

名家评笺

《列女传》，宣王尝夜卧晏起，后夫人不出房，姜后脱簪珥待罪于永巷。使其傅母通言于王曰：妾之不才，致使君王失礼而晏朝，以见君王乐色而忘德也。敢请婢子之罪。宣王曰：寡人不德，实自生过，非夫人之罪。遂复姜后，而勤于政事，早朝晏退，卒成中兴之名。宣王中年怠政，而《庭燎》诗作，脱簪之谏，当在此际。

（清·王先谦《诗三家义集疏》引陈乔枞语）

当代价值

此诗称美宣王勤政，对朝政尽心，以至夜不安枕；围绕夜色的问答，细腻地摹拟出兢兢业业者的内心活动，其中自有一种肃穆的气象，渲染出一派中兴景象。敬业是一个人对待事业的态度，是一个人对所从事事业的基本原则，不只是被称美的统治者应具备的品质。在当代社会，我们应该肯定《小雅·庭燎》中的"王"的勤政，每个人都应该有敬业精神，"专心致志、以事其业"。

拓展训练

《诗经·小雅·庭燎》一诗颂美宣王勤政，学习此词，体会其中的敬业精神，并结合自身分析其当代价值。

链接资料

《诗大序》

送元二使安西❶

王维

渭城朝雨浥轻尘❷，客舍青青柳色新。劝君更尽❸一杯酒，西出阳关❹无故人。

要点注释

❶ 安西：即安西都护府的治所，在今新疆维吾尔自治区库车县境。

❷ 渭城：咸阳故城，在长安西北，渭水北岸。浥（yì）：濡湿。

❸ 尽：一作"进"。

❹ 阳关：汉置关名，在今甘肃敦煌西南，与玉门关同为出塞必经之地。因在玉门关南，故称阳关。

原文赏析

《送元二使安西》是王维送朋友元二之作，元二奉命出使安西都护府，王维送到渭城为之饯行，写下这首诗。此诗应为王维早年的作品，作于安史之乱前。

前两句"渭城朝雨浥轻尘，客舍青青柳色新"，勾勒出一幅生动自然的景象。初春的细雨打落了路上的尘埃，一股清新的泥土气息扑面而来；青青柳色、青青客舍，俨然一幅初春烟雨图，淡淡哀愁也随景而出，使人不由得透过画面想到客舍离别人的感伤。古代交通不便，所以离别的诗歌往往充满了感伤色彩。如《楚辞·招士隐》有"悲莫悲兮生别离，乐莫乐兮新相知"，江淹《别赋》言"黯然销魂者，唯别而已矣"，《送元二使安西》这首诗也不例外。"客舍青青柳色新"看似写景，却在典型的情景中流露出离别的深情。客舍、柳是古人笔下典型的和离别相关的意象：客舍是行人暂时寄居之所，此处的人往往是天涯游子、匆匆过客，所以客舍常常用于抒发游子的羁旅之愁；柳是古代送别诗中最有代表性的意象，柳与"留"谐音，古人折柳送别以表达留恋不舍之意。青青的客舍、绿绿的新柳，体现了王维诗歌具有诗情画意之美的风格特点。这两句描绘了一幅初春雨后的清新景象，而此时离别的人却是感伤的。此处以乐景写哀情，更突出了人物离别的感伤。

诗中并没有点出元二的真实姓名，而仅仅以排行亲昵地称呼对方，这说明了王维和元二的关系非常亲密，不只是一般的朋友。从长安送到渭城，送别友人的情谊依然绵绵不绝。也许昨晚在客舍，二人也有说不完的话吧。即使友情再深厚，送君终归有一别。面对即将离别的友人，诗人反倒没有多余的话了，只有"劝君更尽一杯酒"，一切尽在不言中，深情尽在酒樽里。古人有饮酒饯别的习惯，借酒消解离别之愁，一"劝"一"更"，抒写了好友之间依依惜别的真挚感情。

值得注意的是诗中的地理位置：长安—渭城—阳关—安西。安西在长安西北方向，渭城是去往安西的必经之地。古人设十里长亭送别，表达依依惜别的深情。王维送元二，十里自不足以表达深情，所以一送送到渭城。从长安到渭城，在空间的推移中显示了诗人和友人之间深厚的情感。长安与安西相隔很远，二人一旦分别，不知何年何月才能再相聚！离开阳关以后就进入了茫茫戈壁大漠，荒无人烟，所以诗人说"西出阳关无故人"。但是仔细体味便知其中的深意，元二要出使的是安西，远在阳关之外。阳关之外尚且无故人，何况安西呢！此诗字里行间流露出对友人的担心，体现了依依不舍的朋友深情。

名家评笺

唐人别诗，此为绝唱。

（明·凌云《唐诗绝句类选》）

语老情深，遂为千古绝调。

（明·陆时雍《唐诗镜》）

不作深语，声情沁骨。

（清·吴瑞荣《唐诗笺要》）

唐人饯别之诗以亿计，独《阳关》擅名，非为其真切有情乎？

（明·唐汝询《唐诗解》）

人皆知此诗后二句妙，而不知亏然前二句提顿得好。此诗之妙只是一个真，真则能动人。后维偶于路旁，闻人唱诗，为之落泪。

（清·徐增《而庵说唐诗》）

当代价值

朋友之情是人与人相处中非常重要的关系，在中华传统文化中"君子之交淡如水""朋友数，斯疏矣"，真正的友情不在于亲密无间，而是有一定的距离，内心的真诚是最重要的。王维的这首《送元二使安西》，短短二十八字写足真情，有依依不舍的深情，却无哀怨感伤的别情。此诗之所以能打动人心，是因为"真情"，"不作深语"却"声情沁骨",动人心脾;之所以传颂千古,是因为"真切",犹如身边友人的离别,依依不舍,这种深情跨越时空、深入人心。王维诗中所表达的对友人的情感之真,在当代社会,对人与人的相处也具有一定启发作用。

拓展训练

《送元二使安西》一诗之所以为千古绝唱,就是因其写足朋友之间的真情。阅读并分析此诗,谈谈你对诗中王维和元二友情的理解,以及此诗对你的启发。

链接资料

古诗词新唱:《渭城曲》

春日忆李白

杜甫

白也诗无敌，飘然思不群❶。清新庾开府❷，俊逸鲍参军❸。渭北❹春天树，江东❺日暮云。何时一樽酒，重与细论文❻。

🖐 要点注释

❶ 不群：不平凡，水平高出同辈。

❷ 庾开府：指庾信，北周时官至骠骑大将军、开府仪同三司（司马、司徒、司空），世称庾开府。

❸ 俊逸：一作"豪迈"。鲍参军：指鲍照，南朝宋时任荆州前军参军，世称鲍参军。

❹ 渭北：渭水北岸，借指长安一带，当时杜甫在此地。

❺ 江东：指今江苏南部和浙江北部一带，当时李白在此地。

❻ 细论文：一作"话斯文"。论文：即论诗。六朝以来，通称诗为文。

📖 原文赏析

杜甫关于李白的诗有十余首之多，此首是其中之一。他对年长十一岁的李白充满敬爱，情在师友之间。他把虚词渗入开头，借助"也"的提示、停顿双重作用，目的就在于突出对李白的思念。次句"飘然思不群"最能突显李白诗倜傥卓绝的风格，也是上句赞语"诗无敌"的最好说明。"清新"与"俊逸"概括了李白的诗风，精确不移。杜甫不愧为李白知己，开后人评议李白诗之先河。以庾信与鲍照两大诗人作比，也可看出杜甫对南朝诗歌的继承与效法。

前四句议论，后四句言情。"诗无敌""思不群"，可见在杜甫心目中李白的地位极高，杜甫对李白充满崇敬之情。正是这种油然而生的敬意，使诗中的情感显得非常真诚。李白被誉为"诗仙"，杜甫也被后人称为"诗圣"，二人在诗歌创作领域都有建树，但是杜甫仍然非常谦逊地向李白表达崇敬之情。即使二人一在渭北，一在江东，但是空间也没有隔断他对李白的思念之情。

"渭北"借指长安一带，"渭北春天树"既寄予了诗人的相思相念之情，也呼应了题目的"春日"。李白当时在江南一带漫游，"江东日暮云"一句使诗人企足远望之神态呼之欲出，不言"忆"而"忆"在其中。杜甫曾与李白漫游齐鲁、河北一带，彼此有诗赠答，同行同卧，论诗自在其中。诗人别后追思，希望二人杯酒相对，细论诗文，又未知何时，"实有'微斯人，吾谁与归'之感"（纪容舒）。

名家评笺

公归长安，白在东吴，思之而作也。此篇纯于诗学结契上立意。方其聚首称诗，如逢庾、鲍，何其快也。一旦春云迢递，"细论"无期，有黯然神伤者矣。四十字一气贯注，神骏无匹。

（清·浦起龙《读杜心解》）

老杜天资惇厚，伦理最笃。诗凡涉君臣父子、兄弟、夫妇、朋友之间，都从一副血诚流出。

（清·浦起龙《读杜心解》）

我总觉得陶潜站得稍稍远一点，李白站得稍稍高一点，这也是时代使然。杜甫似乎不是古人，就好像今天还活在我们堆里似的。

（鲁迅）

当代价值

子曰："有朋自远方来，不亦乐乎。"朋友之情是古典诗词中常见的题材。任侠好道的李白在当时诗名远扬，小十多岁的杜甫对他十分崇拜，二人一生并未有过密交往，可是我们从这首《春日忆李白》中可以感受到二人之间的朋友深情。从古至今，朋友之情都备受重视。朋友之间要有真情，而非虚情假意。杜甫和李白这对中国古代诗坛上璀璨的明星，算不上至亲至密，但是从《春日忆李白》中，我们可以感受到杜甫的真诚，感受到二人之间的真情。这种真诚与值得肯定的朋友之道，在当代社会也有一定的意义。

拓展训练

李白和杜甫是唐代诗坛的"双子星"，二人虽年龄相差较大，而且一生交往并不过密，但是感情仍旧真挚深厚。学习《春日忆李白》并阅读杜甫写给李白的其他诗作，体会他与李白之间的友情。

《赠李白》《梦李白二首》《天末怀李白》

小雅·伐木

《诗经》

伐木丁丁❶，鸟鸣嘤嘤❷。出自幽谷，迁于乔木。嘤其鸣矣，求其友声。相❸彼鸟矣，犹求友声；矧❹伊人矣，不求友生？神之听之❺，终和且平❻！

伐木许许❼，酾酒有藇❽。既有肥羜❾，以速诸父❿。宁适不来⓫，微我弗顾⓬。於粲洒扫⓭，陈馈八簋⓮。既有肥牡⓯，以速诸舅⓰。宁适不来，微我有咎⓱。

伐木于阪，酾酒有衍⓲。笾豆有践⓳，兄弟无远！民⓴之失德，干糇以愆㉑。有酒湑㉒我，无酒酤㉓我。坎坎㉔鼓我，蹲蹲㉕舞我。迨㉖我暇矣，饮此湑矣！

要点注释

❶ 丁（zhēng）丁：砍树的声音。

❷ 嘤嘤：鸟叫的声音。

❸ 相：审视，端详。

❹ 矧（shěn）：何况。

❺ 听之：听到此事。

❻ 终……且……：既……又……。

❼ 许（hǔ）许：砍伐树木的声音。

❽ 酾（shī）：滤，做酒时用筐滤酒去其糟。有藇（xù）：藇藇，形容酒味甘美。

❾ 羜（zhù）：羊羔。

❿ 速：邀请。诸父：对同姓长辈的通称。

⓫ 宁：宁可。适：恰巧。

⓬ 微：非。弗顾：不顾念。

⓭ 於（wū）：叹词。粲：光明、鲜明的样子。

⓮ 陈：陈列。馈（kuì）：食物。簋（guǐ）：古时盛放食物用的圆形器皿。

⑮ 牡：雄畜，诗中指公羊。

⑯ 诸舅：对异姓长辈的通称。

⑰ 咎：过错。

⑱ 有衍：衍衍，满溢的样子。

⑲ 笾（biān）豆：盛放食物用的两种器皿。践：陈列整齐有序。

⑳ 民：人。

㉑ 干糇（hóu）：干粮。愆（qiān）：过错，过失。

㉒ 湑（xǔ）：用籔（sǒu）箕滤酒。

㉓ 酤（gū）：买酒。

㉔ 坎坎：鼓声。

㉕ 蹲（cún）蹲：舞步合乐的姿态。

㉖ 迨（dài）：趁着。

作品解析

　　这是一首写宴饮活动的诗。诗的首章以幽谷山林伐木之音、鸟鸣之声起兴，总起全篇。诗的第二章极力铺陈主人待客的盛情，紧应首章的"求友"之意。诗的第三章紧承第二章，明言主人对客人的盛情相待之意。

　　《毛序》："《伐木》，燕朋友故旧也。"据杨宽先生的研究，氏族社会时期有所谓"聚落会食"的习俗，进入阶级社会，这种习俗演变成一种礼仪，即所谓的"乡饮酒礼"。此诗当与这种习俗、礼仪有关。诗中表现的是一种慷慨豪迈的气概，然而"民之失德，干糇以愆"云云，又表明这种慷慨大方是有现实缘故的。《诗经》之《常棣》一诗强调了兄弟之情，此诗在某种意义上可视为其延伸。周人一姓的统治，只有在广泛地聚结各种社会成员的基础上，社会关系才会变得稳固，这才是宴会主人极尽阔绰的深层用心。

　　关于诗篇开首对伐木及鸟鸣的描写，古代经学家们往往牵强附会地解释为文王未居位时躬身劳作的自然情景，实则不过是诗人的比兴手法。深林幽谷中伐木的清声、和谐的鸟鸣，特别是鸟迁乔木而不忘幽谷之鸟，兴起君子居高位而不忘下位之朋友，实际上以不忘故旧，象征人际关系的和谐。真正的诗人都是善于聆听、感悟自然真谛的人，林谷境象实有笼罩全篇之作用。

芙蓉楼送辛渐

王昌龄

寒雨连江夜入吴，平明❶送客楚山孤。洛阳亲友如相问，一片冰心❷在玉壶。

要点注释

❶ 平明：天亮的时候。

❷ 冰心：比喻纯洁的心。

作品解析

芙蓉楼原名西北楼，遗址在润州（今江苏镇江）西北。这首诗大约作于开元二十九年（741）以后。王昌龄当时被贬到江宁（今江苏南京）任江宁丞，辛渐是他的朋友，王昌龄可能陪他从江宁到润州，在此分手饯别，写下此首送别诗。

"寒雨连江夜入吴，平明送客楚山孤"直接入题，点明送别的时间和地点：诗人一大早在吴楚之地的芙蓉楼送别友人辛渐。寒凉的江雨和孤峙的楚山，不仅是对自然环境的客观描写，也把客观的景物描写与人物的内心情感融合在一起，衬托出诗人送别时的凄寒孤寂之情。诗歌前两句渲染了送别的感伤，同时也体现了诗人自己被贬漂泊的苦楚。王昌龄此时被贬江宁，辛渐要去洛阳，这正是诗人故乡的方向，所以当友人离别之际，他也顺带委托友人给洛阳亲友带去自己的消息和问候。"一片冰心在玉壶"表现了诗人高洁的品格，南朝时期鲍照就曾以"清如玉壶冰"（《代白头吟》）来比喻人格高洁。王昌龄托友人辛渐给洛阳亲友带去的不是通常的家书，而是自己依然冰清玉洁、坚持操守的信念，展现了诗人博大的胸怀和坚强的性格。

诗歌构思精巧，用意深婉，送别友人之深意，诗人孤介傲岸、冰清玉洁的形象，都于字里行间表露无遗，含蓄蕴藉而余韵无穷。

饮中八仙歌

杜甫

知章❶骑马似乘船，眼花落井水底眠。汝阳三斗始朝天，道逢曲车口流涎❷，恨不移封向酒泉❸。左相日兴费万钱，饮如长鲸吸百川，衔杯乐圣称避贤❹。宗之潇洒美少年，举觞白眼望青天，皎如玉树临风前❺。苏晋长斋绣佛前，醉中往往爱逃禅❻。李白一斗诗百篇，长安市上酒家眠，天子呼来不上船，自称臣是酒中仙❼。张旭三杯草圣传，脱帽露顶王公前❽，挥毫落纸如云烟。焦遂五斗方卓然❾，高谈雄辩惊四筵。

📖 要点注释

❶ 知章：贺知章，越州永兴（今浙江萧山）人，官至秘书监，性情放诞旷达，自号"四明狂客"，又称"秘书外监"。他在长安一见李白，便称他为"谪仙人"，解所佩金龟换酒痛饮。

❷ 汝阳：汝阳王李琎，唐玄宗的侄子。朝天：朝见天子。此谓李琎痛饮后才入朝。

❸ 曲车：酒车。曲：一作"麹"。移封：改换封地。酒泉：郡名，在今甘肃酒泉。传说郡城下有泉，味如酒，故名酒泉。

❹ 左相：指左丞相李适之，天宝元年（742）八月为左丞相，天宝五年（746）四月，为李林甫排挤罢相。长鲸：鲸。古人以为鲸能吸百川之水，故用来形容李适之的酒量之大。衔杯：贪酒。圣：酒的代称。《三国志·魏书·徐胡二王传》载，尚书郎徐邈酒醉，校事赵达来问事，邈言"中圣人"。达复告曹操，操怒，鲜于辅解释说："平日醉客，谓酒清者为圣人，酒浊者为贤人。"李适之罢相后，尝作诗云："避贤初罢相，乐圣且衔杯。为问门前客，今朝几个来？"此化用李之诗句，说他虽罢相，仍豪饮如常。

❺ 宗之：崔宗之，吏部尚书崔日用之子，袭父封为齐国公，官至侍御史，也是李白的朋友。觞：大酒杯。白眼：晋阮籍能作青白眼，青眼看朋友，白眼视俗人。玉树临风：比喻崔宗之风姿秀美。

❻ 苏晋：开元进士，曾为户部和吏部侍郎。长斋：长期斋戒。绣佛：佛像画。逃禅：这里指不守佛门戒律。佛教戒饮酒，苏晋长斋信佛，却嗜酒，故曰"逃禅"。

❼ "李白……酒中仙"四句：李白以豪饮闻名，而且文思敏捷，常以酒助诗兴。《新唐书·李白传》载，李白应诏至长安，唐玄宗在金銮殿召见他，并赐食，亲为调羹，诏为供奉翰林。有一次，玄宗在沉香亭召他写配乐的诗，而他却在长安酒肆喝得大醉。范传正《李白新墓碑》载，玄宗泛舟白莲地，召李白来写文章，而这时李白已在翰林院喝醉了，玄宗就命高力士扶他上船来见。

❽ 张旭：唐代著名书法家，善草书，时人称之为"草圣"。脱帽露顶：写张旭狂放不羁的醉态。据说张旭每当大醉，常呼叫奔走，索笔挥洒，甚至以头濡墨而书，醒后自视手迹，以为神异，不可复得。

❾ 焦遂：布衣之士，以嗜酒闻名，事迹不详。卓然：神采焕发的样子。

作品解析

盛唐时期张旭名声昭著，李颀的人物诗里就有《赠张旭》。杜甫所写的"八仙"除了张旭外，还有贺知章、汝阳王李琎、曾做过左丞相的李适之、李白的好友崔宗之、好佛而又逃禅的苏晋、大诗人李白与布衣焦遂。盛唐是充满青春活力的浪漫时代，酒便成了这个时代最具代表性的符号之一。

杜甫摄取了每个人不同的醉态，为他们作了速写性质的连环画，或就像今日丁聪的人物肖像漫画，既夸张变形而又逼真生动。其余每人均用两句或三句来写，只有写李白用了四句。全诗以两句起，又以两句结。八人身份各异，有名士与布衣，有诗人与书法家，有王子与宰相，有佛教徒与酒徒，饮酒是他们共同的爱好。他们是盛唐的"酒星"，以不同的性格展示了光华灿烂的黄金时代的精神。每人醉态不同，神情各异，组成了一个丰富多彩的人物画廊。

贺知章"骑马似乘船"，摇摇晃晃，即使"眼花落井"还能在井底打鼾，真是醉得到位！李琎酒量有限，见了酒却看不上已有的汝阳王爵位，总想把自己"移封"到酒泉，在那里喝个痛快。左相崔宗之是李白的酒友，酒量大得惊人，不仅日费万钱，且喝起酒来就像"长鲸吸百川"，伟壮极了。他不愿做宰相，却乐意天天豪饮。李适之是年轻的"酒仙"，一沾酒便"白眼望青天"，潇洒俊美，如玉树临风，醉姿风流！苏晋好佛，一面于佛前长斋，一面贪杯逃禅。李白有酒就有诗，酒成了催生诗歌的"酵母"。长安大街上的酒家，便是他的醉眠之处，就是天子召请呼唤，他也爱理不理，并自称"臣是酒中仙"。"草圣"张旭亦需酒来助兴，三杯入口，便"脱帽露顶"，不管围观者是王公还是驸马，"挥毫落纸"如有神助，字迹有如"云烟"。李颀诗还说他"露顶据胡床，长叫三五声。兴来洒素壁，挥笔如流星"，这几句亦得其神。焦遂酒量大概属于中等，五斗下肚，神采"方卓然"，"高谈雄辩"，滔滔不绝，可以惊动四筵。

杜甫很会"抓拍"，每个镜头都展示了人物的不同个性。全诗一韵到底，满纸酒气。程千帆先生《一个醒的和八个醉的》说："这一群酒徒，个个心中都有难言的悲苦。"果如其言，那也不过是一时的烦恼罢了。

第十章 思乡怀远

本章选录经典释读作品五首——《古诗十九首》之《涉江采芙蓉》，王昌龄《从军行·其一》，韦庄《菩萨蛮（二首）》，柳永《八声甘州·对潇潇暮雨洒江天》；选录拓展阅读作品五首——《诗经·豳风·东山》，《古诗十九首》之《行行重行行》，谢朓《晚登三山还望京邑》，李白《关山月》，李清照《一剪梅·红藕香残玉簟秋》。古代交通、通信等条件有限，出游在外的人往往有羁旅之愁，思乡怀远之情便在古典诗词中普遍流露着。

经典释读

涉江采芙蓉❶

《古诗十九首》

涉江采芙蓉，兰泽❷多芳草。采之欲遗❸谁？所思在远道。还顾望旧乡，长路漫浩浩。同心而离居，忧伤以终老。

要点注释

❶ 芙蓉：荷花。

❷ 兰泽：有兰草的低湿之地。

❸ 遗（wèi）：赠送。

原文赏析

本诗是游子怀乡思亲、欲归不得的忧伤之作。开头两句描写主人公去采摘芙蓉（荷花）。江南民歌中常用谐音双关的手法，芙蓉往往暗含着"夫容"之意，由此可见，此诗乃以女子口吻写思夫之情。"采之欲遗谁？所思在远道"两句，说女子想把采摘的花草送给自己思念的"同心"人，而他却远在天涯。采芳草送人，是古代恋爱生活中的一种风俗。《诗经·郑风·溱洧》有"维士与女，伊其相谑，赠之以芍药"，《楚辞》中《离骚》《九歌·湘君》《九歌·湘夫人》都有实例。可见，采芳草送人，有邀约结恩情之意。当然,《溱洧》只是如实地进行客观叙写,展开一幅社会生活画面;屈原的采芳赠人,并非实写,只是将抽象的思维加以形象的摹写,作为主观情感的象征。本诗所写的采芙蓉和兰草赠送给"同心"人,也是情感的象征,抒写女主人公独自思夫的忧伤,总体来看是以乐景写哀情。

"还顾望旧乡,长路漫浩浩",写思念故乡及故乡的"同心"人,但长路漫漫难以到达。此句中,作者的叙事视角由女子变成了男子,写在远道的所思之人"还顾望旧乡"。实际上,这两句采用了"视通万里,思接千载"(刘勰《文心雕龙》)的手法,"视点"仍在江南,表达的依然是那位采莲女子的情感,不过在写法上采用了"从对面曲揣彼意,言亦必望乡而叹长途"(张玉谷《古诗赏析》)的"悬想"方式,从而造出了"诗从对面飞来"的绝妙虚境。这种"从对面曲揣彼意"的表现方式,与《诗经》中《卷耳》《陟岵》篇的主人公在"悬想"中进入丈夫骑马登山望乡、父母在云际呼唤儿子的情境,有异曲同工之妙。后代很多作品都运用了同样的手法,如杜甫《月夜》"今夜鄜州月,闺中只独看",柳永《八声甘州》"想佳人妆楼颙望,误几回天际识归舟"等。最后两句的一声长叹,既是女子的叹惜,也是女子"悬想"的"同心"人的叹惜。

马茂元先生说:"文人诗与民歌不同,其中思妇词也出于游子的虚拟。"因此,《涉江采芙蓉》最终仍是游子思乡之作,只是在表现游子的苦闷忧伤时,采用了"思妇调"的"虚拟"方式:"在穷愁潦倒的客愁中,通过自身的感受,设想到家室的离思,因而把一种性质的苦闷,从两种不同的角度表现出来。"(马茂元《论〈古诗十九首〉》)从这一点看,《涉江采芙蓉》为表现游子思乡的苦闷,不仅虚拟了全篇的"思妇"之词,而且在虚拟中又借思妇口吻,"悬想"出游子"还顾望旧乡"的情景。这样的诗情抒写,堪称奇思妙想!

名家评笺

古诗十九首情真、景真、事真、意真,澄至清,发至情。

(元·陈绎曾《诗谱》)

十九首深衷浅貌,短语长情。

(明·陆时雍《古诗镜》)

千古五言之祖。

(明·王世贞《艺苑卮言》)

观其结体散文，直而不野，婉转附物，惆怅切情，实五言之冠冕也。

（南朝·刘勰《文心雕龙》）

《古诗十九首》，不必一人之辞，一时之作。大率逐臣弃妻、朋友阔绝、游子他乡、死生新故之感，中间或寓言，或显言，反复低徊，抑扬不尽，使读者悲感无端，油然善入。此《国风》之遗也。

（清·沈德潜《古诗源》）

清和平远，不必奇辟之思，惊险之句，而汉京诸古诗皆在其下。五言中方圆之至。

（清·沈德潜《古诗源》）

当代价值

《古诗十九首》是汉末文人创作的诗歌，其情感的表达不同于乐府诗的直抒胸臆。《涉江采芙蓉》抒发下层文人的漂泊之苦、思乡之情。诗歌借采芙蓉抒写怀人思乡之情，情感的表达委婉含蓄。李因笃评价其"思友怀乡，寄情兰芷，离骚数千言，括之概略"。此言概括了古典诗词含蓄蕴藉、词约义丰的特点，也体现了古代文人语言表达的高超艺术。

拓展训练

《涉江采芙蓉》是《古诗十九首》中思乡怀远题材的代表作品，作为东汉文人五言诗的典型，《古诗十九首》有较高的艺术成就。学习《古诗十九首》，体会其抒情特点。

链接资料

《古诗十九首》之《庭中有奇树》

从军行·其一

王昌龄

烽火城西百尺楼，黄昏独上海风秋❶。更吹羌笛关山月，无那❷金闺万里愁。

要点注释

❶ 独上：一作"独坐"。海风秋：西北有不少大湖称作海，这里指湖风吹来带着秋意的寒风。

❷ 无那：同"无奈"，无可奈何。

原文赏析

《从军行》本是乐府旧题，属于《相和歌辞·平调曲》，内容多为军旅战争之事。王昌龄这组诗共七首，从不同的角度反映了当时边塞的军事生活，此为第一首。这首诗写边塞将士久戍边地的思乡怀人之情，继承了《诗经》征役诗写征夫哀歌的传统。

前两句写其人黄昏时候独坐戍楼，湖风扑面，秋意袭人。"百尺楼"极言戍楼之高，楼越高看得越远，可是万里之外的故乡依然无法看到，正如柳永《八声甘州》"不忍登高临远，望故乡渺邈，归思难收"，思乡之情油然而生。黄昏时分最易怀人，日落时分万物将息，似乎都有其归宿，但是独坐戍楼的将士思归之心又何处安放！黄昏的湖风带着秋意的寒凉，更添一层悲凉感伤。在紧张的战斗中，是不可能有闲暇思家的，而现在既未投入战斗，又未派任值勤，只是黄昏独坐，凭高眺远，自然乡愁难遣，于是自然地拿起羌笛以寄托愁思。此时也许看到已然升起的高高明月，所以自然吹奏起以伤离为主题的乐曲《关山月》。通过笛声，我们已体会到这位将士思念家乡亲人的感情。末句却从对面写来，不直说将士对妻子的思念有多深切，而说他想到妻子在万里之外因为挂念自己忧愁伤心，夫妻两人对长久的别离、无望的等待都同样地无可奈何。

此诗先写将士在边塞独坐思乡，次写借吹笛寄托思乡怀人之怨，再想象闺中佳人思念自己，层层深入地展现了边塞将士的思归之情。宋代顾乐《唐人万首绝句选》说王昌龄"从军诸作，皆盛唐高调，极爽朗，无一直致语"，此诗便是典范，诗只二十余字，却含蓄蕴藉，意蕴深远，将士思归的深情溢于言表。

名家评笺

七言绝句，少伯与太白争胜毫厘，俱是神品。

（明·王世贞《艺苑卮言》）

龙标七绝妙在全不说出，读未毕而言外目前可思可见矣，然亦终说不出。

（明·王世贞《艺苑卮言》）

龙标绝句，深情幽怨，意旨微茫，令人测之无端，玩之无尽，谓之唐人《骚》语可。

（清·沈德潜《唐诗别裁集》）

青莲绝句纯乎天籁，非人力之所能为，少伯则字字百炼而出之，两家蹊径各别，犹画家之有南北二宗也。

（清·管世铭《读雪山房唐诗序例》）

当代价值

　　王昌龄被后人称为"七绝圣手"，《从军行》是一组七首边塞诗，展现了盛唐文人的乐观昂扬精神。此首为其一，言边塞将士的思乡怀人之情，虽不像其他几首直言边塞将士的豪情壮志，但也委婉多讽，雄浑自然。"百尺楼""海风""关山月"都是极为阔大的意象，体现了盛唐气象。戍边将士不仅要遭受边塞苦寒和战争之苦，同时也经历离家怀人之苦，所以古典诗词中抒写征夫思乡怀人的作品非常普遍，这些诗词反映了戍边将士的生活境况，也表现了戍边将士的精神世界，从古及今皆是如此。这种抒写极生动也极感人，让我们从中体会到一方安宁的来之不易。

拓展训练

　　王昌龄被后人称为"七绝圣手"，阅读《从军行·其一》，分析此诗委婉含蓄的艺术特点。

链接资料

《唐宋文学编年地图——王昌龄一生行迹图》

菩萨蛮（二首）

韦庄

其二

人人尽说江南好❶，游人只合江南老❷。春水碧于天❸，画船听雨眠。

垆边❹人似月，皓腕凝霜雪❺。未老莫还乡，还乡须断肠❻。

🖊 要点注释

❶ 江南好：白居易《忆江南》词首句为"江南好"。

❷ 游人：这里指漂泊江南的人，即作者自谓。只合：只应。

❸ 碧于天：一片碧绿，胜过天色。

❹ 垆边：指酒家。垆：旧时酒家用土砌成的放酒瓮的地方。

❺ 皓腕凝霜雪：形容双臂洁白如雪。凝霜雪：像凝聚的霜雪那样洁白。

❻ "未老莫还乡，还乡须断肠"两句：是说尚未年老，且在江南行乐。如还乡离开江南，当使人悲痛不已。须：必定，肯定。

📖 原文赏析

韦庄避乱南方时，写了一组《菩萨蛮》，共五首，此词是第二首。韦庄词情感真切、清丽自然，不同于花间词的香软浓艳。全词风格疏朗，一气直下，没有一句隐晦难懂之话，体现了韦庄词语言自然显白的特点。

首句"人人"即每个人或所有的人。"游人"指离家远游或久居外乡的人，更是词人的自称，韦庄出身于唐代望族杜陵韦氏，只可惜生于唐末，家族早已没落，又逢黄巢起义，避乱流寓江南，所以他在江南也不过是"游人"而已。词人缘何甘愿老于江南呢？一是因为景色之佳："春水碧于天，画船听雨眠。"这两句描绘了江南美景，展现了江南水乡的风貌。二是因为人情之美："垆边人似月，皓腕凝霜雪。"此处以卓文君比喻垆边女子，以皓腕指代美人，以"月"和"霜雪"见人之端庄雅洁。如此美景，如此美人，怎能不让人流连忘返，甘愿老于江南呢？正是"此情此景，生于雍、冀者，实未曾梦到"（许昂霄《词综偶评》）。

结句云"未老莫还乡，还乡须断肠"，抒写自己的情感。这里"未老莫还乡"陡转，反跌出"还乡须断肠"，暗示出中原丧乱的现实，无限悲凉隐于字里行间。故陈廷焯《云韶集》云："一幅春江图画，意中是思乡，笔下却说江南风景好，真正泪溢衷肠，无人省得。结言风尘辛苦，不到暮年，不得回乡。预知他日还乡必断肠也，与第二句口气合。"

在唐五代文人词以香软浓艳的花间词风流行之时，韦庄却以词抒情，逐渐脱离了伶工歌妓之词，使词有了独立的生命。他的这种倾向影响了后来的李煜、苏轼、辛弃疾诸大家。

其三

如今却忆江南乐，当时年少春衫薄。骑马倚斜桥，满楼红袖❶招。

翠屏金屈曲❷，醉入花丛❸宿。此度见花枝❹，白头誓不归。

要点注释

❶ 红袖：指代少女。梁简文帝《采莲赋》云："素腕举，红袖长。"这里指青楼中的妓女。

❷ 翠屏：镶有翡翠的屏风。金屈曲：屏风的折叠处反射出金光。一说金屈曲是屏风上的金属环纽。

❸ 花丛：指代游冶处的艳丽境界。

❹ 花枝：比喻所钟爱的女子。

原文赏析

此词首句"如今却忆江南乐"，正如俞平伯先生所说："当年之乐当年不自知，如今回忆，江南正有乐处也。"（《读词偶得》）接下来叙述江南之事，"春衫薄"与"骑马倚斜桥"，可见当时少年时，其风度翩翩、英姿飒爽，因此"满楼红袖招"，表现出"当时"在江南的放浪形骸。

下片"翠屏金屈曲，醉入花丛宿"二句紧承前文，把当年在江南的"乐"推向高潮，纵情畅饮，无比快乐。"此度见花枝，白头誓不归"二句骤转，回到眼前的现实。此处"白头"形容年老，是词人自叹年老，还是昔日钟爱之人"白头"，或许二者皆有。江南依旧是江南，可是已经"物是人非"了，"白头"便是最好的见证。昔日的英姿飒爽不再，昔日的"花枝"也已不再，如今只有年老而"白头"，至此词人怎能不"誓不归"。正如俞平伯先生所说："'此度'两句，一章之主意。谭献曰'意不尽而语

尽'，此评极精，把话说得斩钉截铁，似无余味，而意却隽长，愈坚决愈缠绵，愈忍心则愈温厚。"（《读词偶得》）

结尾二句应上片"满楼红袖招"而来，表面看起来语气似乎决绝，实则其中蕴含了无可奈何之情，深层次的故国之思尽在其中。此词叙事抒情，浅白如话，看似直、达、疏、淡，骨子里却是纡、郁、密、浓。细细读来，词中的漂泊之感、乱离之痛、怀旧之情，便可感之。

名家评笺

端己词清艳绝伦，初日芙蓉春月柳，使人想见风度。

（清·周济《介存斋论词杂著》）

韦文靖词与温方城齐名，熏香掬艳，眩目醉心。尤能运密入疏，寓浓于淡，花间群贤，殆鲜其匹。

（清·况周颐《唐五代词人考略》）

韦端己词，似直而纡，似达而郁，最为词中胜境。

（清·陈廷焯《白雨斋词话》）

韦端己、冯正中诸家词，留连光景，惆怅自怜，盖亦易飘扬于风雨者。若第论其吐属之美，又何加焉！

（清·刘熙载《艺概》）

"弦上黄莺语"，端己语也，其词品亦似之。端己词情深语秀，虽规模不及后主、正中，要在飞卿之上。观昔人颜、谢优劣论可知矣。温飞卿之词，句秀也。韦端己之词，骨秀也。

（王国维《人间词话》）

韦氏此词凡五首，实一篇之五节耳。……表面上看是故乡之思，骨子里说是故国之思。思故乡之题小，宜乎小做。怀故国之题大，宜乎大做……更进一步说，不仅有故国之思也，且兼有兴亡治乱之感焉。

（俞平伯《读词偶得》）

🎓 当代价值

唐五代时期，词多为娱宾遣兴的伶工之词，韦庄《菩萨蛮》却借小词抒写文人情怀故国之思、乱离之感，词境更为阔大。词中写江南的风光秀美，美人如月，但终究不是故乡，此时故乡长安已处在祸乱之中，让词人想起不由得悲伤。此词以乐景写哀情，对比之中，流丽之外，衬托出词人内心的哀伤，这种乡愁国恨也牵动读者之心。

拓展训练

　　韦庄和温庭筠同是花间词派的代表词人，韦词清丽，不同于温词的浓艳。通过学习韦庄的《菩萨蛮》，分析其词"骨秀"的特点。

🔗 链接资料

　　元·辛文房《唐才子传》卷十之《韦庄传》

八声甘州·对潇潇暮雨洒江天

柳永

对潇潇暮雨洒江天，一番洗清秋❶。渐霜风凄紧❷，关河❸冷落，残照当楼❹。是处红衰翠减❺，苒苒物华休❻。惟有长江水，无语东流。

不忍登高临远，望故乡渺邈❼，归思❽难收。叹年来踪迹，何事苦淹留❾。想佳人、妆楼颙望❿，误几回、天际识归舟⓫。争⓬知我，倚栏杆处，正恁凝愁⓭！

要点注释

❶ "对潇潇暮雨洒江天，一番洗清秋"二句：写眼前的景象。潇潇暮雨在辽阔江天飘洒，经过一番雨洗的秋景分外清朗寒凉。潇潇：形容风雨急骤。清秋：清冷的秋景。

❷ 霜风：深秋的风。凄紧：凄凉紧迫，寒意逼人。

❸ 关河：关塞与河流，此指山河。

❹ 残照：落日余光。当：对。

❺ 是处：到处。红衰翠减：指花叶凋零。红：代指花。翠：代指绿叶。

❻ 苒（rǎn）苒：同"荏苒"，形容时光消逝。物华：美好的景物。休：这里是衰残的意思。

❼ 渺邈（miǎo）：远貌，渺茫遥远；一作"渺渺"，义同。

❽ 归思：渴望回家团聚的心思。

❾ 淹留：长期停留。

❿ 佳人：美女。古典诗词中常用佳人代指自己所怀念的对象。颙（yóng）望：抬头凝望。

⓫ 误几回、天际识归舟：多少次错把远处驶来的船只当作心上人的归舟。语意出自温庭筠《望江南》词："过尽千帆皆不是，斜晖脉脉水悠悠，肠断白蘋洲。"天际：指目力所能达到的极远之处。

⓬ 争：怎。

⓭ 恁（nèn）：如此。凝愁：愁苦不已，愁苦凝结，难以化解。凝：凝结。

原文赏析

柳永在北宋词坛有非常重要的地位，他不仅拓展了词的题材范围，也发展了词的形式和表现手法。柳永自称"才子词人，自是白衣卿相"（《鹤冲天·黄金榜上》），在词坛负有盛名，可以说"凡有井水饮处，即能歌柳词"。但柳永的仕途并不十分顺意，他从福建老家不远千里来到汴京（今开封）求仕，却科场蹭蹬。加之他放浪形骸，专爱给青楼歌妓填词传唱，为深受儒家思想影响的宋儒所不屑。

柳永的词大部分是"执手相看泪眼"之类的言情之作，非常符合市民阶层的审美和心理需求。但是长久羁旅行役，他的内心也充满了对故乡的思念和对人生失意的感慨。《八声甘州·对潇潇暮雨洒江天》作为他羁旅行役词的代表，抒写了羁旅情思。篇中大开大合，波澜起伏，声情激越，章法严密，首尾对应，境界绮丽悲壮。

上片写景，词人登上高楼，面对滚滚东逝的长江，含蓄地表达了对时间流逝的感慨。站在高楼上感受到的是潇潇暮雨的凄冷，但转眼又是残照当楼，自然天气的变幻，让词人感受到人生的无常。眼前所望，满目都是"红衰翠减"的萧瑟景象。自然景象的萧瑟与词人内心的凄凉交融，实现了物我合一。于是，对长期漂泊、远离家乡、仕途不顺的感慨一股脑儿涌上心头。下片抒发词人内心复杂、多层次的感情。悲秋情怀与登高感慨由眼前之景触发，思乡之情和怀人之感油然而生，羁旅之愁又引发了词人对仕途坎坷的感慨，情感真挚，感人至深。

名家评笺

东坡云："世言柳耆卿曲俗，非也。如《八声甘州》云'霜风凄紧，关河冷落，残照当楼'。此语于诗句，不减唐人高处。"

（宋·赵令畤《侯鲭录》）

柳三变喜作小词，薄于操行，当时有荐其才者，上曰："得非填词柳三变乎？"曰："然。"上曰："且去填词。"由是不得志，日与儇（xuān）子纵游倡馆酒楼间，无复检约。自称云"奉圣旨填词柳三变"。

（宋·严有翼《艺苑雌黄》）

余仕丹徒，尝见一西夏归朝官云："凡有井水饮处即能歌柳词。"言其传之广也。

（宋·叶梦得《避暑录话》）

柳词格固不高，而音律谐婉，词意妥帖，承平气象，形容尽致，尤工于羁旅行役。

（宋·陈振孙《直斋书录解题》）

当代价值

柳永是北宋词坛的一座"里程碑"，在词坛上可谓"才子词人"，但仕途蹭蹬。在礼优文士的宋代，文人受儒家思想的影响很大，好流连青楼妓馆的柳永就显得格格不入。他表面上看起来有一种"青春都一晌，忍把浮名换作浅斟低唱"的逍遥不羁，但是一生数次参加科举考试，孜孜不倦地追求功名仕途。这首《八声甘州·对潇潇暮雨洒江天》是柳永羁旅行役心迹的真实流露，自古至今，故乡永远是人们所牵绊的心灵港湾，这种乡愁和乡情也是游子割不断的情感。此词把一个游子的思乡怀人之情，写得生动感人。

拓展训练

柳永自称"才子词人"，但因流连青楼妓馆、喜作伶工之词的浪子个性，多为宋代文人所不齿。阅读《八声甘州·对潇潇暮雨洒江天》，谈谈你对柳永的评价。

链接资料

《唐宋文学编年地图——柳永一生行迹图》

拓展阅读

豳风·东山

《诗经》

我徂东山，慆慆①不归。我来自东，零雨其蒙②。我东曰归，我心西悲。制彼裳衣，勿士行枚③。蜎蜎者蠋④，烝⑤在桑野。敦彼⑥独宿，亦在车下。

我徂东山，慆慆不归。我来自东，零雨其蒙。果臝⑦之实，亦施于宇⑧。伊威⑨在室，蟏蛸⑩在户。町畽⑪鹿场，熠耀宵行⑫。亦可畏也？伊可怀也。

我徂东山，慆慆不归。我来自东，零雨其蒙。鹳鸣于垤⑬，妇叹于室。洒扫穹窒⑭，我征聿⑮至。有敦瓜苦⑯，烝在栗薪。自我不见，于今三年。

我徂东山，慆慆不归。我来自东，零雨其蒙。仓庚⑰于飞，熠耀其羽。之子于归，皇驳其马⑱。亲结其缡⑲，九十其仪。其新孔嘉，其旧如之何？

要点注释

① 慆（tāo）慆：长久。

② 零雨：细雨。其蒙：蒙蒙，微雨貌。

③ 士：同"事"，这里作动词，即从事。行枚：衔枚。古代行军时人和马口中横衔着一根木棍，以防出声而暴露行迹。

④ 蜎（yuān）蜎：蚕类蠕动的样子。蠋（zhú）：野蚕。

⑤ 烝（zhēng）：长久。

⑥ 敦彼：身体蜷缩成团。

⑦ 果臝（luǒ）：蔓生植物，即瓜蒌。

⑧ 施（yì）：蔓延，爬满。宇：屋檐。

⑨ 伊威：土鳖虫。

⑩ 蟏蛸（xiāoshāo）：长脚蜘蛛。

⑪ 町疃（tǐngtuǎn）：院旁空地。

⑫ 熠耀（yìyào）：闪闪发光的样子。宵行：磷火，俗称鬼火。

⑬ 鹳（guàn）：水鸟名，似鹤，喜阴雨，食鱼。垤（dié）：土堆。

⑭ 穹窒：清除脏物。

⑮ 聿（yù）：虚词，有"将"的意思。

⑯ 有敦：即敦敦，圆圆。瓜苦：即苦瓜。

⑰ 仓庚：黄莺。

⑱ 皇：毛色黄白的马。驳：毛色红白的马。

⑲ 亲：指妻子的母亲。结：系上。缡（lí）：女子的佩巾。

作品解析

这是一首描写久服兵役的将士在归途中思念家人的诗。《毛序》以为此诗是颂美周公东征，此说颇迂曲。马瑞辰《通释》以为作者所参加的是周公伐奄之战，可从之。

全诗四章，体现了《诗经》重章叠句、反复叠沓的形式特征。首章直赋其事，言自己东征，久处在外，思念家乡，劳苦倦极，写"勿士行枚"之可喜。二章想象可能早已荒废的家园，又怕又怀念，一片凄凉黯然景象，但仍令自己牵挂思念。三章想象妻子对自己的思念，设想妻子想念、盼望自己归来的情形，情深而意挚。末章回忆新婚情形而向往久别重逢之乐。途中的绵绵思绪，皆娓娓道来，反复嗟叹，情深而意挚，十分感人。

全诗绘景如画，抒情如见，悲喜交加，浮想联翩，为《诗经》三百篇中难得的佳作。牛运震《诗志》云："一篇悲喜离合，都从室家男女生情。开端'敦彼独宿，亦在车下'，隐然动劳人久旷之感；后文'妇叹于室''其新孔嘉'，倦倦于此，三致意焉。夫人情所不能已，圣人弗禁。东征之士，谁无父母？岂鲜兄弟？而夫妇情艳之私尤所缱切。此诗曲体人情，无隐不透，直从三军肺腑，扪滤一过，而温挚婉恻，感激动人。"姚际恒《诗经通论》云："末章骀荡之极，直是出人意表，后人作从军诗必描画闺情，全祖之。"

行行重行行①

《古诗十九首》

行行重行行，与君生别离。相去万余里，各在天一涯。道路阻且长，会面安可知？胡马倚北风，越鸟巢南枝❷。相去日已远，衣带日已缓。浮云蔽白日❸，游子不顾❹反。思君令人老，岁月忽已晚。弃捐❺勿复道，努力加餐饭。

要点注释

❶ **重行行**：是说走个不停。

❷ **"胡马倚北风，越鸟巢南枝"两句**：北方所产的马依恋北风，南方的鸟巢于南枝，比喻不忘本。

❸ **浮云蔽白日**：比喻游子的心为人所惑。

❹ **顾**：念。

❺ **捐**：弃。

作品解析

本诗是思妇诗，描写一个女子在动荡岁月中对丈夫的相思之情，也反映了东汉末年社会动荡的现实。

全诗首叙初别之情，次叙路远会难，再叙相思之苦，末以宽慰与期待作结。具体来说，前六句写离别，追溯过去；后十句写相思，倾诉此时的心情。此诗语言浅近自然，内涵丰富深厚，有明显的民歌风格。

首句连用四个"行"字，极言其远，既言空间上很远（对应下句"相去万余里"），也指时间上很久（对应下句"相去日已远"），为全诗营造了一种沉重、压抑、痛苦、伤感的氛围。接着道出原委："与君生别离"。"生别离"并非指人生一般的别离，而是有别后难以再次相聚的含义，楚辞有"悲莫悲兮生别离"，因而"生别离"是最可悲的。这句和《孔雀东南飞》中的"生人作死别"用意相近，所以下面说"会面安可知"。动荡的社会使得无数家庭遭逢同样的厄运，造成了"相去万余里，各在天一涯"的别离悲剧。由于"道路阻且长"，女子不能主动找到丈夫。"长"承上文"万里""天涯"而言，指路途遥远；"阻"不但指道路的坎坷曲折，凡一切足以造成旅行障碍的社会人事因素也都包括在内。正因如此，所以才说会面难期。虽是生离，也就等于死别了。生离死别在东汉末年是人们普遍的生存状态，背后也隐藏着时代动荡的影子。

后十句中，"胡马倚北风，越鸟巢南枝"两句应是汉代流行的歌谣，常用以比喻人的思乡之情。飞禽走兽尚且如此，人何以堪？这两句用比兴手法，比直说更强烈感人。表面上喻远行君子，说明物尚有情、人岂无思的道理，同时暗喻思妇对远行君子深婉的怀恋和相思。"相去日已远，衣带日已缓"两句写相思之情。上句谓别离之久，下句言思念之深。久别深思，人日渐消瘦，衣带自然松弛，与柳永《蝶恋花》词中的"衣带渐宽终不悔，为伊消得人憔悴"含义相同。"浮云蔽白日，游子不顾反"两句，还是以比喻表达心事。"浮云蔽日"，一般比喻谗臣之蔽贤；"白日"隐喻君王，这里是指远游未归的丈夫。"浮云"是设想他另有新欢，象征彼此间感情的障碍。这两句是思妇对游子薄幸的怀疑，委婉地通过比喻表达心声，更是对迷离怅惘、刻骨相思心情的反应。紧接着两句，是女子又重申自己的心情。"胡马依北风""越鸟巢南枝""浮云蔽白日""游子不顾反"四句从对方着笔，是虚写；"相去日已远""衣带日已缓""思君令人老""岁月忽已晚"四句是就居者设词，是实叙。两两对照，彼此参错，句句有转折，愈转而意愈深。最后两句是强作宽慰，张玉谷曾解释这两句诗"不恨己之弃捐，惟愿彼之强饭"，最是分明。相思之苦本来是一种抽象的心理状态，而作者通过胡马、越鸟、浮云、白日等恰当的比喻，及对带缓、人老等细致的描写，把悲苦的心情刻画得生动具体、淋漓尽致。

晚登三山还望京邑

谢朓

灞涘望长安，河阳视京县。白日丽飞甍❶，参差❷皆可见。余霞散成绮❸，澄江静如练❹。喧鸟覆春洲，杂英满芳甸。去矣方滞淫❺，怀哉罢欢宴。佳期怅何许，泪下如流霰❻。有情知望乡，谁能鬒❼不变？

要点注释

❶ 丽：使动用法，这里有"照射使……色彩绚丽"的意思。飞甍（méng）：上翘如飞翼的屋脊。甍：屋脊。

❷ 参差：高低不齐的样子。

❸ 绮：有花纹的丝织品，锦缎。

❹ 澄江：清澈的江水。练：白色的熟绢。

❺ 滞淫：久留。

❻ 霰（xiàn）：小冰粒。

❼ 鬒（zhěn）：黑发。

作品解析

谢朓因事被贬宣城（今安徽宣州），离京时充满留恋，便形成了这首诗的开头。他又善于发端，借王粲避乱离长安所作《七哀》"南登灞陵岸，回首望长安"的"喟然伤心肝"，以及潘岳在河阳县曾有的"引领望京室"的留恋之情，抒发离开金陵（今江苏南京）的伤感。

"白日……静如练"四句是此篇的名章隽句，是说当夕阳照亮了宫殿的屋脊，建筑物的高低阴暗清晰毕现时，是多么让人眷恋这美丽的都市，此为俯视。远望西天，晚霞就像散开的锦缎；眺望长江，澄澈的江水就像一条长长的白色绸绢。云霞与澄江本是动态，却用静态丝织品为喻，把活的写死，进而又把死的写活，可谓"捏死弄活"。远水无波，霞色似锦，都抓住了物象的特点。"喧鸟覆春洲，杂英满芳甸"两句，则为视、听觉结合的描写，且不停变化。最后六句，句句言情，改变了大谢山水诗以议论结尾而成"玄言尾巴"的模式，显示出大、小谢山水诗表现手法的发展变化。"泪下如流霰"的比喻，既是抒情，又与以上山水描写悄然配合得非常自如。末尾的反诘，又使感情深入一层。

小谢诗中经常把金陵帝都看作家乡，他的恋京情结对唐诗影响甚远。言情又能达到浅语情深，描写景物明丽清新、兴象华妙，所以形成双向吸引力，引发了唐代诗人极为普遍的崇拜。

关山月

李白

明月出天山，苍茫云海❶间。长风几万里，吹度玉门关。汉下白登道，胡窥青海湾。由来❷征战地，不见有人还。戍客❸望边邑，思归多苦颜。高楼❹当此夜，叹息未应闲。

要点注释

❶ 云海：云气苍茫像海。

❷ 由来：从来。

❸ 戍客：防守边塞的兵士。

❹ 高楼：戍客妻室所居之处。

《关山月》为乐府旧题，鼓角横吹十五曲之一。从题目看，此诗当与边事有关。

"明月出天山，苍茫云海间。长风几万里，吹度玉门关"，首四句先写西北边地气象。天山，为亚洲中部山系。玉门关，汉武帝时置，故址在今甘肃敦煌西北。皓月当空，浮现于天山苍茫云海之间；长风万里，吹掠过巍巍玉门关之前。意境是何等之雄浑阔大。明代胡应麟曾评："浑雄之中，多少闲雅。"

"汉下白登道，胡窥青海湾。由来征战地，不见有人还"，中四句继续写西北战地之险恶。白登，山名，在今山西大同东北。据《汉书·匈奴传》，汉高祖刘邦曾亲自率军出击匈奴，结果被匈奴冒顿单于在白登山包围了七日。青海湾，即今青海湖，唐代时为唐军与吐蕃连年征战之地。这四句则以极概括的手法，揭示出古往今来征战地的战事之残酷。

"戍客望边邑，思归多苦颜。高楼当此夜，叹息未应闲"，尾四句转入西北"戍客"之抒情。边地的环境是如此艰苦，何时收兵又难以预料，因而征人自然会因思乡而感到痛苦。但是，诗人写征人思归之情切，却由此想象其妻子此时亦在怀念征人，夜深难眠，叹息未已，从而更真切地展现出征人此时的思乡之情。正可谓曲折有致，余味深长。

第十章 思乡怀远

一剪梅·红藕香残玉簟❶秋

李清照

红藕香残玉簟秋，轻解罗裳，独上兰舟❷。云中谁寄锦书❸来？雁字回时，月满西楼。

花自飘零水自流，一种相思，两处闲愁。此情无计可消除，才下眉头，却上心头。

❶ 玉簟（diàn）：光滑似玉的精美竹席。

❷ 兰舟：《述异记》中说木质坚硬而有香味的木兰树是制作舟船的好材料，诗家遂以木兰舟或兰舟为舟之美称。一说"兰舟"特指睡觉的床榻。

❸ 锦书：对书信的一种美称。

作品解析

南渡以前李清照的生活是幸福的，她有着父母的宠爱、美满的婚姻、良好的教育、过人的才华，称得上是"天之骄女"。如果说有一点愁，则是女子的闲愁，伤春的情怀，还有就是丈夫赵明诚游官在外，与之暂时分别的离愁。《一剪梅·红藕香残玉簟秋》就是抒写李清照闲愁的代表作品。

元代伊士珍《琅嬛记》载："易安结缡未久，明诚即负笈远游，易安殊不思别，觅锦帕书《一剪梅》词以送之。"相思离别，千古一情，在李清照的笔下韵致天然，魅力独具。这首饱含深挚思念的作品，也在诸多读者中引起了广泛共鸣。

词的上片写别后的相思之情。"红藕香残"点明时间是初秋，"独上兰舟"是说离别之后词人独自坐船出游，一"独"字透露出淡淡的孤单之感。也许词人乘船出游正是为了消解相思之苦，可是偏偏这时头顶上有大雁飞过，平添了孤独感和对丈夫的思念之情。"云中谁寄锦书来"是"雁字回时"引起的联想，"鸿雁传书"，却不知这群雁能否为自己带来丈夫的书信。此外，大雁飞行时，或排成"一"字或排成"人"字，合起来就是"一人"，所以常会引发人们对离人的思念之情。

下片仍写相思。先用"花自飘零水自流"的比喻寄托情思，埋怨花顾自飘零和水顾自流淌，不理解自己的相思之苦。"一种相思，两处闲愁"深入一层，抒写出夫妻两地双向的相思，并从这双向相思中表达出二人心心相印的挚爱。结尾三句，把相思之情写得有形、有影、有动作，并借一"下"一"上"，生动地传达出内心情绪复杂微妙的变化，运笔奇巧。全篇用语浅近，情感深挚，对偶工整自然，体现了"易安体"通俗简约的风格。

第十一章 天人和谐

本章选录经典释读作品三首——王维《山居秋暝》，杜甫《春夜喜雨》，辛弃疾《清平乐·村居》；选录拓展阅读作品四首——柳永《望海潮·东南形胜》，王维《终南山》，《诗经·豳风·七月》，辛弃疾《西江月·夜行黄沙道中》。山川田园为古代文人提供了一片心灵的诗意栖居地，古代文人用诗词记录山川田园的静美和谐，景人合一，天人合一。

经典释读

山居秋暝

王维

空山新雨后，天气晚来秋。明月松间照，清泉石上流。竹喧归浣女，莲动下渔舟。随意春芳歇❶，王孙自可留❷。

要点注释

❶ 随意：任凭。春芳：春天的花草。歇：消散，消失。

❷ 王孙：原指贵族子弟，此处指诗人自己。留：居。

原文赏析

王维是唐代文人中颇具艺术才华的一位，他精通绘画、熟悉音乐，加之具有极高的文学修养，使他的诗歌"词秀调雅"，具有诗情画意之美。苏轼在《书摩诘蓝田烟雨图》中说："味摩诘之诗，诗中有画；观摩诘之画，画中有诗。"王维也说自己"宿世谬词客，前身应画师"（《偶然作》）。这首《山居秋暝》是体现王维诗歌诗情画意特点的代表作。

从诗题看，此诗是诗人隐居山中时一个秋天傍晚所作。首联"空山新雨后，天气晚来秋"，以极简练的笔法，交代出地点、天气和时令。这里的"空山"，并非"荒山"之意，而正如王维的另一首《鸟鸣涧》中"人闲桂花落，夜静春山空"所云，是形容山中分外静谧之词。

额联"明月松间照，清泉石上流"，这是王维写景诗中的名联。皓月当空，于林间映照；清泉涌出，自石上流淌。这是何等幽雅的境界，又与首句的"空山"相照应。

颈联"竹喧归浣女，莲动下渔舟"，其出句和对句均使用了倒装句式，按正常语序，应是"浣女归（而）竹喧，渔舟下（而）莲动"。如此写法，一是满足了押韵和平仄的需要，二是使句式更跌宕变化，由此见出诗人锤炼字句功夫之深。竹林中忽然传来一阵欢声笑语，打破了空山的静谧，原来是一群浣衣少女笑逐归来；荷叶一阵摇曳，倾翻了叶上晶莹的露珠，原来是数只下行渔舟搅动了水面。这纯洁美好的生活画面，反映出诗人对山林生活的眷恋和热爱。

尾联"随意春芳歇，王孙自可留"，遂自然抒发出诗人的高洁情怀。《楚辞·招隐士》云："王孙兮归来，山中兮不可久留！"诗人却反用其典，表明自己已决意归隐山中。尽管春天的芳菲已经消歇，但秋天的风景如此美好，何论"悲哉秋之为气"！"王孙"自可久留山中，欣赏并感受这秋日的美景与山中的静谧安逸。

诗为心志，文为心声。此诗在通篇展示的自然美和现实生活美中，充分表现出诗人的人格美及理想美。

名家评笺

维诗词秀调雅，意新理惬，在泉为珠，着壁成绘，一句一字，皆出常境。

（唐·殷璠《河岳英灵集》）

味摩诘之诗，诗中有画；观摩诘之画，画中有诗。吴生（道子）虽妙绝，犹以画工论。摩诘得之像外，有如仙翮谢笼樊。吾观二子皆神俊，又于维也敛衽无间言。

（宋·苏轼《书摩诘蓝田烟雨图》）

维诗入妙品上上，画思亦然。至山水平远，云势石色，皆天机所到，非学而能。

（元·辛文房《唐才子传》）

当代价值

唐代经济的繁荣，文化的开放，以及多元思想的融合，使文人纵情山水蔚然成风，于是山水成为文人笔下的重要题材，促成了山水田园诗派的形成，山水自然也是文人心灵的诗意栖居地。王维《山居秋暝》写出秋的静美，一反传统诗歌中"悲秋"的情感基调。在他的笔下，秋雨、明月、清泉、山竹、浣女、渔舟都是那样清朗明丽、和谐静好，真是"我看青山多妩媚，青山看我当如是"，人与自然和谐共生，自然让人流连忘返。

拓展训练

王维是唐代著名的诗人、画家、音乐家，他能够融合不同的艺术于诗歌创作中，所以其诗词秀调雅、诗中有画。学习《山居秋暝》，体会其中的诗情画意之美。

🔗 链接资料

古诗词新唱：《山居秋暝》

春夜喜雨

杜甫

好雨知时节①，当春乃发生②。随风潜③入夜，润物④细无声。野径云俱黑，江船火独明⑤。晓看红湿处⑥，花重锦官城⑦。

要点注释

① 知：明白，知道。说雨知时节，是一种拟人化的写法。

② 乃：就。发生：萌发生长。

③ 潜（qián）：暗暗地，悄悄地。这里指春雨在夜里悄悄地随风而至。

④ 润物：使植物受到雨水的滋养。

⑤ "野径云俱黑，江船火独明"两句：满天乌云，连小路、江面、江上的船只都看不见，只能看见江船上的点点灯火，暗示雨意正浓。野径：田野间的小路。

⑥ 晓：天刚亮的时候。红湿处：雨水湿润的花丛。

⑦ 花重：花因为饱含雨水而显得沉重。锦官城：故址在今成都市南，亦称锦城。三国蜀汉时管理织锦之官驻此，故名。后有人将其用作成都的别称。

原文赏析

杜诗中有许多写雨的作品，苦雨多而喜雨少，此诗反常，倒成名作。开头一曰"好雨"，再曰"知时节"，又曰"当春"，欣喜之情一阵比一阵强烈。"贵如油"的春雨，"当春乃发生"，怎么不令人兴奋欢庆？春雨细微，又是夜间而来，故诗人谓之"潜入"。春雨悄然无声地滋润万物，"润""细""无声"与上句"潜入"真是摄春雨之神。这是迎着春雨感受到的，初下时不知，风带来凉意，走到屋外才发现。此两句流水对带着音乐般轻盈的旋律，诗人的惊喜之情不言而喻。门外熟悉的小路与天上的云一样乌黑，不辨东西，只有江船上的灯光可见。灯之明衬出天之黑，天地之黑衬出雨意正浓，惊喜之意亦蕴含其中。结尾二句是诗人推测：天亮后看花，一定是朵朵含满春雨，湿淋淋、沉甸甸的，布满整个成都。那又是多么让人高兴的景况啊！

此诗针线细密熨帖，前两句以感叹作叙述，倒置于前则其"喜"可知；中四句写足题目"春夜喜雨"四字，三、四句从正面描写，五、六句从侧面烘托；末两句仍是"春夜"的推想，以"湿""重"再渲染"雨"之可喜。"湿"字回应"润"，"重"字反面照应"细"。全诗句句是"春雨"，又句句是"春夜"，"春夜"与"雨"俱见于其中，唯独不用"喜"，然每句都将欣喜之意写得蓬蓬勃勃，欢快得令人心花怒放！

无论感叹、描写、反衬、推想，此诗无不洋溢着活蹦乱跳的"喜"来。直写春雨的一、二及三、四句又与感叹和推想交错，中间四句为实写，首尾为虚写，叙事交错，就更显得疏落自然了。"野径云俱黑"衬托第三句，"江船火独明"又衬托上句，衬托中又有衬托，都为衬托"春雨"，也衬托出"喜"来。

🎓 当代价值

在古典诗词中，写春天风雨的不少，但是大都借以抒写伤春之情，如"夜来风雨声，花落知多少""知否知否，应是绿肥红瘦""乱红飞过秋千去"等，此诗中杜甫笔下的春雨却没有感伤，而是"喜"雨。此诗是杜甫漂泊西南在成都时所作，因有严武帮助，这一时期杜甫的生活比较舒适，所以诗中也多喜悦。杜甫作为"诗圣"，他的诗歌不仅有艺术上的高超之处，更重要的是有常人所未有的深厚与博大的情感。所以面对春天的风雨，一般的诗人从个体角度出发，往往想到的是时光流逝、青春不再，而杜甫的眼光并没有局限于个人，而是想到苍生大地。春雨"贵如油"的时节，"润物细无声"的春雨当春而来，难道不是可喜的事情吗！诗人作此诗，于欣喜中表达了自己关心人民的博大情感！杜诗多自叙抒怀，却能把个人境遇和家国情怀融合在一起，这正是杜甫的伟大之处。

拓展训练

作为"诗圣"，杜甫笔下有对社会大事件的描述，也有对"雨"这般小景物的描写。无论"大""小"，都体现了诗人关注现实的热情。通过学习《春夜喜雨》，分析诗中"喜"字表达的思想情感。

杜甫《秋雨叹》三首、《梅雨》、《雨不绝》

第三部分

人与自然

导言

　　农耕传统使我们的先民更加关注自然，与自然的关系也非常亲密。自然不仅是人们生存的根基，也是中华文化的主题。古人注重反思人与自然的关系，寻求人与自然和谐共处的方式。由自然引发的人生感慨与思考，便成为古典诗词重要的主题。解读古典诗词，可以让我们通过自然寻求澄澈纯净、天人合一的心灵状态。

　　除了积极入世的儒家思想对古代文人的世界观、人生观、价值观有影响外，道家思想的纯真自然也深刻影响了他们的思想。山川田园成为他们的精神家园和诗意的栖居地，他们从自然的变化中悟出人生的哲理，自然界的万物也往往由此着上"我"之色彩，物我融为一体。本编分三章，旨在阐释和探讨古典诗词中人和自然的关系，展现人与自然的和谐。

清平乐·村居❶

辛弃疾

茅檐❷低小，溪上青青草。醉里吴音相媚好❸，白发谁家翁媪❹？

大儿锄豆❺溪东，中儿正织❻鸡笼。最喜小儿亡赖❼，溪头卧❽剥莲蓬。

要点注释

❶ 清平乐（yuè）：词牌名。村居：题目。

❷ 茅檐：茅屋的屋檐。

❸ 吴音：吴地的方言。作者当时住在信州（今江西上饶），这一带的方言为吴音。相媚好：指相互逗趣，取乐。

❹ 翁媪（ǎo）：老翁、老妇。

❺ 锄豆：锄掉豆田里的草。

❻ 织：编织。

❼ 亡（wú）赖：这里指小孩顽皮、淘气。亡：通"无"。

❽ 卧：趴。

原文赏析

辛弃疾在江西上饶一带闲居近二十年之久。因为长期居住在农村，对农村生活相当熟悉，有不少反映农村生活的作品。这首词从侧面描绘了江南农家的一幅风俗画。词人选择了老少两组人物的几个镜头，表现了乡间农人和谐美好的生活，体现了词人对乡里淳朴民风的赞美之情。

"茅檐低小，溪上青青草"两句，是词人望中所见，言农家居处简陋，但清幽不俗。"醉里吴音相媚好，白发谁家翁媪"两句，耳际所闻，先声夺人。白发而吴音甜软，翁媪而相语取悦，煞有情趣。虽然农家生活简朴，但是翁媪和睦相处，人情浓郁，生活态度积极乐观。此处茅檐的"低小"与翁媪的"媚好"形成对比，生活的美好幸福之处其实不是拥有高舍广田，而是感受到人的真情与和谐。

农家自有农家的忙碌，词人宕开一笔，写到田间大儿在锄草，院里中儿在织笼，各司其业，忙忙碌碌，非常生动真实地展现了农家生活的常态。只有小儿或是因为父母宠爱，没有被安排农活，或是年纪还小，不用作为家庭的主要劳动力，于是在"溪头卧剥莲蓬"。一个"亡赖"的天真小儿形象，便生动逼真地展现在读者眼前。

此词全用赋的手法，短短几句，便将农家的快乐惬意、农家的辛苦劳作，皆映于纸上、现于读者眼前。上面种种情形，全由词人耳闻目睹，信手写来，寓情于景，真是令人陶醉。

🎓 当代价值

田园生活因其稳定、闲适的特点，往往成为仕途奔波士人内心向往的生活。辛弃疾此首《清平乐·村居》写于其晚年闲居之时，尽管辛弃疾一生以恢复山河为人生理想，伟大的理想抱负也使他的词作以抒发爱国豪情和壮志难酬的感慨为主，但是闲居时，农家生活的闲适使词人暂且忘掉烦恼，被这种和谐美好的乡村田园生活所感染，于是便写下这首清新明快的小词。在这里，人们面对的是田园劳作，没有勾心斗角，虽辛劳但快乐，虽艰苦但简单，人在自然中怡然自乐，人与自然和谐相处。这是词人向往的，也是我们许多人心中向往的田园牧歌式的生活。

拓展训练

辛弃疾词作除了有风格豪放的爱国词外，还有《清平乐·村居》这般清新的乡村小调。通过学习《清平乐·村居》，感受辛弃疾笔下田园生活的和谐美好。

🔗 链接资料

辛弃疾《鹧鸪天·游鹅湖醉书酒家壁》《鹧鸪天·陌上柔桑破嫩芽》

拓展阅读

望海潮·东南形胜

柳永

东南形胜，三吴[1]都会，钱塘[2]自古繁华。烟柳画桥[3]，风帘翠幕[4]，参差[5]十万人家。云树[6]绕堤沙，怒涛卷霜雪[7]，天堑[8]无涯。市列珠玑[9]，户盈罗绮，竞豪奢。

重湖叠巘清嘉[10]。有三秋[11]桂子，十里荷花。羌管弄晴[12]，菱歌泛夜[13]，嬉嬉钓叟莲娃。千骑拥高牙[14]，乘醉听箫鼓，吟赏烟霞[15]。异日图将好景[16]，归去凤池[17]夸。

要点注释

❶ 三吴：吴兴（今浙江湖州）、吴郡（今江苏苏州）、会稽（今浙江绍兴）三郡，在这里泛指今江苏南部和浙江的部分地区。

❷ 钱塘：今浙江杭州，古时候吴国的一个郡。

❸ 烟柳：雾气笼罩着的柳树。画桥：装饰华美的桥。

❹ 风帘：挡风用的帘子。翠幕：青绿色的帷幕。

❺ 参差：高下不齐貌。

❻ 云树：树木如云，极言其多。

❼ 怒涛卷霜雪：又高又急的潮头冲过来，浪花像霜雪在涌动。

❽ 天堑（qiàn）：天然沟壑，人间险阻。一般指长江，这里借指钱塘江。

❾ 珠玑：珠是珍珠，玑是一种不圆的珠子。这里泛指珍贵的商品。

❿ 重湖：以白堤为界，西湖分为里湖和外湖，所以也叫重湖。叠巘（yǎn）：层层叠叠的山峦。此指西湖周围的山。巘：小山峰。清嘉：清秀佳丽。

⓫ 三秋：秋季，亦指秋季第三月，即农历九月。

⓬ 羌（qiāng）管：羌笛，羌族之簧管乐器。这里泛指乐器。弄：吹奏。

⓭ 菱歌泛夜：采菱夜归的船上一片歌声。菱：菱角。泛：漂流。

⓮ 高牙：高纛之牙旗。将军之旌，竿上以象牙饰之，故云牙旗。这里指孙何。

⓯ 吟赏烟霞：歌咏和观赏湖光山色。烟霞：此指山水林泉等自然景色。

⓰ 异日图将好景：有朝一日把这番景致描绘出来。异日：他日，指日后。图：

描绘。

⑰ 凤池：全称凤凰池，原指皇宫禁苑中的池沼，此处指朝廷。

作品解析

　　柳永是词史上大量写作长调慢词的第一人。慢词的篇幅比小令长，内容也丰富。为把这丰富的内容组织成一个有机的整体，柳永借鉴汉魏六朝创作抒情小赋的经验，成功地使用了铺叙的手法。"以赋为词"是柳永词的一大特点，也是他在词史上的一大贡献。这首《望海潮·东南形胜》就是柳永用他的才子词笔，使用铺叙的手法，真实描绘了杭州的繁华和西湖的美景。

　　词的开头"东南形胜，三吴都会，钱塘自古繁华"三句是总叙，接下来分叙钱塘的繁华与西湖的美景。"异日图将好景，归去凤池夸"两句，将上下片的内容进行了总结。先总叙，后分叙，最后又总叙。从容叙来，前后照应。宋代王灼在《碧鸡漫志》中说柳词"叙事闲暇，有首有尾，亦间出佳语。又能择声律谐美者用之"，就是针对这类作品而言的。

　　据宋代罗大经《鹤林玉露》的记载，这首词是柳永呈献给旧友孙何之作。史载孙何自真宗咸平中（约1000）至景德初（1004）任两浙转运使驻节杭州，此词大约作于这一时期。柳永以生动的笔墨，把杭州描绘得美丽如画、富庶非凡，艺术地再现了当地的风土人情，令词具有强烈的感染力。《鹤林玉露》载："此词流播，金主亮闻歌，欣然有慕'三秋桂子，十里荷花'，遂起投鞭渡江之志。"完颜亮企图渡江占领南宋，当然不只是为了看西湖的美景。但这至少可以说明，此词震撼人心的艺术力量是不可低估的。

终南山

王维

　　太乙近天都❶，连山到海隅。白云回望合，青霭入看无❷。分野❸中峰变，阴晴众壑殊。欲投人处❹宿，隔水问樵夫。

要点注释

　　❶ **太乙：**又名太一，秦岭主峰，这里指终南山。**天都：**天帝居所，这里指帝都长安。

② 青霭：淡淡的云气。入：接近。

③ 分野：与星宿相对应的地域。古以天上二十八宿来区分地上的界域叫分野。

④ 人处：人家、村子。指有人烟处。

作品解析

作为南宗画的开创者，王维颇懂得"意余于象"的奥秘，用一首短小五律便为终南山传神写照。

全诗移步换景，采用散点透视法。首联先写远眺之景，"太乙近天都，连山到海隅"，以极度夸张之手法勾画出终南山的总体轮廓。颔联"白云回望合，青霭入看无"，则为诗人登至山中所见之景象。这一联采用移步换景的手法，诗人仿佛隐于朦胧云霭之聚散中，从而在其描画的"象"外，为读者留下了广阔的联想空间。颈联"分野中峰变，阴晴众壑殊"，是诗人在顶峰上的俯视，勾勒出终南山的壮阔和万千气象。

关于尾联，清代沈德潜曾指出："或谓末二句与通体不配。今玩其语意，见山远而人寡也，非寻常写景可比。"这种看法，固有见地，但本联实际还蕴含了更深的意义。"欲投人处宿"一句，全诗至此方将前六句写景观物之"我"，即诗人自己交代出来，见出前六句中处处皆有"我"在，以"我"观物，因景抒情。而"隔水问樵夫"，则"我"自登终南山以来，出"白云"而入"青霭"，攀"中峰"以望"众壑"，始终未遇"人处"，亦不言自知。始终未遇"人处"，却流连终日仍乐而忘返，还要留宿山中，明日再游，则山景之赏心悦目，诗人之喜幽好静、热爱自然，亦不难于言外得之。诗人善于运用以虚写实、以点概面的写意笔法，因而此诗达到了"意余于象"的传神效果。

豳风·七月

《诗经》

七月流火❶，九月授衣❷。一之日觱发❸，二之日栗烈❹。无衣无褐❺，何以卒岁。三之日于耜❻，四之日举趾❼。同我妇子，馌彼南亩❽，田畯❾至喜。

七月流火，九月授衣。春日载阳❿，有⓫鸣仓庚。女执懿⓬筐，遵彼微行❸，爰求柔桑❹。春日迟迟❺，采蘩祁祁❻。女心伤悲，殆及公子同归❼。

七月流火，八月萑苇❽。蚕月条桑❾，取彼斧斨❿，以伐远扬㉑，猗彼女桑㉒。七月鸣鵙㉓，八月载绩。载玄载黄㉔，我朱孔阳㉕，为公子裳。

四月秀葽㉖，五月鸣蜩㉗。八月其获，十月陨蘀㉘。一之日于貉㉙，取彼狐狸，为公子裘。二之日其同㉚，载缵武功㉛，言私其豵㉜，献豜㉝于公。

五月斯螽㉞动股，六月莎鸡振羽㉟，七月在野，八月在宇，九月在户，十月蟋蟀入我床下。穹窒熏鼠㊱，塞向墐户㊲。嗟我妇子，曰为改岁㊳，入此室处。

六月食郁及薁㊴，七月亨葵及菽㊵，八月剥㊶枣，十月获稻，为此春酒㊷，以介眉寿㊸。七月食瓜，八月断壶㊹，九月叔苴㊺，采荼薪樗㊻，食我农夫。

九月筑场圃㊼，十月纳㊽禾稼。黍稷重穋㊾，禾㊿麻菽麦。嗟我农夫，我稼既同，上入执宫功㉛。昼尔于茅，宵尔索绹㊾。亟其乘屋㊽，其始播百谷。

二之日凿冰冲冲㊾，三之日纳于凌阴㊾。四之日其蚤㊾，献羔祭韭㊾。九月肃霜㊾，十月涤场㊾。朋酒㊾斯飨，曰杀羔羊。跻㊾彼公堂，称彼兕觥㊾，万寿无疆㊾。

🎋 要点注释

❶ 七月流火：火，或称大火，星名，即心宿。流：流动。每年夏历五月，黄昏时候，这星当正南方，也就是正中和最高的位置。过了六月就偏西向下了，这就叫作"流"。

❷ 授衣：将裁制冬衣的工作交给女工。九月丝麻等事结束，所以在这时开始做冬衣。

❸ 一之日：十月以后第一个月的日子。以下二之日、三之日等仿此。觱发（bìbō）：大风触物声。

④ 栗烈：凛冽，寒气袭人。

⑤ 褐：粗布衣。

⑥ 于耜：修理耒耜（耕田起土的农具）。于：犹"为"。

⑦ 举趾：去耕田。趾：足。

⑧ 馌（yè）：送饭。亩：指田身。田耕成若干垄，高处为亩，低处为畎。田垄东西向的叫"东亩"，南北向的叫"南亩"。

⑨ 田畯（jùn）：农官名，又称农正或田大夫。

⑩ 春日：农历三月。载：始。阳：温暖。

⑪ 有：词头，无义。

⑫ 懿（yì）：深。

⑬ 遵：沿着。微行（háng）：小路。

⑭ 爰（yuán）：于是。柔桑：初生的桑叶。

⑮ 迟迟：天长的意思。

⑯ 蘩（fán）：草名，即白蒿。祁祁：众多（指采蘩者）。

⑰ 殆及公子同归：是说怕被公子强迫带回家去。

⑱ 萑（huán）苇：芦类。八月萑苇长成，收割下来，可以做箔。

⑲ 蚕月：养蚕的月份，指三月。条桑：修剪桑树。

⑳ 斨（qiāng）：方孔的斧头。

㉑ 远扬：指长得太长而高扬的枝条。

㉒ 猗（yǐ）：同"掎"，牵引。掎桑是用手拉着桑枝来采叶。女桑：嫩桑。

㉓ 鵙（jú）：鸟名，即伯劳。

㉔ 玄：黑而赤的颜色。玄、黄：指丝织品与麻织品的颜色。

㉕ 朱：赤色。阳：鲜明。

㉖ 秀：不开花而结实。葽（yāo）：草本植物，可入药，今名远志。

㉗ 蜩（tiáo）：蝉。

㉘ 陨萚（tuò）：落叶。

㉙ 于：猎取。貉（hè）：兽名，形似狐。

㉚ 同：聚合，言狩猎之前聚合众人。

㉛ 缵（zuǎn）：继续。武功：指田猎。

㉜ 私其豵：言小兽归猎者私有。豵（zōng）：一岁小猪，这里用来代表比较小的兽。

㉝ 豜（jiān）：三岁的猪，代表大兽。大兽献给公家。

㉞ 斯螽（zhōng）：虫名，蝗类，即蚱蜢、蚂蚱。旧说斯螽以两股相切发声，"动股"言其发出鸣声。

㉟ 莎鸡：虫名，今名纺织娘。振羽：言鼓翅发声。

㊱ 穹窒：言将室内满塞的角落搬空，搬空了才便于熏鼠。穹：穷尽，清除。窒：堵塞。

㊲ 向：朝北的窗户。墐（jìn）：用泥涂抹。贫家门扇用柴竹编成，涂泥使它不通风。

㊳ 改岁：是说旧年将尽，新年快到。

㊴ 郁：植物名，果实像李子，赤色。薁（yù）：野葡萄。

㊵ 菽（shū）：豆的总名。

㊶ 剥（pū）：打。

㊷ 春酒：冬天酿酒经春始成，叫作"春酒"。

㊸ 介（gài）：祈求。眉寿：长寿，人老眉间有豪毛，叫秀眉，所以长寿称眉寿。

㊹ 壶：葫芦。

㊺ 叔：拾。苴：秋麻之籽，可以吃。

㊻ 薪樗（chū）：言采樗木为薪。樗：木名，臭椿。

㊼ 场：打谷的场地。圃：菜园。春夏做菜园的地方秋冬就做场地，所以场圃连成一词。

㊽ 纳：收进谷仓。

㊾ 重（tóng）：通"穜"，先种后熟的谷。穋（lù）：是后种先熟的谷。

㊿ 禾：专指一种谷，即今之小米。

51 宫功：指建筑宫室，或指室内的事。功：事。

52 索绹：搓绳。

53 亟：急。乘屋：登上屋顶。

54 冲冲：凿冰之声。

55 凌阴：冰窖。

56 蚤：同"早"，这里指早朝，是古代一种祭祀仪式。

57 献羔祭韭（jiǔ）：这句是说用羔羊和韭菜祭祖。

58 肃霜：犹"肃爽"，双声连语。

59 涤场：清扫场地。这句是说十月农事完全结束，将场地打扫干净。

⑥ 朋酒：两樽酒。

⑥ 跻（jī）：登。

⑥ 称：举。兕觥（sìgōng）：角爵，古代用兽角做的酒器。

⑥ 无疆：无限。

作品解析

这首诗描写了周朝人们一年四季的劳动和生活过程。诗之首章以七月起赋，而述人以衣食为急，并依日月顺序以述之。诗的第二章写春日女子采桑及行嫁。诗的第三章写蚕桑之事。诗的第四章写秋收之后组织族人举行大规模狩猎活动以习武功，末句言田猎之后的分配方式。诗的第五章写天气渐冷，应打扫房屋，堵塞北窗，泥涂门隙，赶走老鼠，准备过年。诗的第六章按月叙述宜采食之物及典礼。诗的第七章述九月之后的活动。诗的第八章写藏冰、开冰及冬季岁末农事活动结束后众人相聚会饮。

此诗具有极高的史料价值，它全面记述了周代的社会和经济生活，涉及耕田、养织、狩猎、祭祀等，无不备至，可以说是周代社会生活的一个横截面。关于此诗的内容与艺术，前人也推崇备至。牛运震《诗志》云："此诗以编纪月令为章法，以蚕衣农食为节目，以预备储蓄为筋骨，以上下交相忠爱为血脉，以男女室家之情为渲染，以谷蔬虫鸟之属为点缀，平平常常，痴痴钝钝，自然、充悦、和厚、典则、古雅，此一诗而备三体，又一诗中而藏无数小诗，真绝大结构也。有七八十老人语，然和而不傲。有十七八女子语，然婉而不媚。有三四十壮者语，然忠而不怼。凡诗皆专一性情，此诗兼各种性情，一派古风，满篇春气，斯为诗圣大作手。"陈继揆《读风臆补》云："陈仅曰：通诗八十八句，一句一事，如化工之范物，如列星之丽天。读之但觉其醇古渊永，而不见繁重琐碎之迹。中间有诰诫，有问答，有民情，有闺思，波澜顿挫，如风行水面，纯任自然。非制作官礼大手笔。谁其能之？噫，观止矣。"

西江月·夜行黄沙道①中

辛弃疾

明月别枝惊鹊②，清风半夜鸣蝉③。稻花香里说丰年，听取蛙声一片。

七八个星天外，两三点雨山前。旧时茅店社林边④，路转溪桥忽见⑤。

第十一章　天人和谐

要点注释

❶ 黄沙道：江西省上饶县黄沙岭乡黄沙村的茅店到大屋村的黄沙岭之间约20千米的乡村道路，南宋时是一条直通上饶古城的比较繁华的官道，东到上饶古城，西通江西省铅山县。

❷ 别枝惊鹊：惊动喜鹊飞离树枝。苏轼《次韵蒋颖叔》诗："月明惊鹊未安枝。"

❸ 鸣蝉：蝉叫声。

❹ 旧时：往日。茅店：茅草盖的乡村客店。社林：土地庙附近的树林。社：土地神庙。古时候村有社树，为祀神处，故曰社林。

❺ 忽见：指小店忽然出现。见：同"现"，显现，出现。

作品解析

此词是一首描写山村夏夜景物的佳作，表现出词人对乡村景物和生活的怡悦之情。

上片写夜景，其意在静，却出之以动。皎皎明月挂在空中，惊起了在树枝上栖息的喜鹊；清风拂过，高树上的蝉也被吹得鸣叫起来。徐徐清风吹来阵阵稻花香，稻田里一阵阵青蛙的叫声，更显得这个夏夜的幽静安宁。乌鹊飞啼，蝉鸣高树，稻花香中的"蛙声一片"，宛若一曲优美的交响乐，从而变静谧为躁动，而愈躁动则愈静谧，此即"蝉噪林逾静，鸟鸣山更幽"的动中见静法。不仅意境优美，而且洋溢着一片欢欣之情，在蝉鸣蛙声与阵阵稻香中可见。

下片时转景移，起两句以数词对偶，却无一呆滞相。远处还是星疏月明，可近处却山雨欲来。词人就急寻避雨之处，先推出"茅店"，后补以"忽见"，则恍惚惊喜之态跃然纸上，化平庸为精警。

第十二章 道法自然

本章选录经典释读作品四首——陶渊明《饮酒（三首）》，王维《终南别业》；选录拓展阅读作品五首——陶渊明《和郭主簿》《移居二首》，谢灵运《登池上楼》，王维《酬张少府》。古人注重反思人与自然的关系，从自然的变化中悟出人生的哲理，这种哲思在古典诗词中也有广泛的体现。

经典释读

饮酒（三首）

陶渊明

其一

衮荣无定在，彼此更共之。邵生❶瓜田中，宁似东陵时！寒暑有代谢，人道每如兹。达人解其会❷，逝❸将不复疑。忽与一觞酒，日夕欢相持。

要点注释

❶ 邵生：指邵平，在秦朝时为东陵侯，秦亡后为平民，在长安城东种瓜自给。

❷ 解其会：通晓理之所在。

❸ 逝：发语词。

原文赏析

以议论为诗自陶诗大放异彩，宋人崇拜而不及，因其缺乏了对哲理的诗化。此诗全为议论，不装饰，不描写，直言之，却耐人寻味。这是诗化的哲思睿智，人生大道的诗化，而非只见道不见诗。

面对"八表同昏"的时局现状，诗人想到了"衰荣无定在"，彼此更变是其必然，而非或然、偶然，犹如寒暑代谢、春去秋来，"人道"亦复如此。他还想到政局的变

197

换，就像秦亡后种瓜长安东城的邵平，怎么能像昔日做东陵侯那样富贵！只有冷静的"达人"才能解会知变。此诗不哀伤，无喜怒，平静至极，也淡泊至极。再加上以酒为欢的惯用结尾，就好像隔岸观火，无关痛痒。冷静的议论，水波不兴的情怀，好像是"无情"，实际上"看似无情却有情"。不然，诗人怎能如此超前关注世运变迁，又怎能想到这些道理？

其五

结庐❶在人境，而无车马喧。问君何能尔❷？心远地自偏。采菊东篱下，悠然见南山❸。山气日夕❹佳，飞鸟相与还。此中有真意，欲辨已忘言❺。

🖊 要点注释

❶ 结庐：构造住宅。

❷ 尔：如此。

❸ 南山：指庐山。

❹ 日夕：近黄昏之时。

❺ "此中有真意，欲辨已忘言"两句：是说从大自然得到启发，领会到人生的真谛，但这是无法用语言表达，也无须用语言表达的。

📖 原文赏析

有人说此诗表层记叙采菊看山，望云观鸟，似乎没有深意，但这忽视了其首尾明心示态的"要紧话"。"车马"指为官者的高轩肥马，"车马喧"指世俗交往的喧扰。"而无车马喧"气象峥嵘，不，应是横眉竖眼，因"而"字太掷地有声了。这相当于在他的住所最显眼处高悬"宦者免进"的大牌，表示全方位拒绝官场的污染。既然居于世俗"人境"，却要置身于原生态的"田园境界"，这不是太难为人了吗？故"问君何能尔"是一种"导读"，而"心远地自偏"就成了全诗的"关键句"。说"心远"是客气话，其"真意"应是"心高"；"地自偏"谓"地应静"，也应有洁净意在内。只可意会而不可说破，这是陶诗"奇绝不及"处。

写景四句亦有深意。秋菊不与桃李为伍，"东篱"为田园粗物，东方却代表生命与希望。看山只用平淡的"见"而不用特意的"望"，故苏东坡说"因采菊而见山，境与意会"。"山气日夕佳"——黄昏时的景物最美——这真是一个绝美的发现！裂"樊笼"而出的诗人看着"飞鸟相与还",又怎能不产生共鸣,不将此景写进他的诗里?这里有"仁者乐山"的儒家情怀,也有独立自由的道家境界。菊花自此成为高洁人格的标志。

菊、山、云、鸟都是美的,无不被倾注了"心远"的审美意味与人文境界,而又无不悠然。如同首四句,一切都那么平淡,不说破其意,而其间"真意"尽可领会,如此得意忘言的风采正是陶诗的一大特点。

其九

清晨闻叩门,倒裳往自开。问子为谁欤,田父有好怀。壶浆远见候,疑我与时乖。"褴缕茅檐下,未足为高栖❶。一世皆尚同,愿君汩其泥❷。""深感父老言,禀气寡所谐❸。纡辔诚可学❹,违己讵非迷!且共欢此饮,吾驾不可回。"

要点注释

❶ 高栖:指隐居。

❷ 尚同:以同于流俗为贵。汩其泥:把泥水搅浑,即与世俗同流合污的意思。汩(gǔ):同"淈",浊。

❸ 禀气:犹天性,天赋的气质。寡所谐:难与世俗谐合。谐:合。

❹ 纡辔:回车,指枉道事人。

原文赏析

仕与隐,处于田园还是官场,陶渊明有决然选择,但对其间矛盾的思考几乎伴随了他一生。诗中的"田父"劝仕,或真有其事,也有可能属于虚拟。如从后者看,这种对话体的问对形式,是从屈原《离骚》中的女嬃(xū)詈(lì)予、灵氛占卜而来,或受了《渔父》《卜居》的启发。前六句为事之原委,中四句是田父劝仕,后六句为断然拒绝的答词。

此种诗看起来简单作起来难。对话是动态的、絮叨的,而且情势不停变化,描写对话要有选择取舍,还要传递出当时情状,非一蹴而能就。此诗富有生活气息,也不标示出"田父说""我回答",径直一笔叙下,但你言我语泾渭分明。而且答话一结束,全诗即戛然而止,不拖泥带水,干净至极。劝仕只有四句,"褴缕茅檐"也是实说直言,而"尚同汩泥"则点到为止。答词"深感父老言"说得亲切,接住劝言;"禀气寡所谐"则转到本意，转折有力自然。"禀气"即禀性，此句与"少无适俗韵"同义。"纡辔"喻出仕，回车转向官场。"纡辔诚可学"温软，下句却是坚拒，以顿挫语转出当时情景。这是"违己"的，是要"交病"（《归去来兮辞序》）的，更是会遭人羞辱的。倘若如此，那不是又走上迷途，犯了天大的傻？那可不是该干的事。终了"且共欢此饮"说得亲切。酒是他掩护或拒绝的武器，而"吾驾不可回"说得斩钉截铁，既回应前"纡辔"，又收束全诗。决绝口吻如见，是针线细密处，也是"省净"处。

名家评笺

渊明少有高趣，博学，善属文；颖脱不群，任真自得。

（南朝·萧统《陶渊明传》）

贞志不休，安道苦节，不以躬耕为耻，不以无财为病。

（南朝·萧统《陶渊明集序》）

陶渊明无功德以及人，而名节与功臣、义士等，何耶？盖颜子以退为进，宁武子愚不可及之徒欤。

（宋·林逋《省心录》）

陶渊明欲仕则仕，不以求之为嫌；欲隐则隐，不以去之为高。饥则扣门而乞食；饱则鸡黍以迎客。古今贤之，贵其真也。

（宋·苏轼《书李简夫诗集后》）

渊明意趣真古，清淡之宗，诗家视渊明，犹孔门之视伯夷也。

（宋·蔡绦《西清诗话》）

文体省净，殆无长语，笃意真古，辞兴婉惬。每观其文，想其人德。世叹其质直……古今隐逸诗人之宗也。

（南朝·钟嵘《诗品》）

一语天然万古新，豪华落尽见真淳。南窗白日羲皇上，未害渊明是晋人。

（金·元好问《论诗三十首·其四》）

当代价值

"大诗人先在生活中把自己的人格涵养成一首完美的诗，充实而有光辉，写下来的诗是人格的焕发。陶渊明是这个原则的一个典型的例证。正和他的诗一样，他的人格最平淡也最深厚。"（朱光潜《诗论：大诗人陶渊明》）陶渊明在对后世的影响不仅是其诗歌的影响，更是其伟大人格的影响，他能够坦然面对人生的衰荣，能够在人境中做到悠然心远，但这不是消极避世。陶渊明也有他的豪情和"怒目金刚"的作品，但是处在"八表同昏"的时局背景下，他的归隐是顺从道法自然的人生选择，也是其人生的智慧。元好问说陶诗"一语天然万古新，豪华落尽见真淳"，这种"天然""真淳"也正是陶渊明人格中最伟大的地方。

拓展训练

　　陶渊明以其田园诗影响后世，他的人格精神也成为后代文人追寻的范式，为后世文人提供了一片心灵的诗意栖居地。通过学习陶渊明的作品，分析他的思想与人格特点，并谈谈他对你的影响。

链接资料

　　古诗词新唱：《饮酒》

终南别业

王维

中岁①颇好道，晚家南山陲②。兴来每独往，胜事③空自知。行到水穷处，坐看云起时。偶然值④林叟，谈笑无还期⑤。

要点注释

❶ 中岁：中年。

❷ 家：安家。南山：终南山。陲（chuí）：边缘，旁边。此处指终南山脚下。

❸ 胜事：美好的事。

❹ 值：遇到。

❺ 无还期：没有回还的准确时间。

原文赏析

本诗题为"终南别业"，别业即别墅，因王维晚年隐居的辋川一带曾是宋之问的别墅，故诗人遂名。

首联"中岁颇好道，晚家南山陲"，王维信佛，晚年索性住在辋川过起亦官亦隐的生活。首联所写，正是他生活的真实写照。

颔联写诗人在隐居期间乘兴游览、寻幽探胜的活动，也表明了他远离尘世，不愿关心时事的隐逸心态。

颈联"行到水穷处，坐看云起时"，从对仗形式看，这是一个流水对，即上下两句是一个整体，出句独立起来意义不完整，充分展示了一位隐士徜徉山水、随心所欲的潇洒情状。此句颇得理趣，似乎在说诗人在山中随意徜徉，走到山穷水尽、无路可走时，就坐看云起云落，随遇而安，不刻意追寻，表达了诗人达观坦然的心胸。

尾联以"值林叟"作结，乍读似出人意表，细味则不然。诗人在终南山中畅游，于"水穷""云起"之际，忽然遇到一位"林叟"，足见其也是一位安于隐居的世外"高人"。在大山深壑之中，竟然能碰到这样一位志同道合者，真可谓空谷遇知音！因此，诗人喜出望外，与其谈笑而忘还，便也是很自然的了。

王摩诘恬洁精微，如天女散花，幽香万片落人巾帻间，每于胸念尘杂时取而读之，便觉神怡气静。

（清·田雯《古欢堂杂著》）

王摩诘才力虽不及高岑，而五七言律风体不一。五言律有一种整栗雄丽者，有一种一气浑成者，有一种澄谈精致者，有一种闲远自在者。……如"晚年惟好静"等篇，皆闲远自在者也。

（明·许学夷《诗源辩体》）

当代价值

王维被后人称为"诗佛"，他的诗往往也富有禅趣。此首《终南别业》是王维思想和其诗艺术特点的鲜明体现。王维经历了唐王朝最繁荣的时期，也亲历了安史之乱，在唐王朝的大起大落中王维的思想有了很大的变化，他晚年信奉禅理，"晚年惟好静，万事不关心"，这是诗人"独善其身"思想的体现，也是其经历过人生百态后随遇而安的心境的写照。

拓展训练

王维被后人称为"诗佛"，这不仅是对其在诗坛地位的肯定，也体现了他的诗歌基本的风格特点：具有一种祥和静谧之美，具有禅意禅趣。通过学习此诗，分析王维诗中的"禅趣"。

链接资料

《旧唐书·王维传》《新唐书·王维传》

第十二章 道法自然

和郭主簿

陶渊明

蔼蔼①堂前林，中夏贮清阴。凯风②因时来，回飙③开我襟。息交④游闲业，卧起弄书琴。园蔬有余滋，旧谷犹储今。营己良有极⑤，过足非所钦。春秫⑥作美酒，酒熟吾自斟。弱子戏我侧，学语未成音。此事真复乐，聊用忘华簪⑦。遥遥望白云，怀古一何深！

要点注释

① 蔼蔼：茂盛貌。

② 凯风：南风。

③ 回飙：回风。

④ 息交：停止交游。

⑤ 营己：为自己的生活营谋。极：止境。

⑥ 秫（shú）：黏高粱。

⑦ 华簪：贵人所用的物件。

作品解析

这是诗人最早的田园名作。诗人当时还处于出入官场之时，郭主簿其人不详。诗分三层，前四句写夏景，中十句叙写田园生活的惬意自适，末四句表示对官场的淡漠。

发端"蔼蔼堂前林，中夏贮清阴"为陶诗名句，可见他是盛夏景观的"写生"高手。他的屋前是"桃李罗堂前"，桃李蔼然成林。"贮清阴"这个"贮"字用得很好，钱粮物质可以"贮"，"清阴"怎么"贮"得起来？炎夏时人们总想在树荫下多伫立一会儿，由此就知此词的妙处。夏热需风，想风就来风："凯风因时来，回飙开我襟。"这真是"及时风"，"因时""开襟"，在炎热的夏日真是一大自在。"息交"就是暂停官场交往，"游闲业"即读书弹琴。园子里有吃不完的鲜菜，上年的粮食还有存储，多余的粮食用来酿酒。持酒自斟，看着幼子绕膝、咿呀学语，真不禁让人乐开怀。在

"田园乐"的叙述中插入了"营己良有极,过足非所钦"——视作"农夫哲学"则更为贴切。安宁快乐的生活在他心底掀起一阵涟漪——"聊用忘华簪"——姑且淡化了入世之念。仰望青空,白云悠悠,他想起古昔安贫乐道之士,其心境大概亦复如此。

陶渊明诗不太用比喻而喜欢用顶真,顶真的词多是他诗的"关键词",比如此诗中的"酒"。平淡的字眼在他笔下充满活力,除了"贮"以外,还有"因时来"的"因",为"趁""及"义。"开我襟"的"开",以及"余滋",都是淡而有味,甚至令人意犹未尽。值得留意的是,陶诗篇篇有议论,他把议论和叙述、描写融合起来,使人觉得他不是在硬讲道理,而是在抒发非说不可的感受。他的诗就像清凉的泉水,浸润人心,亮人眼目。

移居二首

陶渊明

其一

昔欲居南村,非为卜其宅❶。闻多素心人❷,乐与数晨夕❸。怀此颇有年,今日从兹役。敝庐何必广,取足蔽床席。邻曲❹时时来,抗言❺谈在昔。奇文共欣赏,疑义相与析。

要点注释

❶ "昔欲居南村,非为卜其宅"两句:是说从前想迁居南村,并不是因为那里的宅地好。卜其宅:占卜问宅之吉凶。

❷ 素心人:指心性纯洁善良的人。

❸ 数:屡。晨夕:朝夕相见。

❹ 邻曲:邻居。

❺ 抗言:抗直之言,高谈阔论或有关高尚之志的言论。

作品解析

陶渊明归隐一年半后,他的"草屋八九间"不幸遇火。他在《戊申岁六月遇火》中说:"草庐寄穷巷,甘以辞华轩。正夏长风急,林室顿烧燔。"后来,他便移居到"南村"。此诗分两层,前六句说过去很想迁居南村,因那里有不少"素心人",就是不愿做官者，他"乐与数晨夕"——很乐意与之朝夕相处。这一层像说话，不像在作诗。

后六句为第二层。他对"遇火"之事好像不大上心，看"敝庐何必广，取足蔽床席"两句，我们明白道家知足为乐的人生哲学中注入了他的心境。还有"邻曲时时来"，也就是《归园田居·其二》所说的"时复墟曲中，披草共来往"。邻居见面，除了谈论"桑麻长"之外，还会"抗言谈在昔"——说说过去的事情。不说"高言"而出之"抗言"，既表示同义而又能收敛锋芒，是他的高明之处。

末二句广为人知，陶渊明有"好读书，不求甚解"的一面，也有析疑细读的一面，合而观之才是一个完整的陶渊明。他的《闲情赋》浪漫得很大胆，《桃花源记》传达的理想也很奇特，《穆天子传》与《山海经》是他很热衷的读物。他欣赏"奇文"，共析"疑义"，流露出"尚奇"的审美趋向。在士大夫不尚劳作的东晋时代，他的田园诗本来就是一道奇特的风景线。

其二

春秋多佳日，登高赋新诗。过门更相呼，有酒斟酌之。农务各自归，闲暇辄相思。相思则披衣，言笑无厌时。此理将不胜❶？无为忽去兹。衣食当须纪❷，力耕不吾欺。

要点注释

❶ 将不胜：犹言"岂不美"。

❷ 纪：经营。

作品解析

此诗写陶渊明定居南村后的出游、聚饮和串门话家常的活动。开头两句言佳日登高，写得风华清靡，是自在语，叙得欣悦。会饮时的"过门更相呼"真是好句，过门大呼小叫：今天有酒啦！这里没有斯文与客套，没有任何拘束，只有村夫野老的"粗朴"，农闲时登高饮酒，农忙时则各忙各事。有空则"闲暇辄相思"，而且"相思则披衣"，同样不讲究，一说起来就没完没了。"披衣"与"更相呼"两个细节，似两个镜头犹在眼前，真把村风农俗写得活灵活现。

如此题材过去可能入不了诗，他却写得让别人羡慕不已。钩心斗角与尔虞我诈于南村没有任何"市场"，整天忙着算计别人是另一世界的污秽。这里是清澈透明、照人心肺的"桃源境界"！

后四句议论，其中"此理将不胜？无为忽去兹"二句颇为费解。南宋汤汉说："言此乐不可胜，无为舍而去之矣。""此理"指饮酒赋诗、不虚佳日的言笑不已之乐。以上为乐事，然还有"农务"的辛苦，其间的道理就是"衣食当须纪，力耕不吾欺"。他的《庚戌岁九月中于西田获早稻》还说过"人生归有道，衣食固其端"，人生之道如此，并非儒道两家所能及，应是一种拙朴不过的"农夫哲学"。诗语极古朴而意味深长，言语平淡而极具色泽，径直的口头语却成了绝妙词。

登池上楼

谢灵运

潜虬❶媚幽姿，飞鸿响远音。薄霄❷愧云浮，栖川怍渊沉。进德智所拙，退耕力不任。徇禄❸反穷海，卧痾❹对空林。衾枕昧节候，褰开❺暂窥临。倾耳聆波澜，举目眺岖嵚❻。初景革绪风，新阳改故阴❼。池塘生春草，园柳变鸣禽。祁祁伤豳歌，萋萋感楚吟。索居易永久，离群难处心。持操岂独古，无闷征在今❽。

> ### 🖌 要点注释
>
> ❶ 潜虬（qiú）：潜龙。虬：传说中有两角的小龙。
>
> ❷ 薄霄：高飞迫近云霄。薄：迫近。
>
> ❸ 徇（xún）禄：追求俸禄。徇：谋求。
>
> ❹ 卧痾（kē）：卧病。痾：同"疴"，病。
>
> ❺ 褰（qiān）开：拉开，指拉开帘幔，打开窗子。
>
> ❻ 岖嵚（qūqīn）：山岭高耸险峻的样子。
>
> ❼ 初景：初春的日光。革：清除。绪风：冬天残余下来的寒风。故阴：指寒冬。
>
> ❽ 无闷征在今：意思是自己现在做到了隐居遁世而没有烦闷。无闷：出自《易经·乾卦》："遁世无闷。"征：证明。

> ### 📖 作品解析
>
> 全诗都是对偶句，其中又有令谢灵运享有盛誉的名句，故此诗颇有声价。前八句议论，中八句写景，后六句抒怀，属于谢灵运诗最常见的"三段论"。谢灵运门第华

贵，且多才艺，而又颇自负。然时移代革，所处的刘宋时代只是羁縻他而已，酿成他一肚子的不合时宜，发为牢骚，即是在此诗发端自比"潜虬""飞鸿"。"愧云""怍渊"属于皮里阳秋，是牢骚话。"进德智所拙，退耕力不任"二句实际是言仕宦不得意，隐居又不甘心。"徇禄反穷海，卧疴对空林"二句说被贬至濒海的永嘉郡（今浙江温州），心情极不悦，所以"卧疴对空林"。躺了不少日子，也不知到了什么时节，打开窗子后，对一切都感到新鲜。"倾耳聆波澜，举目眺岖嵚"两句是他常用的一句山、一句水的写法。"初景革绪风，新阳改故阴"两句一意，是说发现一切都变了样子，让人惊讶得几乎要喊出来：什么时候池塘已经冒出了小草，带来了春天来临的消息；枯寂的杨柳林中传来婉转的鸟鸣声，结束了冬天的沉默。"池塘生春草，园柳变鸣禽"两句自然清新，目光与景物猝遇，偶然兴会，天然不假雕饰，所以成为此诗中的名句。末六句说：春天的景观使我想起《诗经·豳风·七月》的"采蘩祁祁"，与《楚辞·招隐士》的"春草生兮萋萋"，离群索居容易使人觉得时间漫长，感到郁闷；秉持节操的隐居并非只有古代才有，抛弃仕宦而移情山水从现在就可以开始。末两句用《庄子》的"持操"与《易经》的"无闷"，正是典型的"玄言尾巴"。元好问曾说"池塘春草谢家春，万古千秋五字新"，便正是从谢诗的繁复中看到了清新的一面。

酬张少府

王维

晚年惟好静，万事不关心。自顾无长策，空知返旧林。松风吹解带，山月照弹琴。君问穷通理❶，渔歌入浦深❷。

要点注释

❶ 穷：不能当官。通：能当官。

❷ 渔歌：隐士的歌。浦深：河岸的深处。

作品解析

本诗题为"酬张少府"，"酬"即以诗文相赠答意。从内容上看，这是一首回赠张少府的明志之作。

首联"晚年惟好静，万事不关心"，开篇即表明自己晚年只喜欢安静，不问世事的生活态度。可见此诗是王维晚年隐居蓝田辋川时所作。晚年如此，早年莫非也如此吗？这就很自然地引出了下一联的回顾。

颔联"自顾无长策，空知返旧林"，作为盛唐诗人，王维早年也是有着远大的政治理想的。但随着贤相张九龄被贬，奸相李林甫掌权，朝政日益腐败，他的政治态度也逐渐消极起来。特别是经历了安史之乱，亲睹了唐王朝由盛逐渐转衰后，他曾多次表明辞官归隐之志，如"强欲从君无那老，将因卧病解朝衣"（《酬郭给事》）。既然没有扭转时局的"长策"，那么，像归鸟一样"返旧林"也就是唯一的办法了。

颈联则描写诗人归隐后的闲适生活。松风吹动，解带开怀；山月照临，弹琴唱歌。这是何等惬意的生活！比起在朝廷所过的那种担惊受怕的日子，这是何等之美好。王维山水田园组诗《辋川集》中有一首小诗："独坐幽篁里，弹琴复长啸。深林人不知，明月来相照。"（《竹里馆》）其意境正可为此联诗意做写照。

尾联"君问穷通理，渔歌入浦深"，至此，诗人方点出对方来访的要义。原来，张少府要向他请教的，乃是关于穷通的道理，实际上也即当时立身处世之理。诗人没有直接回答，却用"渔歌入浦深"来巧妙回复。此时的不答，实际上亦是作答，且更有余味不尽之妙。这里的"渔歌"，还暗用了《楚辞·渔父》中渔父所歌"沧浪之水清兮，可以濯吾缨"的典故。如果回过头来品味本诗以上三联，会发现诗人对自己晚年在辋川的隐居生活是何等之喜爱！这难道不也是诗人对张少府"问穷通理"的一种回答吗？

第十三章 物我合一

本章选录经典释读作品三首——骆宾王《在狱咏蝉》，苏轼《水调歌头·明月几时有》《水龙吟·次韵章质夫杨花词》；选录拓展阅读作品四首——欧阳修《蝶恋花·庭院深深深几许》，周邦彦《兰陵王·柳》《六丑·蔷薇谢后作》，姜夔《暗香·旧时月色》。借景抒情、借物抒情是古典诗词常用的抒情手法，自然界中的万物往往也着上"我"之色彩。物我融为一体，体现了古典诗词含蓄蕴藉的特点。

经典释读

在狱咏蝉

骆宾王

西陆[1]蝉声唱，南冠客思侵[2]。那堪玄鬓[3]影，来对白头吟[4]。露重飞难进，风多响易沉。无人信高洁，谁为表予心？

要点注释

[1] 西陆：指秋天。《隋书·天文志》："日循黄道东行，行东陆谓之春，行南陆谓之夏，行西陆谓之秋，行北陆谓之冬。"

[2] 南冠：囚犯的代称。侵：一作"深"。

[3] 玄鬓：指蝉。古代女子梳鬓发若蝉翼，称蝉鬓，这里反过来用蝉鬓称蝉。

[4] 白头吟：古乐府篇名，此指因愁苦而白头的诗人自己，借白头对玄鬓（黑发）。

原文赏析

此诗作于唐高宗仪凤三年（678），骆宾王因上书言事，触怒了武后，"以讽谏下狱"。时值秋日，狱外几株枯槐上秋蝉鸣叫，诗人有感而发，写了此首《在狱咏蝉》。

蝉在古人眼里，往往是君子的象征。此时诗人身陷囹圄，听到寒蝉凄切的鸣叫声，油然而生一种共鸣。寒蝉凄厉之声易引发人深沉之悲思，更何况身处狱中的"南冠"，而且是羁旅他乡的"客"，听到这鸣叫声，自然倍感凄凉。颔联以"玄鬓影"对"白头吟"，以玄鬓代指寒蝉，以白头代指自己，不仅对仗巧妙，而且突出了内心的愁苦凄凉。颈联一语双关，既是对寒蝉处境的描写，也是比喻自己的处境。"露重""风多"比喻诗人当时所处环境的恶劣；"飞难进"是说前路难行，比喻仕途不得意；"响易沉"比喻自己的言论不易上达，有冤难诉。尾联依然以蝉比喻自己，蝉餐风饮露，所以古人认为其"高洁"。此处"高洁"不仅言蝉，也是诗人自比，表明自己高洁的人格，也体现了诗人的铮铮傲骨。

此诗看题目为咏物诗，却能够把物与"我"连接起来，借物抒怀，寄意深远。诗人身陷囹圄，借咏蝉写出了内心的悲苦忧愤，同时也表现了自己人格的高洁自傲。

名家评笺

大家语，大略意象深而物态浅。

（明·陆时雍《唐诗镜》）

此因闻蝉借以自况也。蝉知感秋，犹己之被系，真影相吊而声相和者也。露重风多，喻世道之艰险；难进，易沉，慨己冤之不伸。斯时也，有能信其高洁表其贞心者乎！亦终于湮没而已。

（明·唐汝询《唐诗解》）

三百篇比兴为多，唐人犹得此意。同一《咏蝉》，虞世南"居高声自远，端不藉秋风"，是清华人语；骆宾王"露重飞难进，风多响易沉"，是患难人语；李商隐"本以高难饱，徒劳恨费声"，是牢骚人语。比兴不同如此。

（清·施补华《岘佣说诗》）

当代价值

从《诗经》开始，比兴便是诗人抒发情感的重要方法，诗人往往不直言其情，而是借物委婉地抒情。后世咏物诗大多是诗人将个人情感与客观之物融合在一起，物我合一，借物抒情，《在狱咏蝉》便是一例。西晋陆云有《寒蝉赋》颂美蝉："夫头上有绥（ruí），则其文也；含气饮露，则其清也；黍稷不享，则其廉也；处不巢居，则其俭也；应候守常，则其信也。"因蝉有文、清、廉、俭、信等"五德"，骆宾王正是借此表达自己的君子人格和高洁品性。

拓展训练

　　蝉在古人笔下往往是君子的象征，唐人笔下的咏蝉诗也非常丰富。阅读分析虞世南、骆宾王、李商隐的咏蝉诗，体会蝉在唐人笔下不同的寓意。

🔗 链接资料

西晋·陆云《寒蝉赋》

水调歌头·明月几时有

苏轼

丙辰❶中秋，欢饮达旦❷，大醉，作此篇，兼怀子由❸。

明月几时有？把酒❹问青天。不知天上宫阙❺，今夕是何年。我欲乘风归去❻，又恐琼楼玉宇❼，高处不胜❽寒。起舞弄清影❾，何似❿在人间。

转朱阁，低绮户，照无眠⓫。不应有恨，何事长向别时圆⓬？人有悲欢离合，月有阴晴圆缺，此事⓭古难全。但愿人长久，千里共婵娟⓮。

📖 要点注释

❶ 丙辰：指宋神宗熙宁九年（1076）。这一年苏轼在密州任太守。

❷ 达旦：到天亮。

❸ 子由：苏轼的弟弟苏辙的字。

❹ 把酒：端起酒杯。把：执、持。

❺ 天上宫阙：指月中宫殿。阙：古代城墙后的石台。

❻ 归去：回去，这里指回到月宫。

❼ 琼楼玉宇：美玉砌成的楼宇，指想象中的仙宫。

❽ 不胜（shèng，旧时读shēng）：经受不住。胜：承担、承受。

❾ 弄清影：意思是月光下的身影也跟着舞动。弄：赏玩。

❿ 何似：何如，哪里比得上。

⓫ 转朱阁，低绮户，照无眠：月儿移动，转过了朱红色的楼阁，低低地挂在雕花的窗门上，照着没有睡意的人（诗人自己）。朱阁：朱红色的华丽楼阁。绮户：雕饰华丽的门窗。

⓬ 不应有恨，何事长（cháng）向别时圆：（月儿）不该（对人们）有什么怨恨吧，为什么偏在人们分离时圆呢？何事：为什么。

⓭ 此事：指人的"欢""合"和月的"晴""圆"。

⓮ 千里共婵娟：只希望两人年年平安，虽然相隔千里，也能一起欣赏这美好的月光。共：一起欣赏。婵娟：指月亮。

原文赏析

这首词是苏轼在宋神宗熙宁九年（1076）中秋所写，此时词人身在密州，和胞弟苏辙已经七年没有团聚了，于是以此词寄托怀弟之情。宋神宗继位后重用王安石进行变法改革，苏轼因为与王安石政见不同，自请外调，离开了京都。宋代是一个礼优文士的时代，文人普遍具有积极入世的精神。词人当时正值壮年，不仅有才华也有豪情壮志。但是，此时的苏轼在政治上的处境颇不得意，于是中秋之夜，他欢饮大醉，醉后吐真言，也借此词倾吐胸中块垒之情。

词一开篇，词人就发问："明月几时有？"这不仅是苏轼的疑问，似乎也是历代文人的疑惑，如"青天有月来几时？我欲停杯一问之"（李白《把酒问月》），"人生代代无穷已，江月年年只相似"（张若虚《春江花月夜》）。明月是永恒的，而人生又是如此短暂！看着皎洁的明月，词人想象月中宫阙，自是不同于人间吧，不禁"欲乘风归去"。这不仅是词人醉后飘然若仙的精神状态的反映，也是词人超脱旷达思想的体现。但是，"又恐琼楼玉宇，高处不胜寒"又抒写了词人对人间的留恋。

词的上片写人望月，下片从月写起，言月照人。"转""低"用了拟人的手法写月亮，生动形象，客观描述了时间流逝过程中月的变化，从而引出下句"照无眠"。月上中天，复又西斜，夜越来越深，可是人却无眠，这样很自然地就转到月下怀人的话题上了。明月是如此皎洁圆满，词人此时却和家人分隔两地，特别是与他挚爱的弟弟苏辙已经多年未见，在这个万家团圆的时节，词人怎能不想起、不思念？到此怎不教人心生感伤？但是，苏轼是一个旷达之人，他没有因为月圆人不全而沉浸在思念的悲伤之中，而是保持达观豁朗："人有悲欢离合，月有阴晴圆缺，此事古难全。"所以不必悲伤，只愿人能够长长久久，即使相隔千里，却也同在明月之下，也可共同沐浴月光。全词风格健朗，不流于愁苦悲伤，体现了苏轼达观的人生态度。

名家评笺

中秋词，自东坡《水调歌头》一出，余词尽废。

（南宋·胡仔《苕溪渔隐丛话》）

辐盖轸，皆有职乎车，而轼独无所为者。虽然，去轼则吾未见其完车也。轼乎，吾惧汝之不外饰也。天下之车，莫不由辙，而言车之功者，辙不与焉。虽然，车仆马毙，而患不及辙，是辙者，善处祸福之间。辙乎，吾知免矣。

（宋·苏洵《名二子说》）

此足证是翁坦荡之怀，任天而动，琢句亦瘦逸。能道眼前景，以曲笔直写胸臆，倚声能事尽之矣。

（清·郑文焯《手批东坡乐府》）

当代价值

中秋节是中国传统节日之一，这个花好月圆的日子，也是举家团圆的节日。在古代农耕文化背景下，以家庭为单位的小农经济是主要的社会生产模式，人们注重亲族之间的关系，团圆便是人们联络情感的重要方式，也是精神追求的重要体现。《水调歌头·明月几时有》是苏轼的一首中秋词，同时也是表达思弟情怀的作品。苏轼和弟弟苏辙关系非常好，二人一起读书，一起考试，一起为官，但此时却分隔两地。他在中秋佳节借词怀念弟弟，同时也感慨人生的不如意。明月作为中国文学中重要的意象，文人往往借以寄托对月圆人不全的感慨。苏轼也不例外，他的"但愿人长久，千里共婵娟"道出了千百年来人们的共同心声。

拓展训练

苏轼的《水调歌头·明月几时有》可谓古人笔下的中秋绝唱，词雅、调美、意蕴丰富。通过学习此词，体会词中明月的意象特征，以及词中感人的兄弟深情。

链接资料

古诗词新唱：《水调歌头·明月几时有》

水龙吟·次韵章质夫杨花词❶

苏轼

似花还似非花，也无人惜从教❷坠。抛家傍路，思量却是，无情有思❸。萦损柔肠❹，困酣娇眼❺，欲开还闭。梦随风万里，寻郎去处，又还被、莺呼起❻。

不恨此花飞尽，恨西园、落红难缀❼。晓来雨过，遗踪何在？一池萍碎❽。春色❾三分，二分尘土，一分流水。细看来，不是杨花，点点是离人泪。

🔧 要点注释

❶ **次韵**：用原作之韵，并按照原作用韵次序进行创作，称为次韵。**章质夫**：章楶（jié），建州浦城（今属福建）人，时任荆湖北路提点刑狱，常与苏轼诗词酬唱。

❷ **从教**：任凭。

❸ **无情有思**：言杨花看似无情，却自有它的愁思。用唐韩愈《晚春》诗："杨花榆荚无才思，惟解漫天作雪飞。"这里反用其意。**思**：心绪，情思。

❹ **萦**：萦绕、牵念。**柔肠**：柳枝细长柔软，故以柔肠为喻。用唐白居易《杨柳枝词》："人言柳叶似愁眉，更有愁肠似柳枝。"

❺ **困酣**：困倦之极。**娇眼**：美人娇媚的眼睛，比喻柳叶。古人诗赋中常称初生的柳叶为柳眼。

❻ **"梦随……莺呼起"三句**：用唐金昌绪《春怨》诗："打起黄莺儿，莫教枝上啼。啼时惊妾梦，不得到辽西。"

❼ **落红**：落花。**缀**：联结。

❽ **一池萍碎**：苏轼自注："杨花落水为浮萍，验之信然。"

❾ **春色**：代指杨花。

📖 原文赏析

这是一首咏物词，却能够借物抒情，达到物我合一的效果。此词作于宋神宗元丰四年（1081），苏轼被贬黄州之时。一说作于宋哲宗元祐二年（1087），其时苏轼在汴京任翰林学士。苏轼以拟人手法写杨花，细腻地写出杨花的特性与命运，借杨花表达了感时伤春的幽怨之情，也寄寓了身世之感。

咏物是古典诗词常见的题材，咏物往往借物抒情。苏轼的这首词咏物抒情的层次非常丰富。词的第一层，即表层是咏杨花，抓住了杨花"似花非花""抛家傍路""随风万里"的特点明写杨花。

此词的第二层是借物喻人，全词把杨花比拟为闺中思妇，人花互映，情景交融。此词既咏物象，又写人言情，如慵懒、困倦、追寻、失落和伤感，实是春日思妇的所感所为。"细看来，不是杨花，点点是离人泪"，余味无穷，词由眼前的流水，联想到思妇的泪水，又由思妇的点点泪珠，映带出空中的纷纷杨花。离人泪似的杨花与杨花般的离人之间，虚中有实，实中有虚。

作为北宋文坛的"里程碑"，苏轼在题材、创作手法、风格等各方面极大地拓展了词的创作范围，词在他的手里，不再是娱宾遣兴的伶工之词，而是抒写士大夫情怀的诗人之词。因此，此词的第三层是苏轼个人情感与人生感慨的抒发。此词作于苏轼被贬之后，词人经历了人生的坎坷起落，其身世飘零之感与杨花的漂泊无依也是颇为相似。

名家评笺

咏物之词，自以东坡《水龙吟》为最工。

（王国维《人间词话》）

当代价值

此词主题为咏杨花，实则借杨花感慨人生的漂泊不定。创作此词时，苏轼被贬为黄州团练副使，这是他仕途中的第一个大坎坷：自己满怀理想一心为朝廷，却因为乌台诗案被贬黄州。人生的漂泊不定恰似这"也无人惜从教坠"的杨花，杨花如人，人如杨花。被贬黄州是苏轼人生的低谷，也是他对人生进行深刻思考的时期。苏轼最大的人格魅力在于无论遇到什么挫折，他都能够达观坦然面对，他的这种达观的人生态度在他黄州时期的很多词中均可见，是他留给后人的一笔珍贵的精神财富。

拓展训练

词人笔下的咏物之作往往是物我合一，借咏物以抒情，苏轼此词便是典型。阅读林语堂《苏东坡传》，结合苏轼的生平，分析寓于此词中的情感。

人文历史纪录片——《苏东坡》之《一蓑烟雨》

蝶恋花·庭院深深深几许

欧阳修

庭院深深深几许❶，杨柳堆烟❷，帘幕无重数。玉勒雕鞍游冶处❸，楼高不见章台❹路。

雨横❺风狂三月暮，门掩黄昏，无计留春住。泪眼问花花不语，乱红❻飞过秋千去。

要点注释

❶ 几许：多少。许：估计数量之词。

❷ 堆烟：形容杨柳茂密。

❸ 玉勒雕鞍：极言车马的豪华。玉勒：玉制的马衔。雕鞍：精雕的马鞍。游冶处：指歌楼妓院。

❹ 章台：汉长安街名。《汉书·张敞传》有"走马章台街"语。唐代许尧佐《章台柳传》，记妓女柳氏事。后以章台为歌女聚居之地。

❺ 雨横：指急雨、骤雨。

❻ 乱红：这里形容各种花片纷纷飘落的样子。

作品解析

这是一首作者署名权存在争议的词作，有人认为是冯延巳的作品，有人认为是欧阳修的作品，争议颇大。清代刘熙载说："冯延巳词，晏同叔得其俊，欧阳永叔得其深。"（《艺概》）他们两人的词风相近，所以有些作品的著作权混淆难辨。据李清照《临江仙·庭院深深深几许》词序云："欧阳公作《蝶恋花》，有'深深深几许'之句，予酷爱之，用其语作'庭院深深'数阕。"李清照距离欧阳修时代不远，所说应当不误。此词造语之新，情感之深，意境之美折服了古今无数的读者。

关于这首词的题旨，历来说法也不一。清代张惠言认为这是一首有寄寓的政治词。古典诗词素有比兴寄托的传统，本词中所描绘的失意而又痴心不改的女子，与古代那些虽被疏远贬斥，但仍忠君爱国的文士有几分类似，所以很容易让人产生联想。

王国维认为这首词是"兴到之作"，并无寓意。从词本身来看，此词写少妇幽居深闺的愁苦，层层深入，意境曲折，情思绵渺，而词旨艳丽，特别是首句"庭院深深深几许"叠字的妙用，历来受人赞赏，历代文人认为它"最新奇，妙甚"。

词的末两句"泪眼问花花不语，乱红飞过秋千去"，被后人视为语意浑成的典范。王国维在《人间词话》中认为这两句是"有我之境"，即词人把自己的意志、思想浸入事物，甚至把主观的思想与外物有意对立，使观察的对象因为存有"我"的意志，从而带有"我"的感情色彩。清代毛先舒说："'泪眼问花花不语，乱红飞过秋千去。'此可谓层深而浑成，何也？因花而有泪，此一层意也。人愈伤心，花愈恼人，语愈浅而意愈入，又绝无刻画费力之迹，谓非层深而浑成耶？"

此外，这又是一首哀怨动人的凄婉词作。表现了一类身居深闺的女性，她们的生命黯然凋谢在深深庭院之中，令人动容，正如陈廷焯所感慨："试想千古有情意，读至结处，无不泪下，绝世至文。"

兰陵王·柳

周邦彦

柳阴直❶，烟里丝丝弄碧❷。隋堤❸上、曾见几番，拂水飘绵送行色❹。登临望故国❺，谁识京华倦客❻。长亭❼路、年去岁来，应折柔条过千尺❽。

闲寻旧踪迹❾，又酒趁哀弦❿，灯照离席⓫，梨花榆火催寒食⓬。愁一箭风快⓭，半篙波暖⓮，回头迢递便数驿⓯，望人在天北⓰。

凄恻⓱，恨⓲堆积。渐别浦萦回⓳，津堠岑寂⓴，斜阳冉冉春无极㉑。念月榭携手㉒，露桥㉓闻笛，沉思前事，似梦里，泪暗滴。

要点注释

❶ 柳阴直：长堤之柳，排列整齐，其阴影连成直线。

❷ 烟：薄雾。丝丝弄碧：细长轻柔的柳条随风飞舞，舞弄其姿色。弄：飘拂。

❸ 隋堤：汴京附近汴河之堤，隋炀帝时所建，故得此称，是北宋时来往京城的必经之路。

❹ 拂水飘绵：柳枝轻拂水面，柳絮在空中飞扬。行色：行人出发前的景象、情状。

❺ 故国：指故乡。

❻ 京华倦客：作者自谓。京华：指京城。倦客：词人久客京师，一事无成而有

厌倦之感，故称之。

⑦ 长亭：古时驿路上十里一长亭，五里一短亭，供人休息，又是送别的地方。

⑧ 应折柔条过千尺：古人有折柳送别之习。柔条：柳枝。过千尺：极言折柳之多。

⑨ 旧踪迹：指过去登堤饯别的地方。

⑩ 酒趁哀弦：饮酒时奏着离别的乐曲。趁：伴随。哀弦：哀怨的乐声。

⑪ 离席：饯别的宴会。

⑫ 梨花榆火催寒食：饯别时正值梨花盛开的寒食时节。唐宋时期朝廷在清明日取榆柳之火以赐百官，故有"榆火"之说。寒食：清明前一天为寒食。

⑬ 一箭风快：指正当顺风，船驶如箭。

⑭ 半篙（gāo）波暖：指撑船的竹篙没入水中，时令已近暮春，故曰波暖。

⑮ 迢递：遥远。驿：驿站。

⑯ 望人在天北：因被送者离汴京南去，回望送行人，故曰天北。

⑰ 凄恻：悲伤。

⑱ 恨：遗憾。

⑲ 渐：正当。别浦：送行的水边。萦回：水波回旋。

⑳ 津堠（hòu）：渡口附近供瞭望歇宿的守望所。津：渡口。堠：哨所。岑寂：冷清寂寞。

㉑ 冉冉：慢慢移动的样子。春无极：春色一望无边。

㉒ 念：想到。月榭：月光下的亭榭。榭：建在高台上的敞屋。

㉓ 露桥：布满露珠的桥梁。

作品解析

这首词题看似为咏柳，实则借柳赋别，既概括了自古迄今所有送别的"行色"，又融进了词人对仕途失意与身世飘零的喟叹。

此词上片从柳说起，写隋堤送别。词人远离故乡，久客京华，年去岁来不止一次地看见过堤上的这些柳树"拂水飘绵"地送走行人。作为"登临望故国"的"京华倦客"，他已厌倦了京城的客居生活，在登临之际怀念故乡的人，这种感情又有谁知道呢？此处用笔沉郁顿挫，从咏柳写到了离情。

中片写饯行以及别后相思，都合着咏柳的题旨。"闲寻旧踪迹"，承上面的"登临"。今天来到此地并非为了寻找旧日踪迹，但来之后，由所见所感，不免对旧日踪迹进行回忆。而华灯照廊，哀弦劝酒，离筵已开，才迫使人从追想之幻回到眼前之真来，实则两者虽有异而情相同。"梨花""榆火"进一步体现了词人惆怅的心情，在这浓春烟景之中，为什么不能虚度韶光？"愁一箭风快……在天北"四句，是想象中的情景，极写伤离赠别之情。

下片正面抒写离恨。"凄恻，恨堆积"两句，直陈离恨之深重，是上面"愁一箭风快"深化的结果，那时还不过是愁其离去，而这时已经离去，无可挽回了。以下两句，"渐"字领起，体现了词人看着行者由将去而竟去，然后独自惆怅之情。黄昏将近，也触发起词人的迟暮之感，不由得从离别相思之恨，想到作为一个"京华倦客"，顿生伤时之感。全词通篇结构严谨，情景交融，韵味无穷，无论景语、情语，都耐人寻味。

六丑·蔷薇谢后作

周邦彦

正单衣试酒❶，怅客里、光阴虚掷。愿春暂留，春归如过翼❷，一去无迹。为问家何在？夜来风雨，葬楚宫倾国❸。钗钿堕处❹遗香泽，乱点桃蹊，轻翻柳陌❺。多情为谁追惜❻？但蜂媒蝶使，时叩窗隔。

东园岑寂，渐蒙笼暗碧。静绕珍丛❼底，成叹息。长条故惹❽行客，似牵衣待话，别情无极。残英小、强簪巾帻❾。终不似、一朵钗头颤袅，向人欹侧❿。漂流处，莫趁潮汐。恐断红、尚有相思字⓫，何由见得！

> ### 要点注释

❶ 试酒：宋代风俗，农历三月末或四月初尝新酒。周密《武林旧事》卷三："户部点检所十三酒库，例于四月初开煮，九月初开清，先至提领所呈样品尝，然后迎引至诸所隶官府而散。"这里用以指时令。

❷ 过翼：飞过的鸟。

❸ 楚宫倾国：楚王宫里的美女，喻蔷薇花。倾国：美人，这里以之比落花。

❹ 钗钿（diàn）堕处：花落处。白居易《长恨歌》："花钿委地无人收，翠翘金雀玉搔头。"

⑤ 桃蹊（xī）：桃树下的路。柳陌：绿柳成荫的路。

⑥ 多情为谁追惜：为谁多情追惜，意即还有谁多情（似我）地痛惜花残春逝呢？

⑦ 珍丛：花丛。

⑧ 惹：挑逗。

⑨ 强簪巾帻（zé）：勉强插戴在头巾上。巾帻：头巾。

⑩ 向人欹（qī）侧：有悦人、媚人之意。

⑪ 恐断红、尚有相思字：意指红花飘零时，对人间充满了依恋之情。用唐人卢渥和宫女在红叶上题诗的典故。见范摅（shū）《云溪友议》，卢渥到长安应试，拾得御沟漂出的红叶，上有宫女题诗。后娶遣放宫女为妻，恰好是题诗者。断红：落花。

作品解析

　　此词借咏物抒怀，寄寓词人的身世之感，词的内容是借咏蔷薇伤春和伤别，总体基调感伤惆怅。词一开篇即慨叹春光将尽，自己在他乡虚掷光阴。"愿春暂留，春归如过翼，一去无迹"三句一波三折，一句一折：不是愿春久留，而只是愿春暂留，一转；春不但不能暂留，还去如飞鸟之疾，二转；不但去得疾，而且影迹全无，三转。周济评这三句"十三字千回百转，千锤百炼"，的确如此。这三句在感情上一层进一层、一层紧一层地反映出词人对即将逝去春天的留恋之情。词人听风听雨，彻夜难眠。在他的想象中，无数蔷薇花片已在桃蹊柳陌上乱点轻翻，可怜玉碎香消，无人怜惜，只有"蜂媒蝶使，时叩窗隔"，一起忙乱了一番，似乎是给这些"倾国佳人"哭泣送葬。这是何等"使人意夺神骇，心折骨惊"（江淹）的场景！

　　下片写花谢后。把人惜花、花恋人、人花相恋的感情写得缠绵婉转，形象生动。人与花已经分离，但余情无限，难解难分。结局给读者留下了十分广阔的想象空间，真有余音袅袅、绕梁三日之感。

　　这首词咏蔷薇谢后情形，确实达到了曲尽其妙的地步，而且词的妙绝之处是物我合一、花人一体，羁旅沧桑之慨与落花之慨融为一体。

暗香·旧时月色

姜夔

辛亥❶之冬，余载雪诣石湖❷。止既月❸，授简索句❹，且征新声❺，作此两曲。石湖把玩不已，使工妓隶习之❻，音节谐婉，乃名之曰《暗香》《疏影》❼。

旧时月色，算几番照我，梅边吹笛？唤起玉人❽，不管清寒与攀摘。何逊❾而今渐老，都忘却春风词笔。但怪得竹外疏花❿，香冷入瑶席⓫。

江国⓬，正寂寂，叹寄与路遥⓭，夜雪初积。翠尊⓮易泣，红萼无言耿相忆⓯。长记曾携手处，千树⓰压、西湖寒碧。又片片、吹尽也，几时见得？

要点注释

❶ 辛亥：宋光宗绍熙二年（1191）。

❷ 载雪：冒雪乘船。诣：到。石湖：在苏州西南，与太湖通。南宋诗人范成大晚年居住在苏州西南的石湖，自号石湖居士。

❸ 止既月：指刚住满一个月。

❹ 授简索句：给纸索取诗句。简：纸。

❺ 征新声：征求新的词调。

❻ 工妓：乐工和歌妓。隶习：学习。

❼ 《暗香》《疏影》：语出北宋诗人林逋《山园小梅》诗："疏影横斜水清浅，暗香浮动月黄昏。"

❽ 唤起玉人：写过去和美人冒着清寒攀折梅花的韵事。贺铸《浣溪沙·楼角初消一缕霞》词："玉人和月摘梅花。"

❾ 何逊：南朝梁诗人，早年曾任南平王萧伟的记室。任扬州法曹时，廨（xiè）舍有梅花。此处以何逊自比，说自己逐渐衰老，游赏的兴趣减退，对于喜爱的梅花都忘记为它而歌咏了。

❿ 但怪得：惊异。竹外疏花：竹林外面几枝稀疏的梅花。

⓫ 香冷：寒梅的香气。瑶席：席座的美称。

⓬ 江国：江南水乡。

⓭ 寄与路遥：表示音信隔绝。这里暗用陆凯寄给范晔的诗："折梅逢驿使，寄与陇头人。"

⓮ 翠尊：翠绿的酒杯，这里指酒。面对绿酒红梅，不能忘情于玉人。

⑮ 红萼：红色的花，这里指红梅。耿：耿然于心，不能忘怀。

⑯ 千树：写寒冬时千树红梅映在西湖碧水之中的美丽景色。宋时杭州西湖上的孤山梅树成林，所以有"千树"之说。

作品解析

宋末元初词人张炎在《词源》中说："诗之赋梅，惟和靖一联而已，世非无诗，不能与之齐驱耳。词之赋梅，惟姜白石《暗香》《疏影》二曲，前无古人，后无来者，自立新意，真为绝唱。"作为格律词派的代表，姜夔的词注重声律，讲究艺术技巧。《暗香·旧时月色》《疏影·苔枝缀玉》属他的自创曲调，尽管当时曲谱已失传，我们无从领略词调之美，但读起来仍朗朗上口，音韵和谐。

上片由月下梅花暗香，勾起了对往昔与玉人月下折梅一事的回忆。"旧时月色，算几番照我，梅边吹笛"三句意境很美，月下、梅边、笛声中，无论视觉、听觉、感觉，都使人沉醉。"旧时"二字，使词人思绪回到过去，曾经在同样的月色中"唤起玉人，不管清寒与攀摘"，此言旧时情事。但那不过是"旧时"的记忆，如今词人已"渐老"，不再有那时的闲情雅致。"何逊而今渐老，都忘却春风词笔"两句笔锋陡落，回到词人现状，是何等衰飒。月色依旧，暗香依旧，但却物是人非，空惹词人满腹惆怅，只能怪"竹外疏花，香冷入瑶席"。

下片抒发怀人之情，也表达了词人身世飘零的感慨。在夜雪寂寂的江南水乡，词人怀念往事，思念故人，想要折梅"寄与陇头人"，以表相思，可叹路途遥远无从传达。此情欲寄无从，只能借酒遣愁，当时"翠尊易泣""红萼无言"更引起相思回忆，始终耿耿不忘。但是花开花落，"年年岁岁花相似"，可是人又能"几时见得"？

此词以梅花为线索贯穿始终，词中交织着作者的身世飘零之感，以及感事怀人、伤离念远、年岁易逝、老去无成之悲，但都借咏梅含蓄写出。沈祖棻先生说："《暗香》《疏影》虽同时所作，然前者多写身世之感，后者则属兴亡之悲，用意小别，而其托物言志则同。"细细读来，确实如此。